吴克敬 著

含泪的信天游

陕西新华出版传媒集团

太白文艺出版社·西安

图书在版编目（CIP）数据

含泪的信天游 / 吴克敬著. -- 2版. -- 西安：太白文艺出版社, 2023.3
ISBN 978-7-5513-2010-8

Ⅰ.①含… Ⅱ.①吴… Ⅲ.①中篇小说－小说集－中国－当代 Ⅳ.①I247.5

中国国家版本馆CIP数据核字(2023)第004475号

含泪的信天游
HANLEI DE XINTIANYOU

作　　者	吴克敬	
责任编辑	付　惠　曹　甜	
封面设计	郑江迪	
版式设计	建明文化	
出版发行	陕西新华出版传媒集团 太白文艺出版社	
经　　销	新华书店	
印　　刷	陕西金德佳印务有限公司	
开　　本	889mm×1194mm　1/32	
字　　数	210千字	
印　　张	11	
版　　次	2023年3月第2版	
印　　次	2023年3月第1次印刷	
书　　号	ISBN 978-7-5513-2010-8	
定　　价	68.00元	

出版社地址：西安市曲江新区登高路1388号（邮编：710061）
营销中心电话：029-87277748　029-87217872

CONTENTS

含泪的信天游

01

我说大姐呀，你这群羊雪白雪白的，可是太喜人啦！周占春让司机把小车停在半路上，他走下来，一路小跑，冲着惠麦花和她的羊群撵了过去。他跑得太急了，又不知坡梁上的草其实是很滑的，大声喊了一句话后，还要往前跑，却一脚打滑，滑倒在草坡上，出溜溜滑到惠麦花的脚背后，把惠麦花吓了一跳。

这是谁呀？惠麦花回过头来，只把周占春看了一眼，便忍不住地乐了起来。她看滑倒在她脚后的汉子，说白不白、说胖不胖的，衣着很是不俗，她就估摸，汉子该是脱了产的干部呢。不过，惠麦花不憷干部，他干部长着两条胳膊两条腿，咱自己也是呀，一条都不少。何况惠麦花是见过些世面的，知道干部也是人，就想你把你的干部当，咱把咱的羊群放，干部不欠咱的啥，咱也不欠干部的啥，两清着，各奔各的日子，你说咱又憷谁呢？

说白不白、说胖不胖的汉子周占春把自己趴得红了脸。

惠麦花不想让人红脸，就说：要贩羊吗？

周占春挣扎着往起爬，说：我像个贩羊的吗？

惠麦花摇头了，说：不太像。

周占春站直了身子说：算你眼力好。我撵着你……你……你来，是看你的羊群叫人喜欢。

惠麦花笑了，她最乐意人说她的羊群好。

周占春奇怪自己怎么就吞吞吐吐了。平常日子，他可是个很会说话的人呢，机会来时，滔滔不绝，大说几个小时，一个磕绊都不打。此时面对这样一个牧羊的女人，却没来由地心跳心慌，说话也就不很流利了。这似乎不难理解，碧绿的一面草坡上，就这一群白羊，就这一个女子，而她素素净净、娉娉婷婷，眼神一个流转，就是一波秋水，你让说白不白、说胖不胖的汉子还能怎么样？也许只有心跳心慌、吞吞吐吐了。

坡垴里黑洞洞一片窑洞，七上八下地，显得十分散乱。一棵残了半边树冠的老枣树上，架着一个高音的喇叭碗儿，正有村支书陶本纯哇啦哇啦的喊话声，顺风传过来。

陶本纯说：乡上要建白兔娃甜瓜大市，是咱新任乡长周占春的一项英明决策。白兔娃甜瓜是咱们乡的特产，咱们要支持周乡长的决策，把咱们的特产白兔娃甜瓜推出门去，推到西安、北京、上海去，给咱们老百姓增加收入……过去，咱们后沟门村不习惯种植白兔娃甜瓜，这是咱们保守，咱们不开放，以后咱们也要种白兔娃甜瓜。

周占春听着高音喇叭里传来的话，脸上的红色渐渐退了下来，他没再照着楚楚动人的惠麦花看，而是面带微笑，朝着坡垴里的村庄看了。

正是周占春的这一看，牧羊女人惠麦花心里有了底，猜他可能就是陶本纯在喇叭上说的新任乡长周占春了。

惠麦花可是敢说话的人。她要试探一下说白不白、说胖不胖的汉子，就说：看把喉咙喊破了，都不抵众人的骂！

乐滋滋听着高音喇叭喊话的周占春听了惠麦花的话，就又转回头看着她了，并且很有些不理解地问：众人的骂？众人骂甚哩？

惠麦花说：骂乡上胡成精哩！

周占春说：乡上也是为了群众致富呀。

惠麦花说：别是打着为了群众致富的旗号给自己捞政绩吧。

周占春显然不爱听惠麦花这么说，他抬脚把一块小小的碎石子踢得飞起来，落在吃着草的羊群里，惊得羊群一阵纷乱。

惠麦花不高兴了，说：你是谁呀？

周占春说：周占春。

惠麦花调整着她的面部表情，说：乡政府新任的乡长呀！

周占春说：知道了就好。

惠麦花说：知道了！你当你的乡长，我放我的羊，咱没甚话说。

周占春说：是吗？这可由不得你，我想和你说了，你就得和我说。

惠麦花没等周占春把话说完，已经转过身不再理他，扬着手里的一把放羊铲，在草坡上铲了一撮土，向身前的羊群抛了去，撵着羊群向前边的草坡上去了……正往前撵着，她还扯开银铃一样的嗓子，唱起一曲信天游。

惠麦花唱的信天游叫《背对黄河面对着天》：

> 背对嘛黄河哟面对着天，
> 陕北里格山来呀山套着山。
> 毛垴子么柳树河曲湾湾生，
> 一方的水土嘛养活一方人。
>
> ……

02

新官上任三把火。从县委办公室副主任位子上下到榆树湾乡做了乡长的周占春，想他可不能乱烧火，但也不能不烧火。

怎么办呢？他就连着召开了几个会。先是乡干部务虚会，让大家就榆树湾乡的发展方向畅所欲言，集思广益，理出一个基本思路，拿到乡长办公会上，定了个突破性的目标，这就把全乡的村级干部都请到乡上来了。他要统一思想，统一行动，大干一场了。

大干个什么呢？种植白兔娃甜瓜，号召大家都种，种出个规模来。

全乡十五个村，村支部书记、村主任三十个人，挨挨挤挤，坐在乡政府不是很大的会议室里，谁是什么表情，周占春的眼睛扫一圈子，就都看得清清楚楚……包括乡政府参加会议的人员，周占春感觉得到，他确定下来的工作目标，并不是谁都同意的。乡党委书记蔡守训似乎就有保留意见，在周占春和蔡书记沟通的时候，人家只说他血压高、血糖高，并说他已向组织反映了，希望把他调回到县上去，升不升职无所谓了，担子轻一点，给身体放个假。便是召开的全乡村级干部大会，作为书记的蔡守训都推辞了，口口声声说"你弄你的，甭管我"。这是什么话呢？周占春听不明白，还进一步问了蔡书记。

当时，蔡书记收拾着他的一些随身零碎，说他要回县上去。

周占春跟在他的屁股后边，说：书记呀，你说明白一点，是支持呢，还是有所顾虑？

蔡守训回头把他看了一眼，继续收拾随身零碎，说：看你这话问的，我放手让你干么，你说是个啥？

周占春听得心里还是没有底，但不好再问蔡书记的态度了。周占春心想，蔡守训在基层泡了几十年了，用他的话说，那是群众的汗水、苦水和泪水呢，把他泡得心都软了，他不敢再泡下去了。你蔡守训想脱身，那你想办法脱身去吧。你不想干，我干么，我刚下来，不仅要干，还一定要干出些名堂来。

会场上，村干部和参加会议的乡干部，眼睛都盯在周占春的脸上，他是越讲话越有激情，三大六小讲得唾沫星子乱溅，把规模种植白兔娃甜瓜的好处说得天花乱坠，最后又把嗓门提高了八度：从今往后，我给大家说哩，我也就是榆树湾乡的人了。咱不但要种植好白兔娃甜瓜，还要抓紧时间，在乡政府建一个白兔娃甜瓜集散中心。我想问大家一声，这样好不好？村干部们已经考虑到钱的问题了，都没有跟着回答，只有几个乡上干部呼应了几声，而且也很不整齐。这不是周占春想要的效果，他就又大声地问大家了，声音很高，让人听了，还以为他撕破了喉咙。

周占春问：都应一声，好不好？

结果与前次一样，还只是乡干部应了他。周占春的眼珠子就在会场上转开了。似乎他的眼珠子就是一把刀，转到谁身上，谁就会被割伤似的，大家拼命地躲着他的眼睛……这么转着，就转到陶本纯的身上了。在这一刻，好像不仅周乡长的眼睛转到陶本纯的身上，会场上的村级干部也都把眼睛转到他身上了。

这不奇怪，在榆树湾乡的村支书中，敢挑头说话的还就是他陶本纯。别说是新来的乡长周占春，就是一直在乡上当家的蔡守训，陶本纯该驳他的话时，照样往回驳。原因是，他并不热衷村支书的位子。在他们后沟门村，最头痛、最不受人待见的，就是他这个村支书了。他不想因为乡上的一些毫无边际的事情，让他在村子里受作难。党委书记蔡守训两年前决定撤销部分村级小学教育，并到几个优质教育点上，以便提高小学教育质量。咋说这都是个不错的决策哩，可在并校规划中，把他们后沟门村的小学撤掉了，这使村里的小子女娃，要跑很远的路去上学，太不方便，也太让人操心了。陶本纯就联络了一些被撤掉小学的村支书，集体去了乡政府，找到蔡守训，集体提出了辞职。尽管蔡守训苦口婆心，分别做他们的工作，没有让他们辞了职，可他陶本纯刺头支书的名声，还是落在大家中间了。

现在，乡长周占春的目光盯在了他的身上，村干部们的目光也盯在了他的身上，他陶本纯可该咋办呢？过去，他不把村支书的位子当回事，如今不同了，他却很在乎这个位子。他在众多目光的注视中，无可奈何地低下了头。陶本纯低头是想躲过发言的，周占春却不想让他躲过去，在他低头的那个瞬间，逼他说话了。

周占春点着他的名说：你说呢，陶支书？

陶本纯还能躲吗？不能躲了。他说：乡长点名让我说，我就说一点。我说的是钱，一文钱难倒英雄汉，乡上又是号召大种白兔娃甜瓜，又是要建白兔娃甜瓜集散中心，这我没有意见。但大家都知道，后沟门村从来没种过白兔娃甜瓜，乡上总不能一刀切吧？再是建白兔娃甜瓜集散中心，不能像吹气球一样，张嘴说吹就能吹出一个，这是要花钱的，钱从哪儿来？

后边两句话，陶本纯还没说出口，一个吹气球的比喻，就把在场的干部们都惹笑了。

大家笑着，周占春没有笑。

周占春很有耐心地等大家笑不出来了，这才清了清嗓子，接着陶本纯的话说开了。周占春没有批评陶本纯，尽管他阴得能拧出水的脸色告诉大家，陶本纯的话让他心情很不爽，可他没有表达出来，还把陶本纯表扬了几句。周占春表扬陶本纯有思想，遇事想得细，一个"钱"字还真把他提醒了。这么说着，周占春停顿了一下，用他刀子一样的眼神，把参会的乡干部和村干部都不轻不重地刺了一遍，接着又说话了。

周占春说：我给大家交个底，乡上没有钱。

会场上起了一阵小骚动，大家重复着周占春的话：没钱……没钱……

周占春没理会场下的小骚动，说：没钱就不干事了？我给大家说哩，正因为咱们榆树湾乡穷，没钱，咱才要干事的。钱不会从天上掉下来，我的同志们，咱们建白兔娃甜瓜集散中心，我请人算过账了，每个村民拿出一百元，咱就堂堂皇皇建起来了！

傻了吧？陶本纯听到这里，就只有目瞪口呆，暗自叫苦了，恨不能抬手抽自己一嘴巴。

后来，会是怎么散的，乡长周占春还说了哪些话，陶本纯全都不知道了……看见会议室的人都抬屁股，陶本纯也抬了屁股，别人都轻轻地挪着凳子，他却把凳子撞得翻了个儿，啪啦啪啦的巨大声响，让参会的村、乡干部和乡长周占春，又都把目光盯在了他的身上。陶本纯低垂着脑袋，眼睛盯着地上看，如果找得见一条地缝，他想他是一定会钻进去的。

地上没有地缝，陶本纯把头抬起来，一眼就看见乡长周占春威严的眼神。周占春像是一只猫看着一只已成猎物的老鼠一般看着他，轻轻地动了一下嘴唇。

周占春说：你跟我来。

这是猫的兴致了，逮住一只老鼠，才不会一口咬了吞进肚子里。一般的情况是，要把成为猎物的老鼠耍一耍，耍得老鼠筋疲力尽、服服帖帖了，再慢慢地嚼着吃进肚子里。陶本纯缩着头、吊着肩，真像一只被猎的老鼠，跟着周占春，从村干部们中间走过去，走进了周占春的办公室。周占春没有让陶本纯坐，他就没敢坐；周占春没给陶本纯说话，他也没敢多嘴说话，就那么聋子哑巴一般，站在周占春的办公室里，眼睛跟着周占春转。周占春洗了一只茶杯，添了茶叶添了水，放在了他办公桌的一边，坐在办公桌前的黑色皮椅上，翻开一个蓝皮的文件夹，一页一页地看着文件夹里的文件，翻看了好一会儿，把陶本纯翻看得腿都软了，额头上冒出了虚汗。周占春这才把他的头抬了抬，看着陶本纯说话了。

周占春说：坐呀。

陶本纯坐下了。

周占春说：喝茶呀。

陶本纯就伸手端了茶杯。

周占春说：我听说了，你在村干部中很有威信，乡上干个什么事，你不高兴了，就聚拢几个村支书，来乡上集体辞职。我看出来了，这一次你又不高兴了。好啊，你也别找他人了，你现在就写辞职报告，我现在就批准你。

周占春说着，还把他办公桌上的一沓纸和一支笔推到陶本纯的跟前。

陶本纯笑了，说：我怎么不高兴了？乡长大人，你可不能冤枉人，冤死了我你要赔命的。

周占春说：那你说，你是怎么个高兴法？

陶本纯说：像您乡长在会上表扬我的那样，回村上去，把今天会上决定的事完成好。

周占春说：那好，过两天我可要去你村上看的。

陶本纯都走到门口了，周占春从他打开的红猫烟盒里，抽出一根香烟，夹到了陶本纯的耳朵上。

03

到乡上开会的村干部都还没有走，都还等在乡政府的门前，等着陶本纯出来……好像是，大家都为陶本纯提着什么心似的。其实呢，大家心里都明白，乡长周占春就是一只老虎，他要吃人，也得把人捋顺了吃呀，他不至于人还横着，就把人生吞下去吧？要是那样，人是没命了，他吃人的老虎也得被噎死。对这一点，大家其实有担心，但并不是很重，大不了，不干他二爷的个村支书、村主任，谁还少下啥了？距离城镇近的村子，是人不是人，都争着抢着当村干部哩。那是他们有地好卖，卖一次地得一次好处，就如光着屁股过河一样，你不刻意去捞，捎带着也夹他一尻渠的水哩。有利可图，自然有人要干；如果没利可图，恐怕就另说了。都在村一级当着干部，乡上开会什么的，大家私下多有交流，别人的情况怎么样，都碼着情面没有说。陶本纯给大家亮了底，说他在后沟门村当了几年村支书，受气是一个方面，为了支应这样一个任务、那样一项工作，他自己把家底儿都赔进去了，不得够，他还借了一河滩的债，他是把村支书干得够够的了，确实不想再干了。看阵势，这个新上任的乡长周占春，可不是个省油的灯，他会后把陶本纯叫进他的办公室，不剥陶本纯一层皮才怪哩！陶本纯会怎么办？他是要顺着周占春的脾气走呢，还是要逆着周占春的脾气来？过去给乡上领导扮难看，集体辞职，让乡上领导照顾一下村干部的困难，可都是陶本纯领的头，咱们不管陶本纯这一次怎么干，给他烘一烘场子、抬一抬气势，总是应该的吧？如果他要辞职不干，大家没有明说，还真有几位村干部，想着和陶本纯一起辞职不干。尽管他们不干了，但每一个村子，还有挤破头想当村干部的人。

灰头土脸的陶本纯，从乡政府略显破败的大门里走出来，一下子就被等在这里的村干部们围住了。

七嘴八舌，都是对陶本纯关切的问候。

有人说：他把你怎么了？

有人说：你不会辞职吧？

陶本纯听得懂大家对他的关心。一起当村干部，这一点感情还是有的。而且他能断定，乡长周占春真要把他怎么样了，或是他自己辞职不干了，一伙子村干部里，肯定会有几个人和他绑在一起，和周占春弄个高高低低的。陶本纯没有回答大家的问题，他看见惠名标，这个和他在后沟门村搭班子当村主任的人，正远远地站在一边，盯着他看，看他会有什么动作做出来。

刚才还比较混乱的脑袋，被惠名标的冷眼，一下子刺激得清醒起来了。陶本纯想他不能乱说话，他必须要有保留，要有掩饰。

陶本纯说：乡长请我喝茶来。

这是围着他的村干部没有想到的一句话，大家听得有点儿发愣。陶本纯就笑着又说了一句话。他在说这句话时，还从耳朵背上取下一根香烟让大家看，说是一根红猫香烟哩。大家就抻着脖子，争相看他手里的红猫香烟。

陶本纯说：是红猫香烟吧？啊，乡长还请我抽烟了呢。

围着陶本纯的村干部，个个都如吹胀了的气球，而陶本纯的话就像一根看不见锋芒的针，把所有的气球一下子都扎破了，纷纷萎缩了下来，垂了头，各自朝回去的路走去了。

陶本纯紧走了几步，撵到惠名标的身边，把乡长周占春给的那根红猫香烟，塞到惠名标的手里，给他说：你知道，我不抽烟的。

惠名标是要客气的，不客气就不是他了。他用手推着陶本纯送过来的烟，说：新乡长给你的香烟嘛，我怎么能接？

陶本纯说：又给我耍心眼了。

惠名标这才接过红猫烟，认真看了看牌子，非常珍惜地叼在两片嘴唇之间，打着火小心地抽起来了。

村子上的干部就陶本纯一个支书、惠名标一个村主任，还有一个会计叫穆文化。许多事都是他们三个人研究确定的，俗称后沟门村三大员。

三大员三个姓，这就是后沟门村的村情了，什么事都在他们三姓之间较量了。譬如三大员，陶姓有人当了支书，村主任就该姓惠的当了，而会计自然要选一个穆姓的人出来拨算盘，维持这样一个简单的平衡，对办好村上事务还是有好处的。

现在陶本纯是村支书，他就是后沟门村当然的一把手了。但他不想一手遮天，遇事是一定要和村主任惠名标商量的。会计穆文化要在的话，也不会被落下，三个人三张嘴，一块儿商量个结果出来。眼下，穆文化没来乡上参加会议，就他和惠名标两人，他就只好和惠名标先商量了。

陶本纯说：会上的情况你都看到了，又要从村民口袋里掏钱，你说这掏得有理吗？

抽着陶本纯转递给他的红猫烟，惠名标受活得猛咂了一口，把烟吞到肚子里，闭着嘴，任凭白雾一般的烟气，从他的两只鼻孔里慢慢地逸出……直到出完了，没有一点烟气了，他才开了口，说的却非陶本纯和他说的话题。

惠名标说：狗日的红猫烟还就是好抽。

陶本纯太知道惠名标的心思了。这个比他大了几岁的人，是很不服气他在前头当着村支书的，和惠名标商量什么事，几乎都如对牛弹琴一样，是很难获得正面回应的，这已成了习惯。陶本纯和他商量，也没有想要得到他的支持或帮助，无非是要告诉他，让他知道自己的想法，免得以后说他不知道，不认账。

如往常一样，陶本纯就还像他们陕北的说书艺人一样，自说自话了。他说：理不理的，我说你说都没用。周乡长委派下来了，你算一下，咱们村二百六十口子人，一人一百元，那可就是两万六千元呢！咱从谁口袋里掏？咱掏得出来吗？

惠名标依然不接陶本纯的话茬儿，抽着红猫烟，头抬得很高地往回村的路上走。出了乡政府的门，他看见一个卖菜的摊子，走过去买了一把葱，又称了两根黄瓜，外加三个西红柿，让卖菜的给他装在一个蓝色的塑料袋里。他提着走了两步，却又回过头来，给卖菜的说了两句话。

惠名标说：你不知道，你发财的日子可是到了。告诉你，咱乡上要建白兔娃甜瓜集散中心，你是轻车熟路，改卖菜为卖白兔娃甜瓜，怕你赚的钱数不过来，还要请人帮你数哩。

离开几步的陶本纯，把惠名标的话一字不差地听进耳朵里去了。他不由自主地皱了皱眉头，没了和他继续商量事情的兴趣，手搭在额头上，把天上的日头看了看，就迈开大步，独自在回村的路上往前走去了。

翻了六道梁，过了六道水，再转一道弯，就能看见他们散落在两面土坡上的后沟门村了。陶本纯再紧着走上一程，他就能回到自家的窑院里，坐在自家的窑炕上，端一碗凉开水，美美地喝几口，解一解渴，然后对着窑炕桌子上摆着的麦克风，向全村人宣传种植白兔娃甜瓜和建设白兔娃甜瓜集散中心的事，并号召全体村民，要舍小家顾大家，完成乡上集资建设白兔娃甜瓜集散中心的任务。可他正走着，却听到一曲美妙的信天游，从梁背后飘飘荡荡地传进了他的耳朵。

陶本纯听得清楚，那是惠麦花的信天游呢，除了她，后沟门村其他人是唱不出那个味儿来的：

> 四十里那长涧哎羊羔羔的山，
> 好婆姨嘛就出在我沟门门畔。
> 沟门门畔起身哟沟门门底站，
> 沟门门底下么我把朋友呀看。
> ……
> 不唱了那个曲子儿我不好盛，
> 我唱上了那个曲子儿就想亲人。
> ……

说到底，陶本纯是十分爱听惠麦花唱信天游的。她现在唱的这曲《唱上曲子想亲人》，陶本纯不晓得听了多少遍，每一次听到，他的心都像泡在醋里一样，又酸又软，忍不住就要伸脚斜过去。他怀疑惠麦花的信天游，就是一根无影无形的绳子，拴在他的手脚上，拽着他一步一步地往过走……此时此刻，陶本纯就又朝着惠麦花的信天游走去了。

陶本纯一头汗水地翻上了梁顶，他看见了惠麦花，还看见惠麦花不断壮大着的羊群，在绿汪汪的草坡上，照着火红的太阳，仿佛一片坠地的云彩，悠悠然地移动着，有的叼了一口草嚼着，有的干脆昂起头来，神往地朝着惠麦花看。这让陶本纯心里妒忌，觉得他是一只羊儿就好了，可以时时刻刻厮守在惠麦花的身边，听她唱优美的信天游。

04

不用回头，惠麦花就知道陶本纯撵着她来了。

打小就有的敏感，无论什么时候，只要陶本纯撵着惠麦花来，看得见看不见，惠麦花就都感觉得到。在她的意识里，仿佛有一根神秘的触觉线，无影无踪地总是牵系着陶本纯。他心里不敢想她，悄悄地萌动一点念想，惠麦花就都知道了。

惠麦花想陶本纯和他是一样的，她要念想陶本纯了，不给说，他也是知道的。所谓的心灵相通、心心相印、心领神会等美好的字眼，说的就是这个情形了。

他们长在后沟门村，打小爬草坡放羊、下河滩搂草，前前后后，不是你相跟着他，就是他相跟着你……到了上学的年龄，又前前后后相跟着从小学念到初中，从初中又相跟着念到高中……陶本纯的母亲去世早，他父亲是既要做爹，又要做娘，偏偏人老实得怎么做都做不到人前面去。在这一点上，他怎么都不能和惠麦花比，她家大人也多，吃上穿上，自然要比陶本纯优越得多。原本，惠麦花就觉得她很对不起陶本纯，好像她的优越，就是一把锋利的剑，如不小心收敛，随时都会伤了陶本纯。因此，惠麦花有好看的衣服也不敢穿，有好吃的东西也不敢带，为此还和家里人闹过矛盾，吵吵闹闹，说她就爱穿旧衣服，就爱吃粗粮。直到有一次，他们相跟着从读书的高中回后沟门村，翻过一道坡梁又一道坡梁，涉过一道水涧又一道水涧，他们走乏了，歇在一条小河畔，有一搭没一搭地说着学习上的事。

惠麦花惊奇地发现，甚样的数学难题到了陶本纯眼前，看两眼都像冰遇了火一样，很快就都化开了，而她费上九牛二虎的力气，却怎么都解不开。陶本纯不同意惠麦花的观点，他说：数学难题解快解慢，咱们都解开了。而老师把作文题布置下来，你眼睛眨巴眨巴就写出来了，写出来老师就夸你写得好；而我就不行，好像我的脑袋里装了一锅糨糊，怎么也刨挖不出一篇好作文来。

他们这次说话面对的小河，曲曲弯弯，是要流过他们后沟门村的。他俩说着就说到了遥远的未来。惠麦花很肯定地说，陶本纯没甚好操心的，到时一定会考上大学的，还说她看得清清楚楚，西安、北京的大学校门，已为陶本纯敞开了。话题一转，说到自己了，惠麦花却不那么自信了。她说她相跟着陶本纯，从小学相跟到初中，从初中相跟到高中，其实都是陪着太子读书哩，到时候，陶本纯上大学走了，她还得回到后沟门村来，像他们祖辈一样讨生活。

惠麦花说得有点伤感，把自己说得眼圈都红了。

陶本纯是不同意惠麦花的说法的，他认为前头的路黑着，谁知道会是啥结果。到时候，说不定惠麦花高高兴兴地上了大学，而他却要留在后沟门村。

呸，呸，呸！惠麦花对着小河连吐了三口唾沫，说：你看你那臭嘴么，可不敢胡说自己。

陶本纯说：我是打个比方嘛。

惠麦花说：比方都不能打……你听我说，咱可是相跟着，都要上大学的。

陶本纯说：好么，咱相跟着一起上大学。

对陶本纯的这个表态，惠麦花是开心的，她掩饰不住内心的高兴，脸红扑扑像喝了酒一样……惠麦花注意到了，早就注意到了，陶本纯洗得掉色失颜的衣袖上，破了两个小洞，一个在右臂的肘关节处，一个在左臂的肘关节处。这可以证明陶本纯学习的刻苦，他是伏案时间太久了，才把左右肘关节处的衣袖磨破了。

惠麦花在她的书包里准备了两块补丁，还准备了针和线，她要为陶本纯的衣袖补上好看的补丁。

惠麦花红着脸说：你看你的衣袖上，破了两个洞你知道吗？

陶本纯抬了抬胳膊，用手摸着肘关节处，有点不好意思地笑了。

惠麦花把补丁和针线掏出来了，说：脱下来我给你补补。

陶本纯还要扭捏的，惠麦花却已抓住他的衣襟，来解他的纽扣了。陶本纯挡不住惠麦花，就也解着自己衣服上的纽扣，一个一个解开来，又还迟迟疑疑地不脱。惠麦花却又抓住他的胳膊，把补丁贴在肘关节上，说她手艺很粗糙的，别一针扎进去，打补丁打不上去，倒把他的胳膊扎出一堆血窟窿来。

没办法，陶本纯就只好乖乖脱下衣服来。

脱了衣服的陶本纯，再没有一点东西遮体了。他身上饱满的肌肉，证明他已是个非常成熟的男子汉了。他坐在惠麦花一边，看着她密针细线地给他缝着衣袖上的洞眼，心想他的这个同乡加同学真是太好了……这么想着，陶本纯觉得他的太阳穴突突地跳动着，心慌意乱起来。因此，他想躲开惠麦花一会儿，便悄悄地站起身，向小河下游的一个拐弯处走，越走越觉得身上发热，火烧火燎的，就又脱了裤子，钻进小河里，把水一遍遍往自己的身上浇……他听见惠麦花唱起信天游了，很亲切很优美的信天游啊，还带着那么一点点的忧伤，陶本纯听得陶醉了。

> 天上那个白鹅喝不上水，
> 拉话话那个不拉话见一见你。
> 半碗碗那个黑豆半碗碗米，
> 世上的那人儿哟谁也不如你。
> ……

惠麦花的信天游一落音，陶本纯忍不住也吼起一个曲子来。陶本纯听得出来惠麦花唱的是《世上人谁也不如你》，他要吼的就是《好不容易遇到一搭搭》：

> 二荏荏韭菜嘛那两把把，
> 好不容易咱们遇到一搭搭。
> 两杯杯烧酒呀肠子里转，

转来转去那呀咱好把话拉。

……

那是多么美好的时光呀！陶本纯想起来，就像发生在昨天一样。然而理智告诉他，这已经是十年前的事了，他和惠麦花相跟着上完三年的高中课程，又相跟着参加完了高考，正如他们憧憬的那样，陶本纯考上了西安的一所大学，惠麦花考上了延安的一所大专。他们俩高兴，后沟门村的乡亲们也高兴，因为他们俩是后沟门村有史以来第一批考进大学的好青年呀！但就在陶本纯怀揣红皮大学入学通知书，准备离开后沟门村到西安去的时候，一个意外发生了。

陶本纯的老父亲夜里寻找两只迟归的小羊羔，从黑咕隆咚的草坡一脚踏空，滚下山沟摔伤了腰脊，趴在窑炕上再也起不来了。

这个突发的事故像根绳子，把陶本纯牢牢地拴在后沟门村，不能去西安上大学了。对此，陶本纯是悲哀的，惠麦花也是悲哀的。但有一个人，暗中看着陶本纯，心也悲哀着，却勇敢地走进了陶本纯的家，帮助陶本纯服侍起了他腰脊受伤的老父亲。

这个人就是陶本纯的婆姨穆杏娟。

这个前任村支书的女儿呀，她不知是受了老父亲的影响，还是自己本来就有心思，觉得怀揣了大学入学通知书的陶本纯，就是老天给她送来的大礼物，她不能让人把这个大礼物抢了去。她撺掇着老父亲，先是发展陶本纯入了党，再发展陶本纯做了村会计，然后老父亲又让贤给陶本纯，让他当了村支书……很自然地，陶本纯和穆杏娟的终身大事也成了，做了称不上恩恩爱爱，却也是后脚踩着前脚走的好夫妻。

惠麦花回到村上来了。

惠麦花这一回来，让陶本纯的心不可避免地起了波澜，他不知道该怎样对待惠麦花了。

悄悄地走近惠麦花，陶本纯问：羊群里又添了几只羊羔儿？

早已感觉到陶本纯走来的惠麦花，专心放牧着她的羊群，直到听了陶本纯的话，她才猛地回过头来，说：哦！什么风把陶支书刮来了？

陶本纯听出了惠麦花话中的意思，她对他是有意见的。是个甚意见呢？陶本纯心里亮清得明镜一样，从惠麦花回到村里以来，除帮助她承包下撤走学生的小学后，惠麦花是怎么发展她的养羊事业的，陶本纯很少过问。他得承认自己是有意无意地躲着惠麦花的，他不能放纵自己，惹出没有必要的麻烦来。但是今天，他撵着惠麦花的信天游来了。这是一个表面的理由，从内心深处检讨，他陶本纯很想见到惠麦花、想见到她和她说说话。是的，陶本纯是有太多的话要和惠麦花说呢，譬如眼下，他就很想和惠麦花说说乡长周占春，说说周占春要在全乡大力推广种植白兔娃甜瓜，要在乡政府修建白兔娃甜瓜集散中心。

陶本纯没有犹豫，他说：乡上开了会，要大力推广白兔娃甜瓜的种植。

惠麦花事不关己地应着陶本纯的话，说：是吗？

陶本纯又说：乡上还要在乡政府修建白兔娃甜瓜集散中心呢。

惠麦花还是事不关己地说：是吗？

陶本纯说：你别说是吗是吗，我想知道你对这件事的看法。

惠麦花听得出来，陶本纯是真心问她了，而且问得还很心切。她便收敛起事不关己的腔调，很认真地和陶本纯商量事儿了。惠麦花在大学学的是农业科技，在这个问题上，她是有责任帮助陶本纯出主意的。

惠麦花说：十里水土不同，榆树湾乡有种植白兔娃甜瓜的传统，但咱们后沟门村没有，咱们这里的水土是否适合种植白兔娃甜瓜，这要试种以后才能说。

陶本纯说：我没有时间试种，乡长周占春点火烧人屁股哩，我是能种不能种都要按他的要求种了，有钱没钱都要按他的要求掏钱了。

05

　　村级干部就是一个针屁眼，上级政府有分工，千条线万条线，到了村这一级，就都要从那一个针屁眼里穿了。陶本纯听了惠麦花的话，他打定主意，把态度放积极，到最后能不能种植白兔娃甜瓜，能不能完成周占春派下来的修建白兔娃甜瓜集散中心的筹款任务，就看下面的事态发展了。

　　当天晚上，陶本纯让他的婆姨穆杏娟烧了两大壶开水，端来老岳父死后留下的铁皮烟盒，召来村主任惠名标、会计穆文化，在他家窑炕上一盏昏暗的电灯下，商量乡长周占春布置下来的任务。

　　后沟门村没有村委会办公的地方，谁当支书，谁的家就是干部碰头开会的地方了。这是一个现实存在，明面子上看得见的一个现实存在。除此之外，还有一个明面子上看不见的现实存在，他们三大员在一起开会，其实是开不出个结果的，就像陶本纯和惠名标从乡政府回村路上的状况一样。但是该开的会还是要开的，哪怕是个形式，陶本纯也要把这个形式走了，不走就是他陶本纯的错了。

　　会计穆文化撂下饭碗，先一步来到陶本纯的家。依着穆姓家族的辈分，穆文化是要叫穆杏娟姑的，因此他又必须把陶本纯叫姑父。到了陶本纯的家里，穆杏娟要给他倒开水，他抢着给自己倒了一大杯，看着陶本纯的大水缸子里还有添水的余地，就还小心地给陶本纯的水缸子添了水……惠名标左等不见来，右等不见来，陶本纯和穆文化没话可说，就都一口一口地喝着水，喝得他俩出了窑门，都撒了两泡尿了，惠名标才像一只警觉性很高的狗一样，转着眼珠子，走进了陶本纯的家。

陶本纯想都没想，就问了他：打牌了？

惠名标说：打了几圈。

陶本纯说：怎么下的场？

惠名标说：输了么，不输人家能放我听你开会？

陶本纯让婆姨给惠名标倒了水，他把铁皮烟盒往惠名标的手边推了推。这只铁皮烟盒，对惠名标是有用的，他一到陶本纯家里开会，是一定要卷几个大炮筒子抽的。今天他却把陶本纯推给他的铁皮烟盒推了回去，从他的怀里掏出一盒香烟来，是他抽过的周占春乡长抽的那种红猫香烟。

惠名标说：乡长能抽红猫，咱村主任就不能抽了？

陶本纯说：有钱你就抽么。

说了两句闲话，陶本纯就不想再说了。他开门见山，给惠名标和穆文化说：主任和我一起在乡上开的会，刚才我和文化也说了，你俩倒是说说看这事该咋弄？

惠名标说：你是支书，你说么。

惠名标的话说得阴阳怪气，穆文化不能跟上说，但也不能不有所表态，就说：我听支书的。

陶本纯早就料到他们二位的态度了，便也没有客气，非常明确地谈了他的意见。他说：乡长周占春的决议，依我看，是必须遵守和执行的。这是周占春上任后安排的头一项工作，谁要不遵守，或是执行不力，就一定有谁好看的。既是这样，我们分个工，先把分配给我们的筹款收上来。收款的时候，要注意策略，多宣传种植白兔娃甜瓜的好处，争取获得村民的支持。要知道，乡长周占春是定了时限的，十五天，我们要不抓紧开展工作，到时候……到时候谁的责任谁担好了。

话说到最后，陶本纯想说得狠一点，但从嘴里蹦出来的话，却还是那么有气无力。

陶本纯心里明白，这将是一个再怎么抓都抓不出成效的工作。果然，在接下来的日子里，他们后沟门村的三大员聚首汇报情况时，负责村民一组工作的惠名标，说他的嘴皮幸亏是肉的，要是铁做的，怕都磨成刀子了，但一点进展都没有，没人掏什么白兔娃甜瓜集散中心修建的款，也没人想要种植什么白兔娃甜瓜。穆文化负责的是村民二组的工作，他汇报的情况，和惠名标说的如出一辙。到最后，他还加了一句，说是村民们说了，国家考虑到农民的困难，把农业税都取消了，他乡上凭什么要大家掏钱修建白兔娃甜瓜集散中心？别说他们口袋里没有钱，就是有也不掏。对于这个结果，陶本纯心知肚明，是早有预料的，便是他负责的村民三组和四组的工作，不也和惠名标、穆文化汇报的一样吗？

这样的结果，让陶本纯头痛了。

头痛归头痛，陶本纯心里所希望的，不也正是这个头痛的结果吗？他没有责怪谁，只是要求他们两大员继续努力工作，设法完成乡长周占春布置的任务。他自己呢，不仅在村民三组和四组轮番地跑，还在喇叭上起劲地宣传种植白兔娃甜瓜和修建白兔娃甜瓜集散中心的种种好处。

乡长周占春，就是在陶本纯呜哩哇啦的喇叭宣传声里到了后沟门村的。

在村外的草坡上，周占春遇到了惠麦花，从她嘴里得知，后沟门村的村民骂他呢。骂就骂吧，做工作是不能指望不挨骂的，骂到最后，村民们尝到此项工作的甜头时，就不骂了。到那时，村民们就要敲锣打鼓地感谢他了。周占春沉浸在他自己想象的世界里，就没把惠麦花说村民骂他的话太当回事，反而想着惠麦花和她的那群羊。

周占春把惠麦花和她的那群羊，看成他在榆树湾乡富民的又一个途径。他这个人太会想象了，前头还想象着榆树湾乡村村种植白兔娃甜瓜的美好景象，现在又想象起榆树湾乡处处放牧羊群的壮丽景色……周占春强忍着内心的喜悦，却还是满脸都带着笑。

是狗的叫声，把陶本纯从他家窑炕上的麦克风前叫出来的。他一出窑门，就看见周占春弯腰摸着土块，撵着追他而来的几条狗……陶本纯紧跑了两步，堵在周占春的身边，几声吆喝，就把狂吠着的狗们吆喝退了。

陶本纯抱歉地对着周占春说：不知道您要来。

周占春被狗吓着了，脸色有点灰，但他还是不失威严地说：我说过了要来，就一定要来的。

陶本纯便很诚服地点着头，领着周占春进了他的窑院，喊叫着他的婆姨穆杏娟，让她端水给周占春洗手洗脸，并大声地嘱咐，让穆杏娟要舍得，弄几个菜出来，他要陪乡长喝几杯……安排着招待乡长周占春的事宜，陶本纯心想，周占春要问他的头一件事，肯定是让他头痛的白兔娃甜瓜了。他的脑筋急煎煎转着圈子，想着怎么应付周占春。看着他洗了手和脸，在窑院的那张石桌前拉了个木凳坐下来，问的头一件事却是惠麦花和她的那群羊。

周占春说：在村前草坡上牧羊的女子是谁呀？

陶本纯愣了一下，但很快回过神来，说：惠麦花么……她可是个大学生哩！

周占春听得吃了一惊，问：大学生？

陶本纯就说了惠麦花的情况，说她如何上的大学，如何回的村，如何承包了村上闲置的小学院子，如何大力发展养羊事业……陶本纯说得仔细，周占春听得认真，听到后来，就让陶本纯把惠麦花叫来，说：在咱们榆树湾乡，还有惠麦花这样的人才，想不到，太想不到了！我们可不能埋没了人才。

惠麦花大大方方地来了。

惠麦花大大方方地进了陶本纯家的窑院，穆杏娟依着陶本纯的嘱咐，已经有荤有素很是舍得地弄了几样菜，端到了石桌上……惠麦花来了，就想帮穆杏娟一手，却被周占春叫住了，让她坐到石桌前来，说他有话和她说。

惠麦花本就不是个扭捏的人，周占春让她坐，她还真就和他面对面坐了。

陶本纯这时把家里存的一瓶榆林春拧开盖子，先给周占春倒了一杯，再给自己倒了一杯，端起来要和周占春碰杯时，周占春却没有端酒杯，他看着惠麦花说话了。

周占春说：陶支书啊，你可不能歧视妇女的。

陶本纯还迟疑着，惠麦花自己拿起榆林春酒瓶，给她自己也倒了一杯酒，端起来就和周占春碰了。她和周占春碰了一下，都把酒杯送到嘴边，又拿下来，找着陶本纯的酒杯碰了一下，话也不说，吱的一声，酒就全吸进肚子里了。

周占春为惠麦花喝彩了，说：痛快！

几杯酒下肚，惠麦花的脸变得红扑扑的，还挂了一层米粒似的细汗，叫周占春看去，觉得她水淋淋的，有着一种别样的美丽。他的心不由得一抽一抽地痛，嘴上就还"痛快，痛快"地说着，又喝了几杯榆林春，把自己喝得都有些飘飘然了。但他没忘来后沟门村的目的，喝着酒，又问了惠麦花的一些情况，很是豪气地说他没想到，还真是野有遗珠，在他们榆树湾乡还隐藏着这么珍贵的人才。

陶本纯是想让周占春多喝一点的，喝多了他好蒙混过关。陶本纯知道，周占春来后沟门村，是来查看村上为乡政府修建白兔娃甜瓜集散中心的筹款情况的。陶本纯如果顺利地筹到款，一切都好说，问题是他一分一文的款都没有筹到，周占春问起来，他就不好说了。因此，陶本纯是想让周占春喝多一点儿，但又不能让他喝得太多，把他喝得倒在后沟门村也不好办。

偏偏是，陶本纯越是担心的事，就还真的发生了。周占春往嘴里又倒了两杯酒，便完全地显出一种醉态来，满嘴的胡言乱语，一会儿说他抛家舍业，到榆树湾乡来做什么？是来受孤单呢。自己受了孤单也还罢了，想给乡上百姓办点实事，竟也没人理解、没人支持，还张口骂他胡成精，是给自己弄政绩哩。周占春滔滔不绝地说着，喷出的酒气，把围着酒桌子转的两条狗和三只鸡都熏得跑远了。但他还停不了嘴，还要酒气冲天地继续说。

周占春问惠麦花：你说是不是？

惠麦花低了头没有表态。

周占春又对她说：你说你能理解我吗？啊？你可要理解我哩。

惠麦花依然低着头没表态。

周占春就自问自答，说：你不表态我知道了，你是理解我的，你一定理解我了。周占春这么安慰着自己，摇摇晃晃地站了起来，说他走呀，他还有几个村子要去看看的。他走一步一回头，一回头给惠麦花说一句话。

周占春说：我在乡上等着你，你有什么想法了，就直接来找我。

摇摇晃晃、晃晃摇摇，都已走出陶本纯的窑院了，周占春才又瞪着一双红赤赤的眼睛，看定送他出门的陶本纯，把陶本纯看了好一阵子，看得陶本纯心里毛拉拉的了，他才问陶本纯把乡上布置的工作完成得怎么样。

陶本纯以为他的酒能把周占春支应过去，还正为此庆幸时，猛地听到这一问，结结巴巴竟说不出一句顺畅话来。

周占春却笑了起来，他笑得让陶本纯有点心惊肉跳，觉得那样的笑有着太多的含义，甚至夹杂着一种淫邪的味道。

周占春说：我说的话，可是一定算话的。

06

向来顺着陶本纯的穆杏娟，这一次不再依顺他了。穆杏娟忍无可忍地告诉陶本纯：我没钱，一分钱都没有！

陶本纯却还觍着脸说：想想办法嘛。

穆杏娟说：想办法，我能想个甚办法？

陶本纯说：咱借么，给你娘家人借么。

穆杏娟说：我没脸借了。

陶本纯说：那你说我咋办呀？

穆杏娟说：把嘴扎起来……咱家别的东西不多，扎嘴的绳子还是有的，找根绳子把嘴扎起来，就把甚甚的问题都解决了。

同在后沟门村里长着，能念书、会念书的陶本纯，一直以来都是穆杏娟眼里的神。在村里的小学，与陶本纯在一个班上的穆杏娟，跌跤爬扑，大约还撵得上陶本纯，后来升到乡里的初中，穆杏娟就是熬破了夜、点烂了灯，也撵不上陶本纯了……她是眼睁睁看着陶本纯从她的身边走了过去，走进县城的高中继续他的升学梦去了。她没有办法，她就只有流泪了。

泪眼婆娑的穆杏娟记得很清楚，在陶本纯背着铺盖和干粮，从后沟门村一步步走过，走出了村子，走上了去县城的那条曲曲拐拐的山路时，她是悄悄地躲在他的身后，跟着他往前走着，她多么想陪着他到县城的高中求学去呀！然而理智告诉她，这一切都不可能了，她没有资格陪读在陶本纯的身边，她成了后沟门村又一个回乡务农的女初中生。

在穆杏娟之前，后沟门村有许多她这样的女初中生。她们的生活就是她的镜子，她以后只能像她们一样，过几年说个婆家，把自己嫁过去，幸福不幸福地熬着日月，生孩子、养孩子，直到头发白了、牙齿掉了……长长的一生，她不知道，她是否还会做梦。

当时的穆杏娟，就这么尾随着陶本纯，几近绝望地想着心事，一路默默地送着他，送出村子很远了。她想她是不能再往前送了，就驻足在村头的坡梁上，还用眼睛送着陶本纯往前走……倏忽之间，她听到有人不知从哪儿，幽幽婉婉地在唱信天游。

穆杏娟听得非常清楚，那幽怨的信天游叫《想亲亲》：

> 想亲亲那个想得我直愣愣的神，
> 称上的那个梨儿呀，
> 亲妹子我送不上你家的门。
> 人面前想你了呀装出一脸脸的笑，
> 人背后想你了呀，
> 亲妹子我的泪蛋蛋抛。
> ……

漫川漫坡，一时之间就都回荡着这曲叫人心碎的信天游……穆杏娟抹着脸上的泪珠，眼睛一眨不眨地看着渐行渐远的陶本纯……他一步一步地走着，走向了一个身穿红衣的女孩子。

　　穆杏娟知道，红衣女孩就是惠麦花。

　　惠麦花可真幸福啊！后沟门村能够陪着陶本纯到县城高中读书的女孩子就只有她了。

　　穆杏娟有点妒忌，但还是沮丧地低下了头……她原想，这一生她都将低着头活人了。但在县城高中读了三年的陶本纯怀揣着一纸红皮大学录取通知书，没能走进大学的校门，却回到了他们后沟门村。

　　对此，穆杏娟不知道是该伤心，还是该高兴。

　　陶本纯的老爹伤了腰，睡在窑炕上起不来，穆杏娟自觉地走进了陶本纯的家，走进了陶本纯老爹瘫睡的窑洞，自觉地担起了服侍老人家的义务……穆杏娟给老人家翻身挪位，洗手洗脸，端屎倒尿，没一样做得不仔细、不周到。别说是作为老人家儿子的陶本纯看在眼里要感动，就是后沟门村以及相邻村子知道这件事的人，都要为穆杏娟的行为而感动了。

　　惠麦花在等待入学的日子，也不断地到陶本纯家里来，穆杏娟在这里的一举一动，也都尽数落入了她的眼睛。惠麦花看见了感动是自然的，她因此也要帮着穆杏娟两手的，但却往往是，她的帮忙，又都成了添乱。譬如为老人家洗手洗脸，她正做着，不知怎么的，竟把半脸盆的水泼在了老人家睡觉的窑炕上，弄湿了铺着的褥子和盖着的被子。害得穆杏娟赶忙进来，从老人家的身子下边抽出褥子晒到窑院的阳光下，又从老人家的身子上换了被子，拿到窑院晒在阳光下。惠麦花羞愧她的笨拙，红了脸埋怨自己。

惠麦花是对着穆杏娟埋怨自己的：看我能弄个甚！笨手笨脚的，倒给你添乱了。

穆杏娟是不以为然的，说：别把你说得百无一用，你是个念书的人，你的书就念得好么。

惠麦花仍然羞愧着，说：你是骂我哩！书念得好，谁还能一辈子钻在学校捧着书念？到头来还是得走出校门过日子哩。

穆杏娟没接惠麦花的话。她打心里承认，惠麦花说得对，人嘛，在哪里不是过日子？这么一想，她把服侍陶本纯老爹的义务做得就更认真了。

日子逼到陶本纯该去城里上大学的时候了。同样考上大学的惠麦花，到陶本纯的家里来，询问陶本纯准备好了没有，他们搭伴一起走。陶本纯没有回答惠麦花的问题，他在自己的家里，走出走进，看见窑院一角的几只羊了，扯上一把草扔过去；看见窑院的门口卧着的那条大黄狗了，走过去，伸手摸着狗的头……看样子，陶本纯的心乱了，乱得没法收拾了。

惠麦花跟在陶本纯的身边，说：你倒是说话呀！

陶本纯这才说话了，他说得有点上火：我是想上大学，可你看么，我能说甚话呢？

惠麦花愣愣地看着陶本纯，她听懂了陶本纯的话，只是她不能相信，陶本纯会放弃上大学的机会……他们俩早已有了约定，要一起走出后沟门村，一起到城里的大学去深造，一起……惠麦花不敢往下想了。

陶本纯却明白无误地告诉惠麦花：我不能背着老爹一起上大学吧？就是能去，我拿什么交学费？我拿什么给老爹看医生？

窑炕上传来了老爹痛不欲生的叹息声，伴随着的，还有穆杏娟温言软语的劝慰……惠麦花不和陶本纯争执了，她难过得心如刀绞，眼眶里蓄积着酸涩的泪水，有一颗滑落出来，挂在她红过后显得十分苍白的脸蛋上。

太阳公公出来哟一点点那红，

你是哥哥的哎心了疼疼。

大榆树的哟毛呀毛敫敫，

你是哥哥的哎喜了人人。

……

陶本纯感觉他的耳畔，在惠麦花含泪出村上大学的那个日子，一直轰响着这首在陕北传唱了千百年的信天游，这首信天游有个让人肝肠寸断的名字《你叫哥哥心疼了》。

悄悄地，穆杏娟走到了陶本纯的身边，她看着他在劈一段干树根。

陶本纯是举着一把镢斧来劈那段干树根的。不知甚时，陶本纯家的窑院就有了这段干树根，它常常要钻进陶本纯的眼睛里，但他没有想过要把它劈开来当柴烧，却在耳畔轰响着《你叫哥哥心疼了》的信天游时，他的眼里容不下这段干树根了。他要把干树根劈碎，劈得碎碎的，一块一块塞进灶膛里烧了……陶本纯劈得来劲，劈几下就脱了身上的夹衣，再劈几下又脱了身上的衬衣，把他青春年少的身体，半裸在了洒满阳光的自家窑院，他每举一次镢斧，每向干树根劈下来一次，半裸的身体上，都会掉落一片汗水。

穆杏娟看着陶本纯，看他把干树根一小块一小块劈开来，散在院子里。她没有捡，也没有拾，就那么痴痴地看着陶本纯，直到他把干树根全都劈碎了，随手把闪着亮光的镢斧丢在一边，穆杏娟这才转到他的面前，把一个白色手绢扎成的小包塞到了陶本纯的手里。

穆杏娟说：你打开看看，看够你上大学的学费不？

陶本纯身上的肌肉猛地痉挛了一下，他不相信自己的耳朵了，傻呆呆看定穆杏娟，手一松，竟把穆杏娟给他包着钱的白手绢跌在了地上。他腾出手来，抓住了穆杏娟的双肩，把她仔细地看了一阵，再一用力，就整个地把穆杏娟搂在他的怀里了。

穆杏娟缩在陶本纯的怀里，她给他说：你是不能把老爹背着上大学去的。但你想么，还有我哩，我来服侍老爹，我会把老爹服侍得跟亲爹一样的，你信吗？

陶本纯呢喃着：我信，我信！

完全地、坚决地相信着穆杏娟的陶本纯，突然地吃了穆杏娟的一通软钉子，让他对自己有了一些怀疑。过去了许多年，他是否真的相信穆杏娟，相信穆杏娟之于他的一切依顺和温暖？

在后沟门村，陶本纯所在的陶姓人家是最弱势的一门。不是穆杏娟嫁给他当婆姨，他是入不了党，也当不上村支书的。

穆杏娟嫁给了陶本纯，大门大户的穆姓人家就都成了陶本纯的社会基础。穆杏娟的老父亲，在村支书的位子上坐了二十多年，他需要一个接班人。陶本纯成了他的乘龙快婿，他很自然地选择了陶本纯，把权交到了陶本纯的手上，还不忘全身心地支持、帮助陶本纯。

可是，支持帮助陶本纯的老岳父抗不过岁月的召唤，他和瘫卧窑炕上的陶本纯的老爹先后撒手而去，陶本纯还能得到谁的支持和帮助呢？

现在怕就剩下一个穆杏娟了。

村干部难当，难就难在一个钱字上。过去的情况是，陶本纯为了村上的事，手头没钱了，他向穆杏娟伸出手来，她不折不扣地都能满足他的需要。就是自己家里没有，穆杏娟出门转一圈子，借也要借回钱来，满足陶本纯的需要。

这一次，穆杏娟拒绝了陶本纯，斩钉截铁地拒绝了陶本纯。

07

走马灯一般，村主任惠名标刚从惠麦花租来圈羊的小学出来，乡长周占春又走了进去，周占春出来了，村支书陶本纯跟着又走了进去……不过，村主任惠名标到小学来，陶本纯没有看见，乡长周占春到小学来，陶本纯是看见了的。

陶本纯发现周占春像个贼娃子一样，在进惠麦花租来圈羊的小学时，在业已颓败的小学门口，东张张、西望望，贼头贼脑、心怀鬼胎地张望了一阵，这才缩着脖子进了小学的院子……这一切，陶本纯都看见了，他没有立即进去，而是站在背人的地方，老实等着周占春出来，然后他再进去。陶本纯心里装着事，和村主任惠名标没法商量，和他的婆姨穆杏娟也商量不到一块儿。他就想起了惠麦花，觉得他是该和惠麦花商量一下的。他有这个自信，无论什么时候、什么事情，他和惠麦花打商量，她都是会支持他的。

三年前，在城里上了大学，也有了工作的惠麦花，突然回到村里来，在撤走老师和学生的村小学转磨了一整天。到太阳西下，天边现出一片璀璨的霞光时，陶本纯也到空寂的村小学来了。

陶本纯听人说了，回村的惠麦花在村小学转磨着，都已转磨了一天了，他的心便悸动起来，一揪一揪的，想起他和惠麦花在村小学一起读书的时光。他们那时候两小无猜，惠麦花把他总是哥哥、哥哥地叫着，向他借半支铅笔，问他一道数学题……他们一起上了初中，一起上了高中……一幕幕、一件件消散在烟云中的往事，又都鲜活地出现在了陶本纯的眼前，他不由自主地走到还在村小学转磨的惠麦花跟前来，他想知道她在村小学转磨甚哩。

在向村小学所在的那架梁洼里爬的时候，陶本纯听见不知是谁，也不知是在什么地方，很努力地唱着一曲信天游：

> 不大大的那个哎嗨小青马马喂上二升料，
> 三天的那个路程么亲亲呀我两天到。
> 水流流的那个哎嗨千里呀么归大海，
> 走西口的那个人儿么亲亲我转了回来。

大青山的那个哎嗨高哟乌拉山低，

马鞭子的那个一甩么亲亲我回口里。

……

听着像那曲《走西口的人儿回来了》，陶本纯也是会唱的，他转着圈子，在坡坡梁梁和沟沟洼洼找着那个唱曲的人，却怎么都找不到。他就想，这曲信天游莫不是从他心里流出来的？这么一想，陶本纯笑了。

就那么浅浅地笑着，陶本纯走进了村小学，走到了在村小学转磨的惠麦花身边。陶本纯问惠麦花甚时回来的，惠麦花回答陶本纯回来不两天。陶本纯又问惠麦花在村小学转磨甚哩，惠麦花却没有立即回答陶本纯，拿她好看的大眼睛看定了陶本纯，把陶本纯的脸都看红了，她才回答了陶本纯，不过，她的回答竟是一个反问。

惠麦花问：你说哩，你说我在转磨甚哩？

陶本纯结巴起来了，说：小学被撤并走了，几年工夫，都破败成了这样子了。

惠麦花听懂了陶本纯的话，知道他想起了他们在小学读书的情景，她就不再卖关子，清了一下嗓子，很直接地告诉陶本纯，说：我想把小学租下来。

陶本纯是吃惊的，说：租小学？你租小学做甚呀？

惠麦花说：养羊。

陶本纯有点不相信自己的耳朵，说：养羊？你养甚的个羊？

惠麦花说：你甭管养的甚羊，只说你租不租小学给我。

事情就这么带着些荒唐，带着些疑惑定了下来……正如惠麦花说的，她在租下来的小学养起羊了。

惠麦花养的羊，还真与陕北过去的老绵羊不一样。她说她养的羊是引进的国外品种，杂交过了，叫莎能羊，体量大，繁殖力旺盛，毛绒质量高，肉质也很鲜嫩。不过，惠麦花养了三年，肉好吃不好吃，陶本纯没有吃过还不好说，其他几样优势，他长着眼睛，全看出来了，确如惠麦花说的，是很可观的。而且，听闻了惠麦花的莎能羊，近到他们后沟门村，远到几十里外的村庄，不断有人到惠麦花养羊的小学来，和她谈引种的事。谈得好了，惠麦花会卖给他们几只种羊，并且协议免费为他们饲养当中遇到的问题提供咨询。

小学被惠麦花租来养了羊，但小学原来题写的一些标语，还或深或浅地残留在墙壁上，例如校门口的"八字"耳墙上，一边写的"好好学习"，一边写的"天天向上"，因为是用油漆写的，就还好好地保留着。陶本纯看着乡长周占春从校门里鬼鬼祟祟地走出来，鬼鬼祟祟地走远了，他才又走到校门口，站着看了一眼校门口依然鲜艳着的漆写标语，不由自主地笑了起来。

陶本纯心想，惠麦花的莎能羊，莫非都成了小学生，在小学的校园里"好好学习，天天向上"地成长着？

正哑然地笑着，隔着校园的围墙，陶本纯听到了一声一声羊的叫声。他得承认，那些羊的叫声虽然不同，有高有低，有浊有清，但都是很好听的，像唱歌一样悦耳迷人。

陶本纯没有防顾，猛听得惠麦花在叫他，说：今日是咋的了，村主任惠名标刚走，乡长周占春来了；乡长周占春刚走，你支书陶本纯又来了。

听到惠麦花的招呼声，陶本纯真想转过身去，离开这里，但他还没把动作做出来，就又改变了主意，脚下轻飘飘的，像是踩在一团云上，软软地走了进去……这是陶本纯把小学租给惠麦花养羊后，头一回进小学门。陶本纯没给别人说，但他在心里给自己定了一条规矩，不是万不得已，绝不踏进惠麦花养羊的小学门。陶本纯这么要求着自己，其实是对惠麦花的一种支持，他不能因为自己的不慎，而影响了惠麦花蒸蒸日上的养羊事业。

背后已经有人嚼舌头了，说甚的惠麦花回村养羊，是不忘与陶本纯的旧情……陶本纯把小学租给惠麦花养羊，也是续他们的旧情哩。别人还只是背后说说，他的婆姨穆杏娟，却已大张着嘴巴，和他当面说了。

陶本纯心里想的是甚，惠麦花在他走进小学门的一瞬间全都看出来了。陶本纯不说，她也不说，跟在陶本纯的身后，他转到哪儿，她跟到哪儿……转着转着，陶本纯说话了，他夸她的莎能羊养得好，一只一只，都像牛犊一样哩！惠麦花回答了他说：你要喜欢，捉几只回去扎个圈也养么。陶本纯就抱怨说没工夫，怕侍候不好宝贝疙瘩一样的莎能羊。惠麦花就还问他：你把工夫弄了甚了？陶本纯说：谁知道呢！东山的日头背到西山，一天一天就这么混没了……陶本纯这么无奈地说着，突然转换了话题，问起惠麦花一些饲养莎能羊的问题。他担心惠麦花的羊群不断壮大，她在村上支持了几家饲养户，莎能羊的种群也在迅速增长，而山坡上的饲草是有限的，能不能满足羊群的生长需要？

这的确是个问题呢！

陶本纯不提出来，惠麦花也已思谋过了。她深知传统的放养形式，根本满足不了羊群快速增长的需要。而且，无限度地放养，还会使原来的草坡破坏退化，甚至酿成环境灾难。怎么办呢？惠麦花想过了，只有放弃传统的放养形式，改用新的圈养形式。这有一个好处，既可满足羊群的饲草供应，又可保护环境不被破坏。但也有一个问题，村里的草坡就必须合理划分，有偿使用了，这将增加养羊的成本。惠麦花自己是没问题的，她愿意支付这笔成本，可村上其他人家呢，他们能如她一样想吗？

在陶本纯之前，惠麦花的本家哥哥惠名标来找她，她和他已经说了这件事。作为村主任的惠名标对于此事，却一点热情都没有，让她以后再说这事。他话撵话地只给惠麦花说，村上急需用钱，让她把租小学的租金先交上来。惠麦花就奇怪了，说她不欠村上钱，为甚要她先交？惠名标就说，以前交的是以前，这次交的是以后，他都在账上记着哩，不会向她多收的。惠麦花却没有给他交。惠麦花说，要交也要交到陶本纯手上，她是从陶本纯手上租的小学。本家哥哥就有点气急败坏，问惠麦花是和本家哥哥亲，还是和陶本纯亲。惠麦花没有回答他的问题，把他撂在一边，只顾照管她的莎能羊去了。被晾着的惠名标，向惠麦花的身边逼了两步，说到她后悔的时候，可不要嫌本家哥哥不帮忙。这是个甚话呢？是威胁，还是另有隐情？惠麦花想她必须和陶本纯说一说了。

后来的乡长周占春和惠麦花的一场纠缠，更增加了她对陶本纯的担心，感觉后沟门村将有一件意想不到的事情要发生！是个甚事呢？惠麦花感觉得到，却说不清楚，就想着要和陶本纯说说。还好，陶本纯来了，他们俩说着话，惠麦花有意往她想说的话题上引，引了几次都没能引上去。原因是，陶本纯对惠麦花所说的改传统放养羊群为新式圈养的话题特别有兴趣，他扯住这个话题，是要打破砂锅问到底了。

陶本纯兴趣盎然地要求惠麦花，说：你给我说仔细一些，这是个好办法，我支持你。

惠麦花却没仔细说，逮住陶本纯的话头，说：我很高兴你支持我，但你能咋支持我呢？

是啊，能怎么支持惠麦花呢？总不是拿嘴哄人吧。

惠麦花笑了，说：听我给你说，你把后沟门村的支书当好、当牢靠了，就是对我的最大支持，这你应该懂吧。

陶本纯点头了，又觉得点得不甚到位，就又跟着点了两下。

惠麦花转身从她住的窑洞取来一个纸包，交给陶本纯，说：你去乡里把集资建甜瓜集散中心的钱交了吧。

陶本纯拿在手里的纸包，仿佛一块烧红的铁块，他很快推给惠麦花，说：不，不，我不要你的钱！

08

辗转反侧在自己宿办合一的窑炕上，乡长周占春想着惠麦花，觉得她像个传说一般迷人。从头一次与她在后沟门村的草坡上邂逅，到他再一次寻到她租养羊群的后沟门小学去，他感到自己已经无法自拔地喜欢上这个返乡养羊的女大学生了。

鬼鬼祟祟地到惠麦花养羊的小学来，鬼鬼祟祟地从惠麦花养羊的小学走，那只是陶本纯的想法。作为乡长的周占春，他自己是一点儿这样的感觉都没有的，虽然他心里惦念着惠麦花，来和她说的事却都是堂堂正正光明正大的，甚时候都能摆到台面上来。

周占春希望惠麦花把她的羊群处理掉，到乡政府来工作。在此之前，周占春还想让惠麦花大力发展养羊事业，同时带动榆树湾乡的养羊产业，但现在他不这样想了。周占春想要惠麦花离他近一些，让他想见她了，就能很快见到她。这是周占春的私心，当然还有他的公心，那就是他的白兔娃甜瓜种植计划，在乡上开展得并不顺利。为此，他准备在乡政府成立一个推广白兔娃甜瓜种植办公室。乡政府的干部，他仔细地捋了一遍，动动嘴皮子都还可以，到要上阵推广先进的白兔娃甜瓜种植技术，就都是瞎子挑灯笼白费蜡了。惠麦花就不同了，她是科班出身，回到村里，选择的是养羊致富的路子，如果劝说她卖掉羊群，专心专意来甜瓜办工作，她会很快熟悉起来，成为他周占春不可多得的一个帮手。

说服惠麦花，周占春在走进羊叫声一片的小学时，是充满了信心的。

周占春想，他说服了惠麦花到乡上的甜瓜办工作，既是他发展甜瓜产业种植的好帮手，时间一长，惠麦花也会感受到他对她的关心和好意，在他感受身孤炕凉时，说不定会自觉钻进他的被窝，拿她的热身子给他暖被窝哩……周占春就是这么想着走进惠麦花养羊的小学的。

他在走进校门前，还想起了一句很流行的话，说他们乡镇干部，村村都有丈母娘，夜夜都能做新郎。

忍俊不禁，周占春扑哧笑了起来。

周占春就这么美滋滋地笑着，走进了惠麦花养羊的小学。他没能一眼看见惠麦花，却在寻找惠麦花的踪影时，满眼都看见了惠麦花引进饲养的莎能羊，一团一团，像是粉白粉白的雪团儿，游走在扎得很整齐的几个羊圈里……周占春不由得要佩服惠麦花，觉得她一个大学毕业的知识女性，甘愿回村当羊倌，她可是下了多大的决心，费了多大的心思啊！

莎能羊对走进小学的周占春，咩咩咩欢叫一路夹道欢迎，看着他向女主人挂着彩绣的牡丹花样门帘的窑洞走去。

周占春不知道，正伏案读书的惠麦花，透过窑窗上的玻璃，早已发现他来了。但她只偏了一下头，扫了周占春一眼，就又埋头在她的书本里了。

惠麦花看的是一本莎能羊圈养的书，而且开始了自己的试验。凭着一种对科学知识的敏感，惠麦花深切地认识到，她要在故乡发展优质莎能羊的饲养，仅凭传统的散养是不能的。不仅是她的出生地后沟门村，就是广大的陕北地区，生态环境已脆弱到了非常严重的地步，放眼望去，一架又一架的山山梁梁，差不多都已秃成了寸草不生的荒山荒梁了。如果继续放任羊群在坡坡梁梁上散养，要不了几年，坡梁上的草根怕也都要被羊的嘴巴刨出来，吃进肚子去了。

周占春掀开窑洞门上的门帘，把身子往门上一堵，窑洞里的光线当下暗了许多。惠麦花想她这时再不搭理周占春，那可就是她的错了。

惠麦花把头从书本上抬起来，朝窑门口看去，脸上当即堆起一些笑意来，她说：哪股风呢，把乡长吹到这里来了？

周占春说：科技之风么。

惠麦花的窑洞里就她坐的一把椅子，她站起来，让给周占春坐。周占春也不客气，稳稳当当地坐上去，把惠麦花看的圈养莎能羊的书翻了翻，顺手推到一边，也不和惠麦花说话，一双眼睛扫视着放满书籍的书架……惠麦花的这个书架太简陋了，连个腿脚都没有，就支靠在同样简陋的书桌上，等分了三层，挤挤挨挨，除了几本小说和时尚读物外，就都是农业生产技术方面的书了。周占春一本一本地看着书籍的名字，他看得很仔细，有本科学种植甜瓜的书，突然撞进了他的眼睛。他如获至宝一样，当即伸手取了下来，认真地翻看起来。

一股淡淡的草香味，弥漫在不是很大的窑洞里。熟悉陕北生活的人，知道这是那种名叫地荛荛的草的味道，吃了这种草的羊，熬汤吃肉就没有膻腥气。割回来晒干，扎一把挂在窑洞里，就又有了一种别样的用途，可以驱除蚊虫，又能清新空气，不比市面上流行的薰衣草差甚。

惠麦花把一杯白开水端给了乡长周占春。他是嗅到那好闻的地茭茭草味了，但他不相信那只是地茭茭的草味，其中一定还有惠麦花自身散发出来的味道。

接过惠麦花端来的白开水，周占春双手捧着喝了一口，他说话了：你可以猜猜，本乡长亲顾你的茅庐可是为着何来？

惠麦花从周占春在她窑洞里表现出的几个细节，已经看出了他的用意。但她不想猜谜，便说：乡长把自己看成刘皇叔了吧？可我不是诸葛亮，我养羊的小学也不是茅庐。

周占春被惠麦花说得兴趣盎然，他接着说：我还就把你看成诸葛亮了。你知道我在全乡大抓白兔娃甜瓜的种植，这是咱们乡的一项优势产业。只我一个人抓不行，我要大家都行动起来，特别是你，你这个有着坚实科学技术的人才。

惠麦花听得笑了起来。周占春看得明白，惠麦花的笑应是那种事不关己的笑。

周占春不能让惠麦花觉得事不关己，他说：我说的是真心话。

惠麦花收住了笑，说：可你看错人了。

周占春便强调他怎么会看错人：我是弄甚的，在榆树湾乡打着灯笼找人，还就真的找见你惠麦花了。我没给上天烧香，也没给地神烧纸，上天和地神都支持我，让我在后沟门村找到了你，你说你能不帮我来抓白兔娃甜瓜的发展吗？周占春滔滔不绝地说着，把他在乡政府成立甜瓜办的设想，和盘端给了惠麦花。最后，他十分肯定地说：我做甜瓜办的主任，你做甜瓜办的副主任。我就不信白兔娃甜瓜出不了陕北，到不了全国的消费者口中去！

这一番豪言壮语，差点儿要使惠麦花感动了呢。但她忍着没有感动，因为她对白兔娃甜瓜没有做过任何研究，也没有做过任何调查，她不能乱感动，那样是会坏事的。何况她现在的兴趣不在白兔娃甜瓜的种植上，而在她引进饲养的莎能羊身上。

忍着感动的惠麦花只能给周占春说：对不起，我要让乡长失望了。

周占春从椅子上站起来，带着些男人的冲动说：你不想支持我？

惠麦花说：乡长把话说重了。

周占春说：我说重了吗？有我在榆树湾乡当乡长，我就不能看着一个农大毕业生在草坡上放羊。

惠麦花说：我放羊又咋的了？

周占春说：那是对知识的糟践，更是对知识分子的糟践！

惠麦花说：谢谢乡长，我咋就感觉不到呢？

周占春说：你不是感觉不到，你只是不愿意承认罢了。

惠麦花的心尖尖倏忽痛了一下。她得承认，周占春的话是有些道理的，在农业大学读书的时候，惠麦花的信心仿佛能从嘴巴中蹦出来，从眼神里溢出来。大学毕业了，她参加省上组织的公务员考试，网上公布笔试成绩，她骄傲地名列前茅，参加面试，考官们对她也颇多赞许。她满以为有条件发挥她的所学了，可到公布录取名单时，却再也找不见她的名字。为此，她找了相关部门，大家的脸倒是不难看，说的话也不难听，告诉她"你很有实力，下次吧，下次还有机会"。为了这个机会，她又努力了一年，结果还是一个样。这时她听人说，有实力不算啥，得有人帮忙才行。她到哪儿找人呢？在她的人生履历中，上翻三代、下找三代，也找不出个能帮忙的人。失望的情绪，像一团乌云笼罩着农大毕业的惠麦花，没办法，她到人才市场上找出路，这一找还真让她找着了，是个电视上有影儿、报纸上有字儿的农业合作有限公司。她进去后，当即成了他们的技术骨干，一会儿到黄河滩上去与人合作种植速生杨，说是国家急缺纸浆木材，种植三年就可砍伐……一会儿又到毛乌素沙漠里去，学习以色列的农作物种植经验，与人合作进行生态种植计划……两年多的时间，惠麦花路没少跑，汗没少流，各种各样的规划和计划也没少做，她不是农业技术工程师，在与合作者谈判时，她被介绍的职务，却已是公司的资深工程师了……忽然有一天，来了一帮戴大檐帽的人，把公司的门封了，还把公司的账本和资料也封了，并给公司董事长、总经理等人戴上手铐，把他们推进一辆警灯闪烁的车里……这一干人中，就还有惠麦花。问题水落石出后，惠麦花才知道这是个诈骗团伙，他们以与人合作开发农业项目为由骗人钱财，公司的董事长、总经理等因此被正式逮捕判刑，胁从的惠麦花配合调查态度积极，说明问题清楚，获得宽大处理，无罪释放。

在这期间，惠麦花还交了个男朋友。两人都同居了一些日子，就差领证结婚了，出了那样的事，她的男朋友躲得远远的，连见他的面都见不上了。心灰意冷的惠麦花，痛定思痛，怀揣着她的农大毕业证，决心回乡创业了。

惠麦花很慎重地选择了养殖国外引进的莎能羊，现在正是大力发展的关键时刻，她又怎能撂下不管，去弄周占春说得天花乱坠的白兔娃甜瓜种植呢？

不能了。惠麦花痛了一下的心尖尖，眼看就要软下来时，又硬了起来。

惠麦花对周占春很是抱歉地说：我放不下我的羊。

一时不能说服惠麦花，周占春一点都不气馁。他把惠麦花的那本种植甜瓜的书拿在手上，给惠麦花说：借给我读读好吗？惠麦花答应了他，他就拿着书走出了惠麦花住着的窑洞……在窑洞门口，他站了站，回头还对惠麦花说：我的话你再考虑考虑，我还会再来找你的。

09

一碗不咸不淡的疙瘩汤端在手里，还没往嘴里拨一口，就听窑院的门外一片人声。作为村支书的陶本纯，本能地想要走出门去，看看出了什么事。可他抬脚走了没有两步，就见窑院的门，被人咚的一声踹了开来，不是十分结实的两扇榆木门板，像是受了惊吓的两片树叶，在偏向两侧时，剧烈地颤抖着。

陶本纯的心蓦然像泡在了醋里，又酸又涩，逼得他快要流泪了。

破门而入的人，不是别人，都是他家婆姨穆杏娟的娘家人。在这些人的背后，还跟着他们陶姓人家的一些人。

他们气势汹汹，踹门进来做甚呀？

陶本纯心怯怯地回头看了一眼，他是在找他的婆姨穆杏娟——他没有找到。对陶本纯百依百顺的穆杏娟，和他为了借钱的事大吵了一架后，卷裹了一个小包袱，回到娘家去了。

是的，穆杏娟回到娘家已经好几天了，这在陶本纯和穆杏娟的婚姻生活里是少见的。过去，他们也拌嘴，差不多是炕脚地拌嘴，上了炕又亲热在了一起，从来没有出过半个晚上，好像每拌一次嘴，他们的感情还会更亲密一些。这次奇了怪了，就吵了那么两句，穆杏娟便吃了秤砣铁了心，把他彻底晾在了一边，连个说话的机会都没给他。

这其中有没有惠麦花的因素呢？

穆杏娟没有说，陶本纯不能不往这上头想。他和惠麦花在后沟门村的好，自小就是人们口头吊着的话。他们长大了，双双上了县城的高中，双双考上了城里的大学，村里人倒是嘴上不说了，心里谁又不是这么看呢——陶本纯和惠麦花是天造地设的一对儿。后来的变故，迫使陶本纯和穆杏娟好在了一起，他们结成了夫妻，在一盘炕上睡觉，在一口锅里下面，原来想就这么一直过下来了。不承想，在城里上了几年大学，也工作了几年的惠麦花又回到了后沟门村，她要租小学养羊，陶本纯就很干脆地租给了她，和穆杏娟连个商量都不打。是不把穆杏娟往心里放呢，还是熄灭了的旧情又像干枯在坡梁上的草，重新燃烧了起来？

穆杏娟拿捏不准陶本纯的心了。

有段时间，穆杏娟的心惶惶不安，她睁着一双大眼睛，紧紧地盯着陶本纯，仔细观察陶本纯和惠麦花的动静。让人稍觉安慰的是，除了陶本纯把小学租给惠麦花养羊之外，再没发现他们之间有甚新的动向。可是穆杏娟还不放心，她想她和陶本纯一起过了五六年，睡在一盘炕上，光溜溜你搂我抱，陶本纯没少出汗，她也没少呻吟，快乐时还把嘴唇咬出了血，可她就是怀不上孩子。对此，陶本纯倒是没有说啥，但她心里急呀。

她不能给陶本纯怀孩子，别人呢？别人也像她一样，不能给陶本纯怀孩子了？

这成了一个挥之不去的巨大阴影，罩在穆杏娟的头上，把她压得受不了了。

待在娘家的穆杏娟，比在她家里时心还慌，她有几次挟了包袱就要回去时，不知是哪一根神经起了作用，拽着她就是动不了身。她是在等陶本纯，等陶本纯来她娘家接她回家的，只要陶本纯到她娘家院里一站，她二话不说，就会乖乖地跟他回家。

可是，陶本纯不来她的娘家接她，她也就硬挺着耽搁了下来。

耽搁的结果是，当会计的本家哥哥传来话说，陶本纯的村支书被乡上暂停了职务。

暂停职务！

乍听这个消息，穆杏娟的心咯噔了一下，脑袋里也乱得如麻一样，她一时想不清楚，这对她是个坏事呢，还是个好事？

然而，事到临头，已不允许穆杏娟多想了，本家之中最具影响力的人物三爷爷，在一伙本家人的簇拥下找她来了。在她娘家的窑院，三爷爷逮住穆杏娟，摇着手里的几张白条子，开门见山地给她说：你说咋弄呀？陶本纯被暂停了职务，他借我的钱可不能也被暂停不还吧？三爷爷一开口，跟来的本家人，就都手摇着白条子，闹闹哄哄让穆杏娟想办法给他们还钱……穆杏娟要叫六奶奶的那个老妇人，满头的发丝像染了霜一般，白花花地飘散着，好不容易挤进人群，挤到穆杏娟的身边，把她手里的两张白条子就往穆杏娟的手里塞。六奶奶说：我的个好孙女哩，奶奶这两个钱不容易攒，鸡尻子里掏，人嘴巴里抠，奶奶是又掏又抠一辈子了，就攒下这几个钱，还指望养老送终呢，你要还我钱，你赶紧还我钱……说着话，霜染了头发的六奶奶就往地上出溜，要跪下来抱穆杏娟的腿了。

事情来得这么突然，是穆杏娟所始料不及的。

但穆杏娟承认，她的穆姓本家人攥在手里的白条子都是真实的，许多就都是从她的手里交到穆姓本家人手里的，换来穆姓本家人的借款，然后交给陶本纯，由他再转交上去，完成名目繁多的这一个提留，那一个捐资……穆杏娟嫁给了陶本纯，陶本纯从她老爹的手里接过了村支书的担子，可他却没她老爹当村支书的手段。遇上向村民摊派筹款的事儿，陶本纯心就软得像面条一样，到了最后，把钱筹不上来，就想着法儿借钱，他把他们陶姓本家的钱都借遍了，然后又向穆杏娟的本家借。逢着这个时候，穆杏娟总能挺身而出，她去穆姓本家人那里，带着陶本纯手写的白条子，苦口婆心，说陶本纯是为村上人哩，他不忍向大家摊钱筹款，他要能狠下那个心，谁还不是割肉剜心往出拿？他现在是向大家借哩，是以村上的名义向大家借的，有借有还，今日借一个，还的时候加利息，就不是一个了。凭着穆杏娟的巧嘴解释，每一次都能借到陶本纯需要往上交的款。日积月累，这笔借款有多少呢？陶本纯的心里没有底，穆杏娟心里也没有底。

现在，可能陶本纯还没底，穆杏娟是大概有个底儿了。

这是穆姓本家人七嘴八舌报给穆杏娟的，她心慌意乱地算着，越加越多，有三五万元的数目了！

穆杏娟闭上了眼睛，苦苦地咽了几口唾沫，然后抬起头来，把围着她的穆姓本家人都看了一眼，说：我穆杏娟瞎不了大家的钱。大家看着手里的白条，上面是谁白纸黑字签的名？是我穆杏娟吗？不是吧？是陶本纯，村支书陶本纯签的名！他签的名他就要负责，你们围着我要债，你们要得到吗？冤有头，债有主，你们去向陶本纯要债去吧。别说他是暂停支书职务，就是真正免了他村支书的职务，他也免不了借咱钱的债务！

一串话从穆杏娟嘴里不打咯噔地说出来，连她自己都很吃惊，原来她是很会说话的呀！这么说了一通大道理，穆杏娟还怕穆姓本家人不相信她，就还说了她为甚待在娘家不回的事情。

穆杏娟这么一说，当下把围着的穆姓本家人镇压住了。就连带头的三爷爷，也说穆杏娟的话有道理，于是，就又领着大家到陶本纯家的窑院里来了。

踹门进了陶本纯的窑院，带头的三爷爷迎面碰上端着碗的陶本纯，他二话没说，就从陶本纯的手里强行拿过碗，看是一口没动的疙瘩汤，就转身送到跟来的六奶奶手上，给她说：你还没吃饭吧？正好，孙儿陶本纯给咱做了饭，你就先端着填一填肚子。三爷爷的话，仿佛是个启示，没有端上碗的人，有几个直接去了陶本纯的灶窑，取碗在锅里盛疙瘩汤。因为陶本纯做得少，没两碗就舀干了锅，来人就还有了抱怨，说陶本纯怎么做那一点饭，不知大家要来找他吗？

这倒是句确实话，陶本纯真不知道大家来，更不知道大家来做甚。

三爷爷就给陶本纯说了：你不要装镇定，乡上把你的支书职务暂停了。

陶本纯的确没有得到这个消息，听三爷爷说还不相信，就说：我咋不知道呢？

三爷爷说：你会知道的。我们来没别的事，就想在你还没被免职时，让你把借大家的钱还了。

陶本纯说：还是一定要还的，可我……

三爷爷说：你现在没钱是吧？

陶本纯说：我不是说没钱，是说我借大家的钱也是为大家的，又不是为了我。

这句话像捅了马蜂窝，围着陶本纯的人，不仅是穆姓一族的了，还有跟来站在外圈的陶姓本家人。大家群情激愤，指责陶本纯不是人，想赖账。离得近的人，还将嘴里的痰，往陶本纯的身上唾。

看不清是谁，冲进了陶本纯的住窑里，把他和穆杏娟结婚时买的一台大彩电，往怀里一抱，大不咧咧地走出来，走过狼狈不堪的陶本纯时，给他说：你就快些准备钱吧，有了钱来我家赎你的大彩电……这个头一带，来要钱的人蜂拥而上，在陶本纯的家里，见甚拿甚。柜子箱子，粮食衣被……呼啦啦地被席卷而空。旁边的一个废弃窑洞里，有穆杏娟辛苦养大的两头猪，不晓得是受了惊吓还是别的原因，先还静悄悄的不出声，突然嘶叫了起来，下手晚的人，就都猛扑过去，有抓猪耳朵的，有拽猪尾巴的，唯恐被别人捉了去……便是陶本纯灶窑里的水缸，也被人掀翻推出了窑门。更有甚者，还把陶本纯的做饭锅也拔了起来，顶在头上往出走……事情弄成了这样，带头而来的三爷爷都觉过了头，扔下了陶本纯，在窑院里拦着乱搬乱拿的人，可他凭着一人之力，没拦下一个人。

井然有序的一个窑院，像遭了劫一般，转眼间空得就只剩下一个陶本纯，呆愣愣地站着……他是想哭，却怎么也流不出泪来。

10

讨债的穆姓本家人，一股风似的，从穆杏娟的身边旋开，又向留在家里的陶本纯旋去时，穆杏娟就后悔了。

娘家屋里，穆杏娟的老爹去世后，她的两个哥哥分门立户，都从家里搬了出去，只留下一个上了年纪的老娘，几天了，为穆杏娟置气不回自己家的事愁得嘴唇上起了几个泡。刚才的一幕，老娘都看见了，也听见了，她管不了事，也插不上话，只能干着急，急得她的心扑通扑通跳着，几乎要从喉咙里跳出来了。随着穆姓本家的讨债人旋出她家的窑院，老娘颤颤巍巍地扑到女儿穆杏娟的身边，抓着她的胳膊，说：女子你糊涂了，陶本纯再不好、再不对，他可也是你的汉子哩！你这女子到了关口上，不站在你汉子的身边也就罢了，咋还能站在他的对面，把火都往他的身上引呢？

老娘说得激愤，忍不住举起拳头，在穆杏娟的身上捶了起来。

穆杏娟承认，老娘的话说得对，便是老娘的拳头捶她，也是捶得对的……心里这么肯定着老娘，她的眼里就很没出息地流下了眼泪。她还想再僵一会儿，可是人老了心却明镜似的老娘推着她向窑院门外走，催她赶快回家去，说：都是穆姓本家人，你回家了，事情要好说一些。

磨磨蹭蹭地，在老娘的推搡下出了窑院的门，穆杏娟机械地迈着步子，向在后沟门深处的家里走去……头几步走得还较迟疑，走了几步，就走得坚定，也快速起来……然而一切都迟了，在她快要走到家门前的时候，已经看见穆姓本家人抱着大彩电、粮食袋子、箱箱柜柜、衣服被褥、水缸铁锅……前呼后拥，向她迎面而来。她伸出手，想要挡住拿走她家物件的穆姓本家人，但她挡得住一个人，却挡不住两个人。一个一个，像不认识她一样，从高声叫唤、气急败坏的她身边走了过去。

　　穆杏娟觉得她的喉咙都有了血的气味，她在叫：三爷爷！

　　她在叫：六奶奶！

　　她还在叫：大哥哥、二嫂嫂……

　　可是她的叫声没有喊动任何一个有血有肉的活人，倒是直扑在后沟门村的四面坡梁上，白撞回来，发出一阵又一阵的回响。

　　穆杏娟左阻右挡，没有阻挡得住谁，干脆也不挡了，垂下她的胳膊，在纷纷乱乱的人群里，逆向而行，与或怀抱或肩扛她家物件的人撞在一起。有一口装米的陶缸被撞得落在地上，碎成了八瓣，陶缸里的黄米撒开来，撒得满地都是。其他的人就踩着金黄金黄的小米粒儿，毫不迟疑地继续往前走……穆杏娟站在碎了的陶缸和撒满了小米粒的地方，一步都走不动了，静静地站着，直到讨债的人走得一个不剩，她才哇的一声大哭起来，同时，疯了一样向她家窑院冲去。

刚要冲进窑院，穆杏娟高声叫喊的三爷爷迎面走了出来，穆杏娟就更高声地叫三爷爷了。

穆杏娟叫喊得嗓子快要撕破了：三爷爷！三爷爷！

三爷爷低着头，从穆杏娟的身边挤了过去，他无可奈何地应了两声：唉！唉！

踉踉跄跄，跄跄踉踉……穆杏娟刚才那股冲劲一下子全没了，她像被人抽了筋一般，非常吃力地挪着步子，挪进她苦心经营的窑院，挪进一个窑洞，在窑洞里慢慢地打个转身，然后又挪出来，挪到另一个窑洞里……穆杏娟睁不开眼睛，她知道，睁开眼睛所能看到的，就都是狼藉一片，一片狼藉。

村主任惠名标赶着点儿，走进了陶本纯被搬腾一空的窑院。

惠名标走动的声音太轻了，像只猫儿一样，这可太不像他了。平常日子，他是像只虎一样的，人还在八丈六尺远的地方，脚步声就已地动山摇，还有呼出的气，也能吹得草翻树颤。可他今天却像只猫儿一样，轻轻地溜进陶本纯的窑院里来了。很自然地，猫儿一样溜进来的惠名标，看到了仿佛遭劫一般的狼藉样儿，跺着脚说：这是怎么了？啊？谁敢光天化日这么弄呀？

被吐在陶本纯身上的浓痰，也已经结成痂，他呆愣着，听惠名标在说话，他眼睛连眨都没眨，更别说回应惠名标的话了。

惠名标却还不管不顾，说了几句关切的话，立马转换了话题，说：乡上的文件随后就到，让我先给你口头传达一下，村支书暂时由我担任。

陶本纯呆愣着的身子微微晃了晃，他听出了惠名标话里的玄机，知道惠名称早就有了取代他支书职务的想法。惠名称在等待时机，这一次被他等到了。

努力地清了一下嗓子，陶本纯把一口痰吐在了地上，痰液中果然带有血丝，他没有看，眼睛盯死了惠名标，说：你把乡上要的甜瓜中心建设集资款交了？

惠名标说：周乡长那人杆子硬，说话算话。

陶本纯说：别给我说他，我问的是集资款。

惠名标说：乡上规定的时限到了。

陶本纯说：时限到了又咋个样？

惠名标说：到了还不交，就停不交人的职。

陶本纯说：所以你去交了？

惠名标说：我是为村上好。

陶本纯说：你是为你自己好！

话不投机，再说也是无益，惠名标突然变脸发狠地给陶本纯说：随便你怎么想去，随便你怎么说去，我无所谓……我来是向你传达乡上的精神的，你要不服，你到乡上说去，我犯不上被你饿饿……实话给你说呢，我受够了你的饿饿，再也不受你的饿饿了！

昏了头的穆杏娟把她家的每一孔窑洞都转磨了一遍，最后发现她养的两头肥猪也没了踪影，就又号啕大哭起来……她知道陶本纯还在窑院里僵着，就转了身，往他的身边扑，奋勇地扑着时，还扯着嗓子大骂陶本纯死汉子，说：我真是鬼迷了心窍，咋把你个死汉子当成宝贝，要死要活嫁给你，指望你过上个好日子，可我把日子过成了甚？你眼睛没瞎，你看看呀，把日子过成了甚？连本家人都撺到家里来，抢家里的物件了。你死汉子一样，屁都不放一个，我跟上你还有甚指望？我活不成了，你也甭想活！

骂骂咧咧着的穆杏娟，一头撞在陶本纯的腰眼上，他没有防顾，当下被撞得仰倒在窑院里。

惠名标是应该拉一拉架的，他却没有。看了骂骂咧咧的穆杏娟一眼，又看了倒在窑院里的陶本纯一眼，他转身去了陶本纯已被搬腾一空的住窑，把原来放在窑炕一角的麦克风和扩音器，从牵连着的一根电线上摘下来，抱着往出走。

在后沟门村，村支部、村委会的公章似乎还不能代表一个人的权力。他们村没有专门的办公场所，连着村里大喇叭的麦克风和扩音器，便具有了很强的权力意义。这两件东西，安放在谁的窑炕上，谁铁定就是村里的实权人物。这一点，惠名标是深有感触的，打小起，他就听着喇叭里的声音——喇叭里说东，他就必须往东；喇叭里说西，他就必须往西……惠名标真想自己在喇叭里说话，也说东，也说西，让村里跟着他东去西来。

心里痒痒着，迫不及待地，惠名标抱着麦克风和扩音器，刚从陶本纯的住窑里出来，就在麦克风上，噗噗地吹了两下，他是在试音呢。如果还连线着村子里的大喇叭，他会马上发表一段演说……惠名标的腹稿已经打好，他要呼吁后沟门村的群众，有条件要上，没条件也要上，积极响应乡上的号召，大力种植白兔娃甜瓜，开辟村民致富奔小康的新门路。

可惜，麦克风和扩音器还没连线村子里的大喇叭，惠名标吹了的两口气也就作罢了。

把陶本纯撞翻在窑院里的穆杏娟，张牙舞爪，原本想撕打陶本纯，却见惠名标进了她的住窑，抱出了麦克风和扩音器，还在麦克风上吹气试音。她直接撵过去，冲着惠名标怒吼起来。

穆杏娟吼着：光天化日，你也来抢东西呀？

惠名标躲着穆杏娟，说：这又不是你家的。

穆杏娟继续吼着：我明白，来我家抢东西的人都是你鼓动的。

惠名标说：是我吗？不是我。

穆杏娟的吼声更严厉了：背着牛头不认赃，我和你拼了！

在不大的窑院里，穆杏娟披头散发，追撵着惠名标；惠名标抱着麦克风和扩音器，努力地躲着穆杏娟……陶本纯挣扎着从窑院的地上往起爬，他觉得腰疼，手在地上扶的时候，摸到了两封散落在地上的旧信。他拿起来，一看信封上的字迹，便想起是他一个高中时的同学写给他的……他那个同学，毕业后没有考上大学，却也没在陕北的村里待，而是跑到省城西安打工去了。打工让那个同学在西安有了一片自己的天地，他开了个城市绿化工程公司。信上说他忙得不亦乐乎，急需一个帮手，他想到了陶本纯，想到了他们的友谊，恳请陶本纯放下村里的事，到西安来与他携手共创大业。

同学踌躇满志的脸，远在西安，却清晰地映现在陶本纯的眼前。

11

白兔娃甜瓜集散中心奠基仪式是别出心裁的，周占春请了榆树湾乡几个白了胡须的种植行家到场，让他们扎起乡政府预备好的白手巾，穿上乡政府统一缝制的黑裤褂。并让乡妇联主任把她平时也很少用的化妆品拿了来，给几位穿戴起来的甜瓜种植能手，红红白白地在脸蛋上抹了一层又一层，这就领着他们来奠基了。

敲锣打鼓和扭秧歌的队伍也是本乡的人，他们早早来到白兔娃甜瓜集散中心的建设工地，敲敲打打、扭扭跳跳了好一阵。装扮齐整的甜瓜种植行家，在周占春乡长的陪同下，在现场一出现，敲锣打鼓的队伍敲打得更来劲了，扭秧歌的队伍受了锣鼓点的鼓舞，扭扭跳跳得也就更欢实了。

请来的新闻记者都已得到了乡政府的红包，或是举着照相机，或是扛着摄影机，全都一副严阵以待的模样，聚焦在场地中央立着的那块小石碑上。带着装扮起来的甜瓜种植行家们走近，抄起一把把系着大红绸花的铁锨，听着周占春发表一番种植白兔娃甜瓜非凡意义的大论……这是一个仪式，甜瓜种植行家们把势扎得十分足，最后听得周占春一声"现在奠基"的号令，他们就都用锨铲着土，纷纷地培到小石碑上，只一会儿，小石碑就被散碎的黄土埋没了。

此后许多日子，县上的电视台，市上的电视台，还有省上的电视台，把榆树湾乡白兔娃甜瓜集散中心奠基仪式，播了一遍又一遍……报纸发了新闻图片，从县报到市报再到省报，三级党报在发新闻图片的同时，都配了不短的报道文字，大论这样的奠基仪式。不重明星大腕，不重高官显贵，只重视劳动者的尊严，让专业技术农民走上前台来唱主角，这无疑是一个创举，无疑是一种态度。

没有在现场的惠麦花，后来在电视和报纸上看到了这个情景。她佩服乡长周占春的才智，他善于利用新闻媒体做宣传，取得的效果也很好。

但这都是后话了。

当务之急的事，像一团熊熊燃烧的大火，跟在惠麦花的脚后，撵着她在乡长周占春主持奠基仪式的好日子，从后沟门村火急火燎地赶到榆树湾乡乡政府。她要和乡长周占春说一说了。

在和乡长周占春不多的几次交往中，惠麦花心里是有一些自信的。她感觉得到，只要她愿意，她给周占春说，应该会起一些作用的……当然，惠麦花自己也是要有付出的，是个甚样的付出呢？惠麦花是不愿去想了。

那么，惠麦花要和乡长周占春说个甚事呢？

这就还得从她的本家哥哥惠名标在村里放出的话说起了。前日傍晚，惠名标风尘仆仆地从乡政府回到后沟门村，见了人就说，乡上已经决定暂停陶本纯的村支书职务，由他来暂时兼任……惠名标这么说着，就还撵到惠麦花养羊的小学，来给她吹耳边风了。

虽然是本家哥哥，惠麦花却很看不惯惠名标的为人和做派，便是他装腔作势关心支持惠麦花，她照样看他不顺眼，甚而产生了更强烈的厌恶。天色已经暗下来了，性子较急的几颗星，一闪一闪地在高远的天幕上眨着眼睛……惠麦花在改作羊圈的小学教室里，一间一间查看着她的羊群。这是她每晚都要做的功课，不在羊圈里查看几遍，她就睡不好觉。

惠名标就是这个时候来到小学的。

惠麦花没有搭理他，他自己傍在惠麦花的身边，有一句没一句地关心着惠麦花。

惠名标说：好我的个妹子哩，我就想不通，好好的你不在城里享幸福，跑回咱这山洼洼里受的甚罪嘛！

惠麦花沉默着没应声。

惠名标也不管，自顾自说着：空落落的小学，黑乎乎的晚上，你说你一个孤身女娃娃……唉，你让羊给你做伴儿呀？

惠麦花本不打算理他，听惠名标这么一说，她就沉默不下去了，猛一回头，瞪着惠名标，说：你是放屁还是说话？

惠名标受了饿，却也不知羞耻，依旧傍在惠麦花的身边，说着他的话：咱一个本家的，你说谁有咱们亲？你恶心我放屁，我不生你的气。我给你说实话哩，你可是要注意你和陶本纯的关系，我不能让他连累了你。

惠麦花听不下去了，她喝斥惠名标：狗嘴里吐不出象牙，我看你就是一条狗，胡扑乱咬的狗！

惠名标挨了骂却还不羞不恼，说：好心总是被人当驴肝肺。你骂我，我不记你甚，你听我给你再说一句话，乡长周占春真是把你当人才哩。你听我说，你到乡上甜瓜办去，那是多好的事儿啊！

惠麦花听出问题的症结来了。如果不是天黑夜深，惠麦花是会当即跑到乡政府去，问他周占春的。惠麦花去不了，就在惠名标走后安静的小学里苦思冥想。她想了一个晚上，想到天明，也不吆着羊群出坡了，把她放羊时割回来晒干的草，一抱一抱撒在羊圈里，这就一刻不停地去了乡政府。

惠麦花一头热汗地来到乡政府时，乡长周占春主持的白兔娃甜瓜集散中心奠基仪式刚刚结束。心情不错的周占春，回到乡政府他的办公室，吆叫着让通讯员打来一盆热水，把毛巾浸进去，捞出来，拧干了。他正在擦着他的手和脸，这就听到了惠麦花的敲门声。

惠麦花是一边敲着门一边叫着：周乡长，你在吗？

如果只是敲门，周占春是要拖一些时间的，这是一种领导者的态度，凡事都要慢半拍，这样既可以表示他的稳重，又能显示他的权威。但惠麦花叫他了，他也听出是惠麦花的叫声，他就忘了拿捏一下，拿着热毛巾还在脸上擦着，就把办公室的门打开了。

周占春的问候带着几分惊喜：啊，是你呀，你来了。

不像在草坡上和小学里放养羊群的时候，在那样的地方，惠麦花穿戴得要朴素一些，但今天，她穿的就不同了，是一件酱色无袖连衣裙。她站在周占春的面前，亭亭玉立，让周占春像猛然注射了一针麻醉药，站在门口，把擦脸的毛巾捂在脸上，一动也不动。

惠麦花说：咱就站在门口说话吗？

周占春闻声才察觉到他的失态，赶紧让开门，说了声请，把惠麦花让进了办公室。他给惠麦花又是搬凳子，又是倒茶水，忙前忙后一阵子，也不知是有意无意，竟还把他办公室的门也关上了。

惠麦花笑笑，说：大乡长和一个女人家说话，把门关上不好吧？也不怕别人嚼舌头。

周占春就走到门旁边，手把门把手都捉住了，却没有打开来，转身说：谁人背后不说人，爱嚼舌头嚼去吧，和你一个大美女单独说话，被人嚼舌头我愿意。

惠麦花的脸红了，说：到底是乡长啊，就是不一样。

周占春向惠麦花走近了两步，说：想了几天想得怎么样？接受我的建议了吧？

惠麦花说：我知道乡长是关心我，但我今天不说这事。

周占春说：那你……

惠麦花从她背着的一个女式皮包里掏出两扎百元大钞，往周占春的办公室桌上一拍，说：我是来交钱的。

周占春不解，说：谁让你交钱？你交的是甚钱？

惠麦花说：村上为白兔娃甜瓜集散中心筹措的集资款呀。

周占春笑了，说：有人早你一天已经交了。

惠麦花知道是谁，可她还是问了一句：谁？

周占春说：村主任惠名标。

惠麦花想要挽回这一局面，说：求你周大乡长哩，你把惠名标的钱退回去，他那是个人姿态，乡长不能支持这种背后挖人墙脚的行为吧？

周占春笑了，他是一直笑着的，只是这一笑现在多了点儿暧昧，手把惠麦花拍在办公桌上的两扎钱拿起来，轻轻地拍了拍，说：那你呢？你又是甚的个姿态？

惠麦花一时就有些语塞。

周占春把两扎钱往惠麦花的手里塞，惠麦花拒绝着不接，三推两不推，周占春就把惠麦花的手捉在了他的手心里。是这样一捉，不仅周占春，还有被捉着的惠麦花，都蓦然触电一样呆着不动了。

惠麦花说：乡长，你把我手放开。

周占春却坚持不放，嘴里还梦呓一般喃喃地说：绵乎乎，绵乎乎……你的手可是真绵呀！

12

这是做甚呢！啊？一个村的人，咋能这么做事呢？从乡政府回到后沟门村的惠麦花，听说穆姓本家人和陶姓本家人，听到几句传言，便纠集起来，向陶本纯讨要他为应付上头的摊派而向他们借的款，讨要不成，竟把陶本纯的家给搬空了。对此，惠麦花震惊了，她不能袖手旁观，她去乡政府，忍受着乡长周占春对她的污辱，也要帮助陶本纯。

在一个贫困村当支书，陶本纯是太难了。因为难，陶本纯才不惜自己的前程一遍又一遍向村民借钱。他这么做，就是不想增加村民的负担，因此，摊派的活儿和钱也就只有他一个人担了。当然，他并不是毫无作为地担了。惠麦花学成回到了后沟门村，要引进饲养莎能羊，陶本纯就支持她，并把空出来的小学租给她，让她改造成了羊圈。陶本纯明确告诉惠麦花，后沟门村有着悠久的牧羊历史，这是他们村的传统，更是他们村的优势。他希望惠麦花在饲养莎能羊的项目上，总结出新的经验来，带领和帮助村里人，甚至是这一带的外村人，都能享受羊利，迅速地富裕起来。

不用说，惠麦花三年多的辛劳，已经获得了很好的回报……村里谁家要学惠麦花饲养莎能羊，陶本纯希望她能给予无私的帮助，这没甚说的，惠麦花照着做了。如今，惠麦花要进一步试验莎能羊的圈养技术，她给陶本纯说了，他二话不说，又还坚定地站在她一边，支持她的试验……现在，惠名标一个传言，竟使陶本纯的家受了这么大的劫难，惠麦花焉有不两肋插刀的道理？

惠麦花走进拿了陶本纯家东西的人家，她给他们耐心地解释：乡上并没有停陶本纯的支书职务呀！

大家的神情就有些恍惚，说：惠名标说了的，能有假？

惠麦花说：他说的是暂停吧？暂停只是暂停，乡上一句话不就又给他恢复了吗？

大家听着有理，低下头想想，也觉他们在这件事上做得过火了，就都很懊悔地直拍额头，当着惠麦花的面说：这可咋整？这可咋整？

惠麦花便善解人意地说：给人家送回去呀！

从东家出来，又进了西家，惠麦花口干舌燥地劝导着大家……当然，她不只是言语相劝，她还把在乡政府未交上去的钱带回来，到一家了，让他们把白条都拿出来，她一张张一分不少地给兑付了。

求之不得的好事呢！

从半下午惠麦花回到后沟门村开始，到天擦黑的不长时间里，惠麦花走遍了全村拿了陶本纯家物件的人家，兑付完了陶本纯为村上事借他们的款，而他们又都乖乖地把从陶本纯家搬来的物件小心地搬了回去。

仅一天的时间，上午去陶本纯家，把他的家呼啦啦搬挪一空，下午时，又呼啦啦去了陶本纯家，把他家的物件一样不少地搬回来。这使呆愣在自家窑院的陶本纯像是做了一场大梦。

大家从他家搬走物件时，陶本纯无动于衷，僵立着没有说话；大家往他家搬回物件时，陶本纯依然无动于衷，僵立着没有说话……他的手里攥着高中同学从西安给他写的信，把信纸攥了一天，几乎都攥出水来了。

陶本纯一动不动地僵立着，耳朵却前所未有地亮堂，他听见有人不知在哪里唱着一曲信天游，忽儿高了，忽儿低了，带着些忧伤，还带着些刚烈：

> 东山上那个点灯西山那个明，
> 一马马那个平了川呀亲妹子哎瞭不见人。
> 你在你家里得病呀我在我家里闷，
> 你身上那个有了病呀亲妹子哎我心上疼。
> 想亲亲那个想的呀直愣愣那个神……

这叫一个甚名字的信天游呢？是叫《东山点灯西山上明》吧？对了，是叫这个名字的。陶本纯记得，惠麦花在上大学前的日子，曾经要求他给她唱过这曲信天游的。他会唱这曲信天游，而且唱得还不错，但却在惠麦花要求他唱时，一声都没给她唱出来。今天，他想唱了，把别人不知在哪里唱了一遍又一遍的这曲信天游，唱出来……陶本纯活动了一下站立得僵硬的身体，一步一步地走出了他家的窑院，他先走得很慢，走着走着走快了。他一直地走着，走出了后沟门村，走上了村背上高高耸峙的那道山崖，站立在山崖边上。扯开喉咙刚唱起来，他的眼睛便湿漉漉的，有了泪的聚集，晶晶亮亮的，一颗一颗地掉下来，挂在他的脸蛋上。

2009年1月30日草于西安后村

2009年2月24日改于西安后村

拉手手

01

枣树开花的时节，坡梁上的草也就肥了。

是肥成大海一般的样子呢，满坡满梁绿草，都像受了某种神秘力量的鼓舞，奋勇地向上长着。有风吹来，便又羞涩地伏下去，才伏下去呢，却又迅速地挺起来，起起伏伏，总是难以平静。在坡梁上刈草的段枣花，心里也是这样，像长了草似的，起伏着不得平静。她是想起狠心的哥哥祝金虎了，心里想着呢，就要直起腰来，朝着缠在坡梁上的那条山路瞄一眼。她这样痴情地瞄着这条飘飘摇摇的山路，仔细算来，该有八冬七夏了。

段枣花条儿顺盘儿亮，是枣树圪梁村人见人爱的俏婆姨。她眼瞄着的这条山路，从坡半凹的村口漫上来，游蛇一样漫到梁顶，一直地漫向前去，漫到段枣花看不见了，还要继续往前漫的……过去，这条路是很宽的，也是很喧闹的，段枣花就是从过去宽敞喧闹的路上走来，嫁给她的哥哥祝金虎的。恩恩爱爱过了两个年头，她的哥哥祝金虎说他不能窝在枣树圪梁，他要出去，要到繁华的大城市里去，寻找新的生活。她的哥哥祝金虎说走真就走了，也就是从这条路上走的。从他走了以后，这条路便慢慢地窄下来了、静下来了。之所以窄，是被疯长的野草占去了；之所以静，是来去的人少了。枣树圪梁村，从祝金虎走出去后，像他一样的后生，好似串通好一样，一个一个的，差不多都走出去了。

望穿秋水。段枣花想她瞄着山路的眼神，应该就是那个样子呢。

段枣花这样子瞄着，是想瞄见出走的哥哥祝金虎从这条路上走回来的。她瞄不见狠心的哥哥祝金虎，却在挥镰刈草的这个下午，瞄见了一个衣着邋遢的后生，背着个肥大的行囊，从这条曲曲弯弯的山路上走来了。

看样子，这是个城里来的后生哩。

他的肩背上，驴子一样驮着个肥大的行囊，手里呢，还端着个炮筒子似的照相机，见着什么都新鲜，都要把他的炮筒子瞄上去，咔嚓咔嚓拍几下。

段枣花早就瞄见他了。起先只是远远的一个黑点儿，走得近了，这就瞄见他对坡梁上密密匝匝的枣树林子来了兴趣，把他的照相机，推远了拍几张，然后又扯近了拍几张，有时候呢，还把照相机的镜头凑到枣树的枝叶上拍几张，他拍得兴趣盎然、不亦乐乎……后来，他居高临下地看见了窝在半坡凹里的枣树圪梁村了，就手搭凉棚把散散乱乱的村子看了个仔细，这才小心地端起照相机，换一个角度，咔嚓拍一下，换一个角度，咔嚓又拍一下，惹得段枣花直起腰，手握一把亮闪闪的弯镰，在半空里掂了掂，嘴巴动着，默着声怨他了。

段枣花说：贪心的城里人，你还能把枣树圪梁村吃进你的照相机里不成？

段枣花的埋怨是没出声的，奇怪的是，却像被城里后生听见了似的，他把拍摄村景的照相机镜头收了回来，对着刈草的段枣花又拍上了。他拍段枣花的那份专心，超过了他前头的一切拍摄兴趣，没完没了。段枣花弯下腰刈草了，他咔嚓拍一下；直起身擦汗了，他又咔嚓拍一下……他这么很有耐心地拍摄着，还要一步一步朝着段枣花刈草的沟坡上挪，挪一步近一步，近得都快探上段枣花刈草的镰刀了。这让段枣花焉能不恼，她是又恼又羞呢！心想他是谁呀？咋这么轻薄？咋这么不知羞脸？

缠在梁梢上的大路，恰在这时，传来了一阵铃铛清脆的叮当声。

那是段枣花的妹子祝金花回家来了。

祝金花骑在一头拴了红绸带和铜响铃的小毛驴上。很受段枣花喜爱的祝金花，在山那边的乡办小学读书，路太远了，去学校不方便，段枣花央求爷爷拴了这头小毛驴，来为祝金花代步了。段枣花还怕祝金花在路上寂寞，又找了一个皮圈，拴上一圈串铃，戴在小毛驴的脖子上，小毛驴碎步走着，摇出一路不绝于耳的铃铛声，叮叮当当……叮叮当当……这样的景致，在陕北的旧日历中，是相当普遍的，到了现在，就很少见了。

祝金花在学校刚学了一曲信天游，斜骑在毛驴背上的她，就很嘹亮地唱着了。段枣花听得出来，这是学校老师改编过的信天游，如今不知叫了什么名字，原来是叫《探不上采花心里头爱》。这样一曲满含情爱味道的信天游，从祝金花这样的小女子嘴里唱出来，听来就更有意思了。

一朵朵红花半崖上开，

探不上采花呀心里头爱。

打碗碗花儿遍地开，

把你的白脸脸呀掉过来。

……

城里后生名叫柳五洲，他的父亲柳君红在陕北插过队。柳五洲从父亲那里听到过这样的景致，当然，他还从电影和电视的画面上看到过这样的景致。他听了、看了，觉得很美，是那种深藏在传统里的美啊！蓦然间，这样的景致撞入他的眼里，就不只是一种简单的美了。那么是什么呢？柳五洲一时还说不清楚，而且他的照相机镜头也没时间让他去多想，本能地，他掉转了头，对着祝金花骑着毛驴吼唱信天游的身姿，用他照相机的镜头，远远地瞄着，咔嚓按了一下快门……显然，只按一下快门是不够的，城里后生柳五洲向他刚还专心拍摄着的段枣花挥了一下手，算是给她打了一个招呼，然后呢，就去追骑在花红毛驴背上的祝金花了。他一蹦一跳，在满是荒草的坡地上蹦跳几步，就会停下来，举起手里的照相机，对着祝金花和她骑着的小毛驴按一下快门……他按响快门的心是专注的，段枣花隐约看得见，城里后生那张青春俊朗的脸上荡漾着的，满是惊讶和喜悦。

小毛驴脖子上的串铃声该是很好的音乐伴奏了。骑着小毛驴的祝金花，还没察觉有人追着她拍照片，如同枣树枝条般的腰身儿，随着小毛驴的蹄声，很有韵致地摇着，一边摇着呢，就还一边唱着她的信天游。

　　　　白格生生脸脸黑格油油头，

　　　　红格嘟嘟嘴唇馋死人。

　　　　风尘尘不动树梢梢摆，

什么风把你刮得来。

……

追着祝金花拍照的城里后生柳五洲，兴奋得都要大喊大叫了。他听他的父亲柳君红一伙插队陕北的知青，在北京聚餐喝酒时唱过这样的信天游，他是爱听这样的信天游的。在父亲他们插队陕北的知青唱着时，他曾忍不住大喊大叫过，但在这里，他喊叫不出来了，他怕惊了骑驴的祝金花，耽误了他拍出好照片。于是，段枣花看见蹦跳着的城里后生柳五洲，对着她的小妹祝金花，就只有不断地按快门了……就在他又一次举起照相机，对着祝金花拍照时，却是没来由地扑趴在草坡上了。

02

段枣花拼命地喊叫她的小妹祝金花。

变脸失色的段枣花，看见城里后生柳五洲扑趴在地上时，起初并不觉得有啥问题。在凸凹不平的草坡上蹦跳，偶尔摔上一跤，会有什么问题呢？不会有吧？段枣花就曾在草坡上摔过跤，村上的人呢，也有不少在草坡上摔过跤，这没有啥奇怪的，摔倒了，自己爬起来不就对了？但这城里后生柳五洲的跤摔得不同，没做任何辅助动作，直接地扑趴在草坡上，扑趴下去，也不起来，甚至是动也不动。这让瞄着他的段枣花就觉得奇怪了，忍不住呢，还捂了嘴偷偷地笑。正笑着呢，觉出了问题来，就突然不笑了，扔了手里的镰刀，撒开脚丫子，向着城里后生柳五洲扑趴的地方跑……快跑近了，段枣花又慢下脚步，嘴里呢，哎哎哎地轻唤着城里后生柳五洲。见他还没动静，她这才真正地失慌起来，伸手抓住城里后生柳五洲的一条胳膊，把他拉着翻过身来，见他的脸是白的，是那种不见一点血色的白，而且还有一层细汗，亮晶晶地涂在他的脸上，让人觉出他有一种垂死的危险……死死咬着的牙齿，却还像只吃草的羊儿，滑稽地叼着几根肥硕的草。

段枣花喊叫着，喊叫的声音有些凄厉：金花呀，你快过来！

祝金花还唱着信天游，当下住了口，应着嫂子段枣花：甚事嘛？你听你喊叫的。

段枣花不让祝金花问，喊她说：话咋多得很！

祝金花就不问了，知晓她的嫂子遇到事了，很难场的事呢！她翻身跳下小毛驴，向她嫂子段枣花喊叫的地方跑去了。

段枣花却还喊叫祝金花，说：把你的毛驴一块儿牵着来！

祝金花就很听话地转过身，抓住被她松了手的驴缰绳，嗝儿——嗝儿——呔喝着，一声比一声急地走来了。她像她的嫂子一样，倏忽看见草坡上躺着的人时，也是慌得不行，嘴里呢，就还不由自主地嘀咕着。

祝金花说：这是咋的了？

祝金花嘴里说着，手上就帮着嫂子段枣花来扶昏软在草坡上的城里后生柳五洲。背着个巨大的行囊、举着一部照相机的城里后生柳五洲，要说，祝金花早在她上学的乡街上见过了。祝金花当时见到这个城里后生柳五洲时，觉得他的行为是怪异的，因此，就特别地注意他。窝在陕北沟沟梁梁的乡街，所能看到的差不多都是邻近村庄的人，穿着和说话，也都如陕北的沟沟梁梁一样平常，大家即便不晓得对方的姓名，也都有见过面的那样一种熟悉感。城里来的这个后生，他不一样，穿着该是洋气的，是那种邋里邋遢的洋气，在乡街上晃荡着，身后总是跟着许多人。大家像看西洋景一般看着他，而他还没知觉，只管在乡街上晃荡着。终于，有人忍不住，问他话了。

问他话的人说：你是来收大枣的吧？

城里后生柳五洲摇头了。

问他话的人就说：那你就是来收洋芋了？

城里后生柳五洲就还是摇头。

在他们这一带，大枣是个特产，洋芋是个特产，再者还有羊肉和羊皮，一些外来人到这儿来，差不多都是奔着这里的土特产，是来做生意的。大家对外来人积累下来的，就是这么简单的一个印象。这个摇头晃荡的城里后生柳五洲，他要做什么呢？

他呀，干脆就是一个不着调调的闲人。

你看他嘛，一身蓝色的厚布裤褂，被水洗得这儿深了、那儿浅了，交关处呢，又还破了，或者大一点，或者小一点的洞眼，也不去补，任凭那大大小小的洞眼露着线头……他晃晃荡荡地走到一个摆摊卖羊肉饸饹的锅灶边，就很自然地举起照相机拍照，拍了照，还要摊主给他盛一碗，大汗淋漓地大吃几口。接着呢，还要在乡街上晃荡，看见摆摊卖荞面碗饪的，看见摆摊卖糜子软糕的，看见摆摊卖洋芋擦擦的，他就还要举着照相机拍照的，照例是拍了照还要摊主给他弄上一些，大汗淋漓地大吃几口。他那么拍着照片，吃着饭食，把肚子吃得鼓鼓的了，吃不动了，却还一直又是拍照片又是吃饭食，嘴里呢，还念念叨叨，说是吃撑了，吃撑了！但他管不住自己，依旧拍着照片吃着饭食，吃得都要举起巴掌在他鼓鼓的肚子上拍了。

鼓腹而歌。跟着城里后生柳五洲看西洋景的祝金花，当时就想到了老师教她的这个成语，她笑了。

一起跟着城里后生柳五洲看西洋景的人都笑了。

被取笑的城里后生柳五洲，看着笑他的人，自己也没心没肺地笑了。他笑着呢，却也问了大家一个问题。

城里后生柳五洲问：谁知道枣树圪梁村怎么走？

在乡街上，知道枣树圪梁村的人不止祝金花一个，不等她说，早有其他人给城里后生柳五洲说了。而城里后生柳五洲要答谢人家，要给人家照一张相，倒把给他指路的人吓得满街乱跑，让人觉得城里后生柳五洲就更有趣了。

这样一个有趣的人，怎么就扑趴昏晕在枣树圪梁村的草坡上了呢？

祝金花是不能多想了，她在嫂子段枣花的招呼下，扶起城里后生柳五洲，先把他背上巨大的行囊卸下来，又把他脖子上挂着的照相机摘下来。然后姑嫂二人齐心协力地把昏晕的城里后生柳五洲弄上了毛驴背，在毛驴脖子上串铃的叮当声中回了家。

经验丰富的爷爷，翻着城里后生柳五洲的眼睛看了看，就晓得该怎么办了。

爷爷帮助段枣花和祝金花姑嫂，把横驮在毛驴背上的城里后生柳五洲抬到他住着的窑洞，把他叠着的铺盖塞在城里后生柳五洲的背下。爷爷让他斜躺着，还让段枣花去端枣红酒和枣花蜜水。

爷爷说：喝一口枣红酒，再来一碗枣花蜜水，他就没事了。

喘得驴吼一样的段枣花和祝金花，闻听爷爷这么说，就都把提着的心放了下来。

段枣花去取枣红酒和枣花蜜水了。爷爷就还指派祝金花，让她去拿一把地荽荽来。

段枣花一手端着枣红酒，一手端着枣花蜜水，那枣红酒是浅浅的一碗底，那枣花蜜水就是海海的一大碗。端了来，先给城里后生柳五洲小心地喂枣红酒，又喂枣花蜜水……祝金花呢，就把她拿来的地荽荽，按在城里后生的鼻头上让他嗅。枣红酒灌了，枣花蜜水呢，也快喂完了，城里后生柳五洲的嘴巴张了张，突然地打了个喷嚏，闭着的眼睛也便慢慢地睁开了。

睁开眼睛的城里后生柳五洲，先是一阵懵懂，骨碌碌翻转的眼珠子，茫然地看着给他又是喂枣红酒，又是喂蜂蜜水的段枣花和拿着地荽荽给他嗅的祝金花，渐渐地明白过来了，确信她们是他照相机镜头里的人。柳五洲白生生的脸上，蓦地生出大片的红晕来。他笑了，知道是他遭遇不测时，正是他镜头里的她们救了他。

段枣花到这时才长出了一口气，她说：城里人呀，你可醒来了！

城里后生柳五洲从两人的抱怨声里，听出了她们对他的关怀，他就只有感激了。但他一时还说不出话来，拿眼盯着救了他的两个美丽女子看时，站在一旁的爷爷也说话了。

爷爷说：你个城里人，看来还得歇在我这儿，再喝几天枣红酒和枣花蜜水。

城里后生柳五洲把他感激的目光就又转移到爷爷的脸上

了。他承认满脸沟壑的老爷爷说得对，摸准了他的脉象。好些年了，他总是血糖低，遇着体力透支，不及时补糖，就可能发生吓人的休克症状。他的背囊里有准备的巧克力和奶糖。他举着照相机，拍段枣花和祝金花，还有枣树圪梁村的村景和满坡上的枣树林，他拍摄得太专注、太投入，忘了吃一块巧克力或者奶糖，这就招致了昏晕草坡的一幕。满腔涌动着感激的城里后生柳五洲，觉得他眼里的老爷爷、段枣花和祝金花慢慢地模糊了，他知道，那一定是汹涌的泪水漫溢出来了。

脸上珠帘子一般挂满了泪水的柳五洲，感觉枣花蜜水的甜味还盖不住枣红酒的香醇，此时此刻，作为药引子的枣红酒，真是太特殊了。柳五洲搜索着他的味觉记忆，知晓这该是他父亲柳君红给他喝过的枣红酒。父亲把枣红酒一直珍藏着，只有到了他们一伙插队陕北的知青朋友在一起时，才舍得拿出来喝。

03

你是谁呀？怎么独自一个人到这遥远的陕北来了？

一连几天，被段枣花一家亲切地称为城里人的柳五洲，很想从段枣花、祝金花或是老爷爷的嘴里听到这句话。但是没有，段枣花没有问，祝金花没有问，老爷爷也没有问。可是他们都像亲人一样，伺候着城里后生柳五洲的一日三餐，特别是段枣花，每餐饭时，都要给他这个城里后生取来浅浅一小碗的枣红酒，化好海海一大碗的枣花蜜水，端到他的面前，看着他，让他香香甜甜地喝进肚子里去。

老爷爷说得没错，枣红酒、枣花蜜水是对着城里后生柳五洲的病症的。他觉得自己的身体好起来了，从来没有过的那么好。

枣红酒带着些淡淡的红色，枣花蜜水带着些淡淡的绿色。柳五洲没见过怎么酿制枣红酒，但他来到枣树圪梁，用他的照相机镜头扫描满坡满梁的枣树林时，抓了几个特写。特写里就有辛勤采蜜的蜜蜂，奋勇地振动着它们小小的翅羽，周旋在一疙瘩一疙瘩繁密的枣花中，吮吸着枣花里的蜜汁。那枣花是带着些绿意的，蜜蜂酿出的枣花蜜，自然地也带着些浅浅的绿了。

在段枣花家的窑背上，有几个蜂窝。总有一群一群的蜂蜜，出出进进，或是飞到枣花烂漫的枣树林里去采蜜，或是采了枣花蜜回到窝里来酿制，那样纷纷乱乱，那样勤勤恳恳，真是要让人感动哩。

红光光的日头照直落在段枣花家的窑院时，老爷爷搬了一把木梯，搭在窑背上来割蜜了。

割蜜的时节，家里的人都是兴奋的，蜂窝的门打开了，就有更多的蜜蜂飞起来，满天都是嗡嗡的叫声。老爷爷的头上，戴着一个简陋的纱罩儿，守卫着窝巢的蜜蜂，大概不愿意老爷爷抢割它们的枣花蜜，就都前赴后继，向老爷爷的头罩和身上扑……段枣花、祝金花都在设法帮助老爷爷，她们俩，提桶的提桶，摇蜜的摇蜜，忙得不亦乐乎。城里后生柳五洲想他也该搭把手，但他还没接近采蜜的老爷爷，就有蜜蜂向他进攻了。有一只在他脑门上吻了一下，有一只在他的腮帮子上吻了一下，还有一只更绝的，干脆在他的嘴唇上亲了一下，他便只有哇哇地干叫着，逃离到了一边。

老爷爷来给城里后生柳五洲上药了。

笑呵呵的老爷爷说：要不是你的身子需要枣花蜜，我是还要等些日子才割蜜的。老爷爷的话，说得柳五洲心里热乎乎的。老爷爷还说：蜜蜂蜇了你，你不要怕，那也是有益于你的身体的，我们这里，有些病症治不好，捉几只蜜蜂在皮肉上蜇几下，反而就好了。老爷爷说着，就把沾在手指上的蜂蜜往柳五洲被蜇的地方涂了些。他边涂边说：一会儿就不红不肿不疼了。

见多识广的老爷爷，几乎成了柳五洲的监护人。

老爷爷、段枣花和祝金花对柳五洲无微不至地好着，倒使柳五洲的心不安起来，他不好意思在这里多停留，却又拧不过热情的老爷爷，只好心怀忐忑地留了下来。便是他的这点心思，也被老爷爷看破了。

老爷爷告诉他：城里人，别脸皮薄，胡思乱想，看你走路都跌跤，还不踏实住下来，好好喝上几日枣红酒、枣花蜜水，把你的身子骨养壮实？

柳五洲只好客随主便，在老爷爷家老实住了下来。几日后，老爷爷和段枣花从羊圈里选出一群肥羊，赶着要去乡街上卖给贩子。这是老爷爷家的主要经济来源，他把选出的羊从窑背后的山洼里赶出来，就直接上了缠在山上的大路。祝金花上学去了，段枣花担心老爷爷一个人照顾不过来，就也跟上去了。柳五洲不想住在老爷爷家里，就也跟着去了。一大群羊像是落在坡梁梁上的云朵，忽忽悠悠地向前飘着，老爷爷和段枣花默默地跟着，谁都没有说话。柳五洲就很奇怪，他看着老爷爷和段枣花，发现他们俩的眼神颇为落寞，他们眼盯着云朵一样飘着的羊，盯着看上一阵，又抬头看天。天色真好，蓝蓝的像水洗了一样，也有一朵一朵白如棉花的云彩，在忽忽悠悠地飘动……老爷爷和段枣花很在意地把天看了一阵，就又低下头来看即将卖给羊贩子的羊群了……柳五洲明白了，他们落寞的眼神是为着羊群的，在老爷爷和段枣花的眼里，这群羊已养出感情，舍不得卖出去了。

这是羊儿的命运了，老爷爷和段枣花尽管不舍，却也没有别的办法。

正走着，老爷爷提议说歇一下脚，然后他就坐在坡梁梁的路边，掏出旱烟锅，装烟吃起来了。段枣花没有坐，她站着照看聚在一起的羊儿，有哪一只胆敢乱走，段枣花就抄起她带在手边的放羊铲，铲起一撮土，向着乱走的羊儿扬过去，她扬得很准，随着土块在空中划出一道漂亮的弧线，便在乱走的羊身上砸出一朵土花儿来。

老爷爷叫着柳五洲，让柳五洲不要站着，坐到他身边来，给柳五洲说他年轻时在家待不住，是走过西口的。西口的路长啊，一次呢，他走着，天上就像今日一样流动着好看的云彩，地上呢，一样涌动着好看的绿草，他自己走得高兴，情不自禁，就唱起了信天游。

老爷爷说他唱的信天游就是《走西口》，说着，老爷爷就又哼唱了起来。

    哥哥哟走西口，
    妹妹呀犯了这愁，
    提起哥哥哟走西口哎，
    妹妹这泪长流。

    哥哥哟走西口，
    妹妹呀送你这走。

手把上的那就手儿哟哎，
送出来就大门口。

送就出来大门口，
妹妹这不丢呀手。
有两句那个知心话哎，
哥哥你要记心头。

老爷爷唱着唱着，昏花的眼睛突然亮晶晶的，竟然还有了泪花儿。老爷爷说他当年在走西口的路上，正唱着这曲信天游时，不知咋的，眼前一黑，就像柳五洲在草坡上一样，扑趴在地上了。到他醒来时，也像柳五洲一样，躺在一户人家的窑炕上，喝着那家人给的枣红酒、枣花蜜水。老爷爷说，他们让他留宿在他们家，让他喝了好多日子的枣红酒、枣花蜜水，以后的日子，他就再没有眼黑过，也再没有黑眼失脚地扑趴到地上。

柳五洲还想听老爷爷往下说的，他却突然刹了闸，不说了。不说就不说吧，他还抬起干硬的手，在湿汪汪的眼睛上抹了一把，很是羞涩地笑了起来，说：老了老了呢，就爱念想过去的事，不说了，说了丢人哩！

好像不只柳五洲想听老爷爷讲他过去的故事，一些采蜜的蜜蜂也想听老爷爷讲过去，嗡嗡嗡飞了来，围在老爷爷的身边，飞个不停。

柳五洲就想，老爷爷流泪的叙述，应该还有更精彩的在后头吧！

是个怎样的精彩呢？柳五洲兀自想着，似乎想得有些眉目了，又似乎什么眉目都没有，便不由自主地笑了起来。

旁边照顾羊群的段枣花却不想让柳五洲笑，拿她锥子一样的眼神戳了他一下，好似说：你看你那笑，有啥好笑的？

柳五洲感受到了段枣花目光的犀利，他不笑了。

段枣花制止了柳五洲的笑，转过脸来又制止了老爷爷的哭。同样地，她用锥子一样的眼神把老爷爷戳了一下，给他说：你看你那泪，有啥好流的？

老爷爷也就止住了泪。

但是老爷爷还是说了他在走西口路上的故事。说他养身子的那户人家，是有个妹子的，人样儿长得稀罕，信天游又唱得特别好，唉唉，把他养得……都不想回家来了。

听着老爷爷的故事，柳五洲想他在这个温馨的家里，喝着枣红酒和枣花蜜水，差不多也积累起与老爷爷一样的心愿了。

老爷爷的故事讲完了，不再说话了，柳五洲却打开了话匣子，把他心里藏着的一堆话，都说出来了。他说：让我怎么说呢，从我获救在你们的家里，好些天了，好吃好喝地把我待着，你们也不问我是谁，我是从哪儿来的，又要到哪儿去！你们也太放心了。

老爷爷憨憨地笑着，倒没说啥。段枣花是不依的，接着城里后生柳五洲的话说了，说：你说得奇怪，我们为啥要知道你是谁，知道你从哪儿来，又要到哪儿去？我们只知道你是人就对了。你病倒在我们的枣树圪梁村了，我们照料你，要你好起来。

柳五洲还是不理解，说：我要是一个坏蛋呢？

段枣花就笑了说：咋了，坏蛋不是人？

城里后生还有什么好说的呢？他没说的了。

04

悄悄地就起了风，段枣花去梁坡上刈草，城里后生柳五洲嚷嚷着也去了。本来是卖羊回来，人还乏着，段枣花不让柳五洲去，柳五洲却硬跟着来了。在草坡上，柳五洲举目四望，发现蓬蓬勃勃的枣树枝叶里，满是淡绿色盛开的枣花，四处流动的风，带着枣花的香气，直往他的口鼻里灌，他觉得他都要醉了呢，心也像泡在了无处不在的枣花香气里，热热的，感到从来没有过的幸福。

柳五洲从他的衣服口袋里掏出身份证来，给走在他前头的段枣花看。柳五洲坚持认为，他必须把自己毫无保留地告诉段枣花一家，他不能不明不白地住在人家的家里，接受人家无微不至的关怀和照料。

段枣花对此似乎依然没有兴趣，她只轻描淡写地瞥了一眼柳五洲递过来的身份证，就说：我知道了，你从北京来，你叫柳五洲。

城里后生高兴起来了，说：对，我从北京来，我叫柳五洲。

这对话过后，段枣花却蓦然拧转身来，双目盯着城里后生柳五洲，把他盯得身上像生了虫一般，不知道段枣花还会说出啥话来，就只有浑身痒痒地等待着。等了一会儿，段枣花说话了：是你呀，三番五次的，想要告诉我们你的名字，想要告诉我们你从哪儿来，这些都很重要吗？

柳五洲沉默了。他在心里也问自己，这些都很重要吗？他不知道，但他知道让这好心的一家人了解自己总是对的。

现在，他让她们一家人知道了，他的心释然了。

当然，柳五洲还有一些话要说。那是在北京城开着"红延安"连锁餐饮店的父亲柳君红，在他上路前让他带来的一句话。

父亲柳君红，当年下乡插队时，随着两万多北京知青来到陕北，插队的地方就在枣树圪梁村。父亲柳君红好唱一嗓子信天游，好喝一口枣红酒，就是在枣树圪梁村养成的。父亲柳君红让他带话来，是要他问候乡亲们，说他在北京是想着枣树圪梁、爱着枣树圪梁的。

作为老知青的后人，柳五洲打听到了枣树圪梁村，而且天意使然般让他昏厥在枣树圪梁村，他受到了段枣花一家亲人般的照料，他怎么能贪污了父亲柳君红的话，而不说出来呢？

草坡上有一片刈倒的青草，晒了两个日头，已经晒得干透了，原来流油的深绿，因为日晒，也变得暗淡了许多，透着一种让人伤心的浅绿。这就是草的命了，好像生来就是挨刀的货，生着的时候，一蓬一蓬努力地长着，摇摇摆摆地长高了，就得把它刈倒了喂羊。

那是父亲柳君红眼里的景致，他给柳五洲动情地描绘过。一群一群的羊，像是一团一团的白云，就在起起伏伏、没头没尾的陕北厚土上，自由自在地游动着。哪儿草肥，哪儿就有羊群，放羊的汉子，手拿着一把放羊铲，随着羊群的漫游而漫游，自然也是自由自在的。放羊汉子自由自在地游走，自由自在地大吼信天游：

> 背靠黄河面对着天，
> 陕北的山来套着那山。
> 宅垴子柳树河湾湾生，
> 一方水土养一方人。
> 翻了架圪梁拐了道弯，

满眼都是黄土山。

满天天星星满天天明，

有两颗不明就是咱二人。

　　原来的陕北，羊儿都是放养的。现在有了变化，要保护生态、保护环境，政府号召大家扎圈养羊了。这样一个变化，起初呢，大家是不习惯的，思想上就还十分抵触，上古流传下来的放养形式，哪能说改就改呢？没办法，政策规定搁在那里，你把羊群赶到坡上去了，就要重重地罚你；而你把羊群圈养起来了，就还有一大笔的资助。两相比较，大家就都扎圈养羊了。并且，大家从圈养当中看到，坡梁上的植被明显好了起来，一年比一年好，便是原来荒裸的地方，经几年的自然修复，绿汪汪地也都生出草来了，这可正是大家希望看到的情景哩。

　　段枣花的家里也扎了一个大大的羊圈，就在她们家的背垴上，离家不是很远，也不是很近。柳五洲去看了，一群又肥又壮的羊儿，咩咩咩地叫着，哪一日不得好好喂着？这样，段枣花就要不失时机地去草坡上刈草。一部分呢，要当日背回来撒在羊圈里，让羊儿任意地啃吃；一部分呢，就要晒干了背回来，积攒成大大的草垛，以便到了枯草季节，供应羊群啃食。

　　正是草肥待割的时节，段枣花无一日不去撵坡刈草。

这实在是个费力的活儿，在段枣花的家里坐享了几日现成的柳五洲，说啥也要帮助这个善良友爱的家庭做些活儿的。因为他看到，不仅段枣花整日不歇地撵坡刈草，就是年迈的老爷爷和上学的祝金花，逮着空儿，也要帮助段枣花撵坡刈草去。

柳五洲看见段枣花家的羊圈里，那么大的一群羊，那么多的嘴巴，一刻不停地嚼着草，也真够段枣花一家人忙的了。

磨镰不误割草工，老爷爷每天饭时，都要蹲在窑院的那个大磨石边磨镰。老爷爷把水浇在磨石上，按着镰刀，向前推一下，向后拉一下，嚓啦——嚓啦——极富节奏地磨着。磨到后来，老爷爷会随手捡起一根草茎，在镰刀上试一下，确信磨得非常锋利了，这才会交给段枣花去刈草的。

城里后生柳五洲在老爷爷磨镰时，嚷嚷着提出了他的要求。

柳五洲说：爷爷，给我也磨一把镰吧。

老爷爷看着他说：给你磨镰做啥呀？

柳五洲说：刈草么。

老爷爷便乐了起来，说：城里人，你会刈草吗？

柳五洲说：我小时候还不会吃饭哩……啥事情都是从不会开始的。

老爷爷便点头了，说：你这个城里人，是个会说话的。老爷爷夸奖着柳五洲，还真找来一把旧镰，给柳五洲认真地磨起来了。

　　跟在段枣花的身后，柳五洲走在无边无际的草坡上，他发现没有一株草是不肥的，只走了一会儿，草的汁水就把他的白色旅游鞋染绿了。不过，柳五洲还不认识这些草，不知道这些草的名字。是段枣花告诉他的，她说：你别看到处都是草，但不是什么草都能喂羊的，咱到草坡上来，就是要拣羊儿好吃的草去刈的，比如羊涎水、毛胡子、刺苋蔓……这些就都是肥羊的好草哩，但是最好的草呢，应该要数地茭茭了。

　　段枣花每给柳五洲讲完一种草，她都要揪上一把让柳五洲看。在她说了地茭茭，并在草坡上揪了一把地茭茭让柳五洲辨认时，柳五洲敏感地嗅到了一股冲鼻的香气，这就是他昏晕过去的那天，祝金花搭在他鼻子上让他嗅过的草了。

　　香气熏着柳五洲，他像那天一样，不由自主地打起了喷嚏。

　　柳五洲从段枣花的手里接过地茭茭，还凑到鼻子上嗅，他发现这种开着紫色小花的植物，香得让人心醉。

　　柳五洲问段枣花了，说：怎么这么香啊？

　　段枣花就给他说：这是我们陕北的神奇哩。你听人说，陕北的羊肉鲜，陕北的羊肉嫩，陕北的羊肉好吃，那就是因为陕北的羊儿有地茭茭吃。便是杀了羊熬汤，往汤锅里丢一把地茭茭，熬的羊汤就会除去膻腥气，变得香鲜好喝呢。

　　俯下身子，段枣花选了一片草坡，率先刈起草来了。柳五洲学着她的样子，亦步亦趋地跟着也刈起草来了……宽广的草坡上，这里那里，这儿那儿，还有许多像段枣花和柳五洲一样的刈草人，也不晓得是谁，刈着草呢，还唱起了信天游。

对面山的那个圪梁梁上站了一个谁？

那就是勾人心的三妹妹。

三妹妹在那个圪梁梁上招一招手，

把我的那个哥哥哎魂扯走。

……

哥哥么你要爱呀就实在地爱，

那什么脸上发烧开不了口。

你快来咱的圪梁梁上，

咱哥哥妹妹就死活不分手。

05

起伏不定的坡坡梁梁，就如一个自然的大舞台，点缀着这舞台的，是那绵延不绝的草地，是那飘荡在天上的云彩，还有阵阵冲鼻的香气。其中，还有嗡嗡振翅的蜜蜂，这些可爱的小精灵，是冲着草地上的绚烂的花儿飞来的。城里后生柳五洲算是一个手巧的人，他学着段枣花的样式一镰一镰地刈着青草，他学得很认真，一板一眼地做，虽则笨拙，却很用心。过了不长的时间，他就能够很好地刈草了，在他的身后，经他手刃的青草已然铺晒开来，有了一大片……这时候呢，他也认识了羊涎水、毛胡子、刺苋蔓等羊儿好吃的草了，同时，他重点认下了地荬荬。杂生在草坡上的地荬荬，没有其他草儿生得挺耸，没有其他草儿生得肥腴，但它却生得独特，不与其他草儿论高低，不与其他草儿争地位，就那么毫无怨言地交织在无边无际的草色里，一丛一丛、一簇一簇，开着它近乎弱小的紫色的小花，吐露着它淡淡的特有的香气。

除此而外，柳五洲还认识了山丹丹花，奔放的、热烈的山丹丹花呀！再还有蓝花花，沉郁的、含蓄的蓝花花啊！手握镰刀的柳五洲，总是小心地躲开这些生在陕北厚土上的花儿，让它们以自己的娇艳和美丽，装点这里的山山水水。

这一回是段枣花要唱信天游了。

段枣花刈草的技术和速度，自然要比柳五洲高超和快捷许多。她弯腰飞镰刈草的模样，在柳五洲看来，简直就像一种绝妙的舞蹈，是在任何舞台上都看不到的舞蹈啊！柳五洲几乎要陶醉了！他还看见，段枣花总是迅捷地刈倒几把青草后，往身后铺晒，在向身后铺晒时，还要回头再看一眼。她回望的眼神，柳五洲注意了，是带着一种隐隐的忧伤的。柳五洲猜摸不透，段枣花是为她手刃的青草而忧伤呢，还是为她自己忧伤？

他甚至想问，但又问不出来，他就只有静心地聆听段枣花唱着信天游：

> 拦羊哥哥上了山，
>
> 满口口信天游唱不完。
>
> 为甚唱得这么甜？
>
> 吃了奶子泡捞饭。
>
> 羊奶子泡捞饭香喷喷，
>
> 妹妹就时时把你想。

比较起来，这是柳五洲熟悉的一曲信天游，他的父亲柳君红唱得就很好。现在是段枣花唱了，跟上她的节奏，柳五洲也是能唱几句的。但他没有，只是安静地听着段枣花唱，他得承认，段枣花唱得真个是好，没有音乐伴奏，没有麦克风扩音，就在这荒草坡上，自由自在地唱着，倒比在专业舞台上的专业歌唱家唱得还好听。当然了，也比他插队陕北的父亲等一帮知青唱得好。

柳五洲知道段枣花唱的这曲信天游叫《妹妹时时把你想》。他静静地听着，一时忘了刘草，到段枣花扯长了声调落下最后一个音，他就急不可待地喝彩了。

柳五洲喝彩的声音太大了，喊出来把他自己都吓了一跳：好！

段枣花拧过身来，一张脸上飞满了红晕，说：我没唱好。

柳五洲是不同意的，说：还没唱好？再好怕是中央电视台都收不住了。

段枣花听出柳五洲的赞赏是真诚的，就说：那我再给咱唱一曲。

柳五洲便扔了手里的镰刀，又是跳脚，又是鼓掌地欢迎了。段枣花呢，也不扭捏，清了清嗓子，就又唱起来了：

　　山顶子上刮风树林林闪，

　　月亮地里等人好心乱。

　　正月走了你没再来，

　　留下些好吃的都放坏。

　　六月里黄瓜下了架，

　　空口说下些哄人的话。

　　韭菜割了它还会出苗，

　　哥哥你走了咋不回来？

这一曲信天游，对于柳五洲是陌生的，他没听过。但他听得新鲜，听得有趣，此外呢，还听出了无奈和感伤。柳五洲看着段枣花，想知道这是一曲什么样的信天游，可他看到段枣花，在把这曲信天游唱罢后，没有和他说话的意思。她兀自站立了一会儿，向着山梁上远远地瞄了一眼，就又转着她手里的镰刀，风车一般转了几圈后，弯下腰，利利索索地刈起草来了。

看着段枣花姣好的刈草姿态，柳五洲的眼睛迷离起来了，他后悔攥坡刈草来时，怎么就没带着照相机来。如果照相机在他手边，他要把段枣花刈草的美好姿态拍下来。他相信拍出这样一幅照片，拿到任何形式的摄影展上去，都会吸引参观者的眼球。

镰刀在段枣花的手里，好像就不是镰刀了，她眼前的青草，也都不是青草了，镰刀和青草，还有天上浮游的云彩，四处飞荡的蜜蜂和蝴蝶，围绕着段枣花，就都成了她劳动的点缀……恍惚之间，柳五洲有点明白他为什么要到陕北来了。

而在此之前，他自己是糊涂着的，觉得是一种鬼使神差，觉得是一种不可思议，在这个时候，他是有了一些觉悟了。

是个什么觉悟呢？柳五洲沉浸在段枣花的信天游和刈草的美好姿态里，胡思乱想着，一会儿又糊涂了起来，理不出个头绪了。

像段枣花一样，柳五洲又刈起草来了。这时候，再挥镰，柳五洲差不多也能像段枣花一般自如了，好像那镰刀就是他伸长的胳膊和手，轻轻地扫过，就有一把汁水飞溅的青草断了根茎，顺从地躺在他身后的坡地上……不由自主地，柳五洲还要胡思乱想，他想段枣花唱的信天游，应该是唱给她在外打工的哥哥祝金虎听的吧。

柳五洲已经知道，段枣花的哥哥祝金虎，是在北京城里打工的，在那么远的地方打工，祝金虎可还听得见妹妹段枣花的信天游？这是可以肯定的，段枣花的哥哥祝金虎是听不见的，他又没生出个顺风耳，在遥远的北京城又怎么能听得见呢？

祝金虎听不见，柳五洲是听见了。

这样想着，柳五洲就很欣幸了，觉得他好有福气，手上挥舞的镰刀，就也随着他的心情，变得欢快起来……草坡上的段枣花和柳五洲，埋头刈了多长时间草呢？柳五洲是没有感觉的，他只感到自己的手太少，恨不能多生出几双来，就能把草刈得再快一些，就能赶上段枣花了。他正这么想着呢，段枣花却丢下手里的镰刀，不再刈草了。

段枣花走到柳五洲的身边，给他说：累了吧？咱歇一会儿。

听段枣花这么一说，柳五洲就真感到了手腕子的疼痛，腰眼儿也酸酸的，很难受。于是，他也丢下了镰刀。

柳五洲是坐在他刈倒的青草上歇息的。段枣花呢，挨着他，不远不近，也坐在刈倒的青草上。本来，柳五洲还想先说话的，说段枣花的信天游唱得好，说段枣花刈草的姿态好，可他还没有说出来，段枣花抢在他的前头就先说了。

段枣花说：你说你，放着城里的福不享，到我们陕北来找罪受吗？

柳五洲想要回答段枣花的，可他把嘴张了张，却没有回答出来。

段枣花说：你说啥，你为了啥来？

06

这的确是一个问题呢。放在过去，柳五洲不是没想，只是没有认真想罢了。现在呢，到了陕北的地界上，面对着问他的段枣花，柳五洲就不能不认真想了，想他为啥要到陕北来。对了，是梦中的一个念头吧。

那个梦，柳五洲已经做过很长时间了，好像就在他上中学的时候，他在北京开着"红延安"饭店的父亲柳君红，约了在延安插过队的一帮知青，在饭店里吃着陕北的地方小吃，喝着陕北的枣红酒，说着他们插队陕北的故事的时候，柳五洲放学回来了。他到了父亲开办的饭店，静静地躲在一边，看他们吃饭喝酒，听他们说话抹泪。

是的呀，父亲柳君红他们都抹泪了。

他们有人说在陕北插队的难过，寒冬腊月的天气，撒泡尿到地上，刚还冒着热气，眨眼的工夫，就结成了冰，冒着的也就成了冷气。就这样，还不能猫在窑洞的火炕上，还要到沟坡上去，改天换地，修什么水平梯田，打什么水库大坝，汗水把棉袄棉裤濡透了，西北风不管这些，还像锥子一般刺着，棉袄棉裤就又冻成了冰甲，罩在人的皮肉上，那是一个啥罪呀！想想都要叫骨头疼哩！吃又吃不饱，早上小米稀饭，中午小米稀饭，晚上还是小米稀饭，清汤寡水……唉！知青的口粮从来就没给够过。

这都是车轱辘话，起初的聚餐，曾插队陕北当知青的他们，谁都会说一段的。说到后来呢，大家就不这么说了，再说，就又成了另一种口气。

这时的柳五洲已经中学毕业，高考进了大学。但他爱听父亲柳君红他们老知青讲在陕北的事情。

大家这时是怎么说的呢？大家说：咱们过去那么说，不能说咱说得不对，也不能说咱说得对。那个时候哇，都不容易，都困难，都吃不饱。相比较呢，咱们知青还有政府关心，有困难、有问题，还能向政府嚷嚷。可是农民呢，土生土长的他们，就是有困难、有问题，也没处张口呀！

把话说到这里，父亲柳君红他们几乎是要不约而同地叹一声的，又都要端起酒杯，喝一口枣红酒。

时间让父亲柳君红他们，把曾经的苦难和不幸，渐渐地变成了一种怀念和向往。

这样的怀念是温暖的，更是一种迷恋。

柳五洲的陕北梦，就是从父亲柳君红和他的知青兄弟的故事中做起来的。

父亲柳君红和他的知青兄弟，从插队的陕北返城回到北京，经过一番打拼，现如今，各自有了自己的一番事业。柳五洲认识的何叔叔，开了一家装修公司，一年到头，有干不完的装修活，队伍从起初的一二十人，发展到现在已经几百人。他自己的屁股底下，就坐着一辆价值数十万的进口小汽车……还有孙伯伯、吴阿姨，一个担任着一家出租汽车公司的经理，一个担任着一个街道办事处的主任。柳五洲的父亲柳君红，则开着取名"红延安"的特色饭店，先是一家，人多等座，就又开了一家，还是人多等座，就又开了一家……北京城东南西北，都有了"红延安"特色饭店的分店，日子过得自然是很富足了。

他们照例是要聚餐的，越是事业成功，越是年龄见长，越是爱聚餐。聚餐时，又照例要说陕北的。陕北，成了父亲柳君红和知青兄弟口中一个永不枯竭的话题。

柳五洲大学毕业了，就在他满北京城寻找就业机会的当口，父亲柳君红的知青兄弟，又聚在"红延安"吃饭喝酒了。

这一次，柳五洲没有躲在一边，他搅在父亲柳君红他们中间，和叔叔阿姨一起吃饭喝酒了。

父亲的"红延安"饭店里，有做得十分地道的陕北菜。一张很大的圆形餐台上，凉菜热菜杂在一起上，柳五洲耳熟能详的凉菜就有苦苦菜、酸酸菜、刺蒿蒿等，而热菜呢，就有荞面碗饦、洋芋擦擦、炒羊杂等，喝的酒自然是父亲珍藏的枣红酒。

他们说：过上些日子，还就馋一口枣红酒。

他们说：越是上年纪，心里就越是想陕北。

挂在父亲柳君红他们嘴上的陕北，就在他们一口陕北菜一口枣红酒的吃吃喝喝里说到了高潮。

是在出租汽车公司当经理的孙伯伯大声说开的。他说：咱们插队村里的那个支部书记，你们谁数过他脸上的皱褶？没有吧？我数过，没有数清楚，但我感觉他那满脸犁沟一样又深又密的皱褶，多一条就多出一个诡计来。他把知青的口粮扣了一些，咱们和他理论，他把咱们领着去看村上的五保户、军烈属，咱不理论了，五保户、军烈属的口粮比咱们还困难，他把克扣咱们的口粮，一颗不剩，都匀给了他们。你说咱们还能咋说？哎哟，我是服了他咧！

孙伯伯说着插队陕北的往事，一声一声，满怀着的全然都是一腔深情。

孙伯伯说：也不知老支书现在的情况如何。

父亲柳君红有着和孙伯伯一样的感想。但是何叔叔和吴阿姨他们，张嘴却来调侃父亲柳君红了，说：老孙想念老支书吧，是真的。你柳君红呢，想念的怕是老支书的姑娘哩！

何叔叔说：人家老支书的姑娘，稀罕着你哩，有一口好吃的，省下来，包在她的花手帕里，躲开众人的眼睛，就往你手里塞。

吴阿姨说：对着哩，人家姑娘的辫子是黑又长，眼睛是黑又亮，你把人家姑娘的心负了。

吴阿姨说着话还唱起了信天游，她开了口呢，一起聚餐的老知青也都跟着唱了起来。柳五洲记得真真切切，父亲他们唱得最为深情的，是一曲《单送你一颗红果果》：

> 你给我说你给我笑，
> 倒不如给我唱首信天游解心焦。
> 满肚子的事情没法说，
> 单给你送一颗红果果。
> 雷声大来雨点点小，
> 刚交下的朋友最心焦。
> 叫声哥哥你不要忙，
> 山背后的日子比天长。
> 有心一去不再来，

一对对毛眼睛怎丢开。

别人都还唱着哩，父亲柳君红自己倒了一杯枣红酒，仰着脖子灌进了嘴里，到他低下头来，把酒杯放在餐台上时，一双眼睛吧嗒吧嗒砸下许多泪蛋蛋儿……其他人见状，就劝父亲柳君红，说：好了好了，咱不说陕北了，看把咱说得伤心的。

父亲柳君红他们不说陕北了，但菜还要吃，酒还要喝，吃着喝着，没话找话，这就找着说到柳五洲的身上了。

几位叔叔、伯伯、阿姨说他们真是想不到，好像把柳五洲刚抱在怀里，刚放在地上学走路，这就呼啦啦地长起来了，大学都毕业了。终究是吴阿姨的记性好，说柳五洲打小便心眼活——看见一只小猫，拿着画笔就能画出一只猫；看见一条小狗，拿着画笔就能画出一条小狗。

何叔叔接着吴阿姨的话说：五洲呀，你在大学学的是美术专业吧？

柳五洲点着头说：是的，是美术专业。

何叔叔的舌头被枣红酒浇得有点大，说：那敢情好，你不用到处去求职了，到叔叔的公司来，给叔叔当助理，工程装修公司总经理的助理哩！你来当吧，叔叔的公司需要你这样的青年才俊。

孙伯伯截住何叔叔的话，说：我那儿缺少笔杆子宣传，拿着你的画笔，背着你的照相机，到我的出租汽车公司来，那里会让你大有作为的。

柳五洲从中央美院毕业，在京郊的宋庄开了个画室，依着自己的艺术秉性，颠倒了黑白，错乱了时序，进行着他的油画创作。他是被父亲打电话叫来的，开始叫他，他应付着不想来，被逼无奈赶了来，陪在酒桌边，听他父亲和叔叔阿姨把话说完，他给自己倒了一杯枣红酒，也给叔叔、阿姨们的酒杯里添上枣红酒，端起来，说他谢谢各位长辈操心他、关心他，但他心里已经有主意了。

是个什么主意呢？叔叔、阿姨们都端着酒杯，眼睛盯着柳五洲的脸。柳五洲看见叔叔、阿姨们的眼睛都变了色，慢慢地红了，就像他们端在手里的满满当当的枣红酒。

柳五洲没有犹豫，他举起酒杯，张嘴把酒杯里的枣红酒倾进了喉咙，然后等着叔叔、阿姨们也把酒杯里的枣红酒都下肚，他便浅浅地笑了一下，把他的主意说出来了。

柳五洲说：我到陕北去呀！

07

拴绑得花团锦簇的小毛驴，在把祝金花从山那边的学校里驮回来后，便能一身轻松地吃草吃料了。这时候的小毛驴是悠闲的，它脖子上叮当响的串铃被暂时地卸下来，还有头顶的红缨子和脊背上的鞍子，也都被暂时地取下来。在给小毛驴卸除这些时，它表现得总是很欢快，叫个不停，直到全部卸除下来，它还要就地打两个滚，躺在地上，四蹄用力地朝天一蹬，这就从一边翻滚到了另一边，到了那边呢，又是四蹄用力地朝天一蹬，再滚回到这边来。柳五洲看着，就觉出那头小毛驴的赖，这样的赖太可爱了，带着些撒娇和那么点讨巧。

果然就得到了回报，祝金花找来了一把秃扫帚，在小毛驴的身上一遍一遍地扫，把小毛驴的皮毛刮扫得顺顺的了，就又牵到窑院一角的圈里，给小毛驴又是添草，又是喂料。一会儿呢，她又端来一盆清水，送到小毛驴的嘴边，让小毛驴饮用。

这是柳五洲从草坡上背草回来看到的情景。

在这个温暖的家庭里，形成了一个十分自然的分工：祝金花的坐骑小毛驴，是她自己侍弄的；圈养的那一群羊儿，则主要由老爷爷负责侍弄；段枣花年轻，是家庭的骨干劳力，刈草或别的什么重活，顺理成章，就都被她揽过来了。譬如刚才，柳五洲跟着段枣花刈了半天青草，要回家了，是不能空手的，还得背一捆草回来。段枣花抽出带着个枣木弯钩的绳子，在草坡上，把晒干了的青草拢起来，先捆了一个大捆子，又捆了一个小捆子。大捆子和小捆子的个头，起码差了一半以上。柳五洲想他是该背那个大捆子的，就自觉地去抓大捆子的绳头。段枣花笑笑地拨开了他的手，说他的肩膀头子嫩，背不动大捆子。柳五洲不服，硬是弯了腰背，结果用足了力气，试着背了几次，却都没有背起来，他就只好去背那个小捆子草了。段枣花把大捆子的草，滚到上坡头，她自己站在下坡头，肩膀往草捆子的下边一顶，便轻松地背了起来。但是那个草捆子太大了，走在回家的路上，柳五洲跟在段枣花的后边，他能看见的，只是一捆大得惊人的草捆子，根本看不见段枣花，让他一度怀疑，草捆子是突然生了两条腿，自己在陡峭的坡道上移动着。

虽说是晒干了的草，重量还是很足的。柳五洲背着那个小捆子，开始还不觉得怎样，背着背着，就觉出沉重了。他是想撂下草捆子歇一歇的，却看见段枣花一步一步地移着，移得很是稳重，他就不好撂草歇脚了，跟着段枣花，吃力地往前移着。终于快到羊圈边时，段枣花走到了那个已经堆得像座小山似的草垛前，撂下了草捆子。柳五洲离着草垛子还远，却也忍无可忍地把草捆子撂到了地上。

老爷爷恰在羊圈里收拾羊粪，看到柳五洲那个力竭气短的样子，呵呵地笑了起来。

老爷爷说：谁让你背那么多呢！

柳五洲说：不多不多。

老爷爷说：还说不多，看把人累得脸都白了。你不怕昏晕在草坡上，你就干挣吗？

段枣花回身来帮柳五洲了，两人抬着草捆子往大草垛前走，段枣花边走边给他说：人啊，一口吃不了个大胖子，有些事是要慢慢来的。

回到窑院，柳五洲就看见祝金花那么精心地侍弄她的坐骑小毛驴，心里就有说不出的欢喜。他一时竟然忘了困乏，取来照相机，把祝金花侍弄小毛驴的每一个环节，像拍连环画一样，一幅一幅都拍进他的镜头里了。

几日的相处，祝金花对柳五洲的陌生感已彻底没有了。她对这个从北京城里来的大哥哥，已经有了相当的好感和爱意。像过去做作业时，她遇到了解不开的难题，都是要求嫂子段枣花的，现在就求到柳五洲面前了，而且总能得到满意的解答。昨日的一次年级考试，她破天荒地得了数学、语文两个第一，她认为，这就是柳五洲给她辅导的结果，因此，对柳五洲就更信任了。

当然，祝金花对柳五洲还有很多神秘感，这让祝金花想象着，逮着机会，是要问一问柳五洲了。

侍弄好她的坐骑小毛驴，祝金花来到柳五洲的身边，她水汪汪的眼睛几乎黏到了柳五洲的脸上。

祝金花问柳五洲：你说，北京大不大？

柳五洲随口回答她：大呀。

祝金花说：有多大呢？

柳五洲说：太大了。

祝金花说：太大是多大呀？

这倒是个问题，柳五洲一时也找不出准确的话语来回答祝金花了。而祝金花却像明白了柳五洲的回答一样，不再问他北京大不大的问题了，而是改了话题，问他北京别的问题了。

祝金花问：你说，北京高不高？

柳五洲觉得这个问题问得奇妙，想也没想地回答了祝金花：高呀。

祝金花还问：有多高呢？

柳五洲回答：太高了。

这样的问题，问谁都是难回答的。柳五洲就认为，他对祝金花的回答就太笼统了，还想着找些词儿，给祝金花做些补充性的回答。但是，祝金花已不需要了，她对柳五洲的回答相当满意，她一脸幸福地对柳五洲笑着点头了，一边点头还一边说：我就想了，北京该是那么大的，北京也该是那么高的；路上跑的汽车，该是像河流一样流淌着的；路两边的大楼，该是像树林一样挨着个儿的；人和人呢，都是后脚踹前脚走着的……祝金花还想给柳五洲描绘她所想象的北京，柳五洲却不让她想象了。

柳五洲说：有时间了，我带你去北京看看，看一看，你就知道北京是啥样子了。

祝金花是惊喜的，说：你说的可当真？

柳五洲肯定地说：当真！

祝金花却犹豫了，她说：我哥祝金虎也在北京哩。

柳五洲说：我听说了，在北京打工呀。

祝金花说：我哥他只能打工。

柳五洲说：好嘛，我带你到北京去，去看你哥祝金虎。

祝金花突然就低了头，两只手很是无措地相互搓着，透露出她心中的慌乱。

柳五洲就还说：你不想看看你的哥哥吗？

祝金花就又用她水汪汪的眼睛盯着柳五洲的脸，说：谁说我不想看我的哥哥？不过呢，我嫂子才更想见我的哥哥哩！

这倒说的是一句实话。柳五洲不好回答祝金花的问题了。祝金花却不管不顾，照着她心里所想，继续往下说了。

祝金花说：你带我的嫂子去吧，到北京去看我哥吧。

对祝金花的这个请求，柳五洲不仅语塞，而且还有些脸热。他在想，自己脸热什么呢？

为了掩饰吧，柳五洲把他照相机的屏幕翻给祝金花看，说：你看么，你在照相机里多么好看啊。

这是一个转移话题的好办法，祝金花仔细地看起照相机屏幕里的自己了。柳五洲的照相机是个很有档次的数码机，液晶屏幕足有手掌般大，所呈现的画质、色彩也那样饱满润泽。他一幅一幅翻着让祝金花看，把祝金花看得一惊一乍，嘴里是啊哟啊哟不断地感叹着。

祝金花感叹着，还不忘把她的嫂子段枣花喊来看。

祝金花的喊声是吃急的：嫂子嫂子！

段枣花应着：啥事嘛？把你吃急的。

祝金花说：你来看了，就知道了。

段枣花本来是要收拾锅灶做饭的，听祝金花那么兴奋地喊叫，就也凑过来看了。很自然地，她也被柳五洲照相机屏幕里的照片吸引了。

不断地翻看，就还翻出了段枣花的照片。

那是头一天来枣树圪梁村，柳五洲撵到草坡上给段枣花拍的照片，一幅一幅，把段枣花恰到好处地定格在青青的地之上、蓝蓝的天之下，让挥镰刈草的段枣花显出一种别样的美来……翻着看着，他们看见在一幅照片上，有只黄色的蝴蝶，刚好落在了段枣花头发的一侧，让照片中的段枣花，看上去更添了一重妩媚和生动。

不失时机地，祝金花又喊叫起来了：把这张照片洗出来，寄给我哥，我哥不晓得有多欢喜哩。

段枣花捉了祝金花的耳朵，轻轻地揪了一下，说：就你的话多！

08

现在的枣树圪梁村，本来新鲜事就少，突然来了个柳五洲，而且是从北京城里来的，又会举着照相机给人照相，无疑算是一个大大的新鲜事了。

不断地，有人找到段枣花的窑院里来，请柳五洲照相。

先来的人是孙月娥，和段枣花一般大的年纪。她走到哪儿，总像悄悄吹来的一股小风，不注意，还不晓得她已到了你的身边。她来请柳五洲照相，并没有直接去找柳五洲，那样就不是她孙月娥了。她的处事风格，从来都是静悄悄的，总是怀着那么点儿不好意思。

她到段枣花家的窑院里，从摆弄着照相机的柳五洲身边经过，柳五洲当真没有注意到她。她去了段枣花的住窑里，是想和段枣花先说说的，然后由段枣花替她来请柳五洲。

不巧得很，段枣花手里拿着几张信纸，正不晓得是悲还是喜地掉着眼泪。眼泪吧嗒——吧嗒——滴在她手里的信纸上，让人听了，心里酸酸的，也想流泪。

站在段枣花身边了，孙月娥说：是你男人祝金虎来信了？

段枣花默默地点着头。

孙月娥说：他在信上说啥了？

段枣花收着信纸说：你男人不给你写信吗？他在信上说

啥，金虎在信上也就说啥。

孙月娥的舌头吐了出来。

段枣花意识到她的话说重了，便举着拿信的手，在孙月娥的肩上拍了一下。

段枣花说：你看你，悄没声儿的，把人偷了人都不知晓哩。

孙月娥也不想和人置气，声气儿细细地说：还别说，我还真想把你的人偷了哩！

孙月娥说着，就把段枣花抱住了。

段枣花挣脱开孙月娥，说：你又不是男人。

孙月娥对段枣花说：那你给我做男人嘛。

两个枣树圪梁村的年轻媳妇，这样不知羞地说着她们心里的话。

段枣花说：月娥呀，你是不得了了，想男人了！

孙月娥说：给我装吗，装正经！我就不信，咱都不是干柴棍棍，没血没肉，不想自己的男人在身边。

段枣花承认孙月娥说得对，但她猜得出来，孙月娥到她这儿来，绝不只为简单地和她说这些话。而且，她也不想纠缠在这些话里，那是越说越要让人伤心的。因此，段枣花把孙月娥还抱着她的手拉开来，拿她刚才流泪流得红红的眼珠子，盯着孙月娥看。她看着孙月娥，很自然地转移了话题。

段枣花说：咱不要绕弯子，月娥你说，你有啥事来找我？

孙月娥就不绕弯子了，虽然声气还是那么细，一字一句却都清晰地传进了段枣花的耳朵眼里了。

孙月娥说：你家来的那个城里人叫个甚来着？

段枣花说：柳五洲。

孙月娥说：他从北京城里来？

段枣花说：晓得你还问我！

孙月娥说：你不晓得，咱们枣树圪梁村都传疯了，这个叫柳五洲的北京人相照得好，能把人的魂魂都照出来。我想请你求他，给我也照一张相嘛，照下了，我给我打工的死鬼男人寄一张去，让他看看我魂魂，是恓惶呀不恓惶。

这是一个理由啊，段枣花没有不应承的理由。

孙月娥却还说：咱枣树圪梁村还传说，早些年北京知青到咱村，把咱村一下子带热闹了，那些个北京娃娃，一个赛一个好。他柳五洲一来，村上和北京知青交往深的人，都又想起当年的他们了。

絮絮叨叨地，都是孙月娥一个人在说，不过她说的话，段枣花还是爱听的。她得承认，不速之客柳五洲，不期然地闯入她的生活，让她还是非常欢喜的。虽然她要一日三餐地做了饭，端给柳五洲吃，并且还要端了枣红酒、化了枣花蜜水给柳五洲喝，她都是乐意的，便是家里的老爷爷和小姑子祝金花，也都是乐意的……这个从北京城里来的柳五洲呀，今天看来，好像已不只是段枣花一家人的高兴事了，而是枣树圪梁村全村人的高兴事呢。

段枣花满碟满碗地给孙月娥应承了下来。她说：好嘛，我给你说去。

把窑门上的门帘儿挑起来，段枣花和孙月娥双双往柳五洲的身边走，迎面却撞上了老爷爷。

老爷爷说：月娥来了。

孙月娥答应着：来了。

老爷爷却还说：枣花呀，圈里怀着羔儿的母羊，这几天怕要生了呢，我看咱是该做些准备了。

段枣花就也应着老爷爷，说：我知道了。

就这样地应着老爷爷，段枣花和孙月娥走到了柳五洲的跟前。段枣花用手指戳着孙月娥，让孙月娥自己给柳五洲说。孙月娥却又用手指戳段枣花，让段枣花给柳五洲说。她们俩的动作，是有那么点儿难为情的，这让看在眼里的柳五洲起了疑心，不晓得她们有什么开不了口的话。

柳五洲想，平白无故，他在段枣花家里住得够久了，他又不是段枣花家里的什么人，再住就不好意思了。而且，刚才他就想到这个问题，觉得他是该告辞走人了。

面对着心存为难的段枣花和孙月娥，柳五洲说了：刚才我还想，我是该走了呢。

听柳五洲这么说，段枣花有点儿失态地看着柳五洲，说：想走你就走么！但你走前，得给月娥照幅照片再走。

这几乎是句使气的话了。

柳五洲是听得明白的。知道他刚才把段枣花和孙月娥的难为情理解错了。听段枣花这么一说，他把手里的照相机举了举，说：好啊，照张相么，又不费啥。

孙月娥却急得直摇手，说：让我换件衣裳啊！

孙月娥话音才落，便快步流星地往段枣花家的窑院外走，都已走出大门了，段枣花把孙月娥又喊回来，给她说：你急什么急？听我说，你带人家到你家里去么，你把你的花花衣裳都翻出来，一身一身地照，多照几张。不过，你要记着，给人家该管一顿好饭的。段枣花给孙月娥叮咛完了，转脸又给柳五洲叮咛上了，说：你到村里转一转，我们枣树圪梁村住得散，上上下下、高高低低，说不定有多少好景儿往你镜头里钻哩。

柳五洲受到了鼓舞，他跟着孙月娥，乐呵呵地给她照相去了。

看着柳五洲渐去渐远的背影，段枣花的眼睛里蓦地又湿了起来，耳朵畔上，隐隐约约响起了一曲信天游，那是她的哥哥祝金虎曾经给她编唱的：

一对对相好并排排走，

一样样的心事难开口。

沟沟洼洼野花花开，

你把你的真心掏出来。

河滩里石头垒不起坝，

手拿着照片拉不上话。

想你想得猫爪爪挖，

又不晓得出了啥麻达。

09

狠心的个哥哥呀！当初，祝金虎铁了心出门打工的时候，段枣花是不乐意的。她在心里说，莫非城里的树上都是结着金果果，等着你去，去了就能摘几个？

心里头一千个不乐意、一万个不乐意，可祝金虎坚持要去，段枣花还是笑着送他去了。

段枣花的哥哥祝金虎呀，让段枣花怎么说呢。年岁还小的时候，他的爹娘，也不知得了个啥病，三五个月的时间，说不行就真不行了。到乡医院治疗，到县医院治疗，后来去了延安市的医院，终究没有弄清他们患的是个什么病，就那么不断地瘦着，糊里糊涂地把人瘦死了。祝金虎可怜呢，段枣花和他同在一个学校，同在一个班级念书，看到他这个不幸的同学，眼里就多了些同情。一次呢，祝金虎连续三天不来学校上课，老师安排同学去他的家里探访，段枣花自告奋勇地去了。到了祝金虎的家里，发现他还有个妹子祝金花。段枣花刚从他们家的窑院门里跨进去，最先追着她跑来的就是小小的祝金花，嘴巴甜甜的，上来就把段枣花叫姐姐了。

祝金花的脸是脏的，头发是乱的，衣服上的扣子还掉了一颗。段枣花一看，心里便酸酸的，有些不是滋味。

段枣花问祝金花：你哥祝金虎呢？

祝金花拉着段枣花的手，让她蹲下来，对她的耳朵说：我哥在哩，在窑炕上睡着哩。

段枣花说：大白天的，他咋还睡呀？

祝会花说：我哥说了，说他要死了呢！

这是什么话嘛！段枣花听得心里发紧，睁着惊慌的眼睛，腿脚发虚地挪进了祝金虎病卧的窑洞里。其时，恰有老爷爷请来的医生给祝金虎瞧病，量了体温，看了舌苔，听了心跳，说没什么大事的，就是感冒了，吃两天药，捂着被子发几身汗，就会好了呢。

原来是一场虚惊，都是祝金虎爹娘的那一场病把人吓的。

正如医生所说，祝金虎的感冒过了几天就全好了。

却也正因为段枣花在祝金虎的病中看了他，他对段枣花便感激不已，把她看成自己生命中难得一遇的知己。而段枣花自己也是，不但同情着、关心着祝金虎，对祝金虎的妹妹祝金花也多了一份牵挂和念想。放学了，如果不是别的啥事绊扯，她会和祝金虎一路走，走到祝金虎的家里，给祝金虎的妹妹祝金花洗脸梳头编辫子。末了，还和祝金虎一同做作业。

两颗年轻的心，就这么不知不觉地贴近了，到最后，请了一班乐人，吹唢呐放炮仗，杀羊喝汤待亲朋，成就了段枣花和祝金虎一门好亲事。

恩恩爱爱地在家盛了二年，段枣花是还没有盛够的，祝金虎却已盛不下去了。祝金虎从枣树圪梁村里走出去，到北京城里打工去了。祝金虎想他总不能盛在枣树圪梁村上，一直盛到死吧？

祝金虎起心思外出打工，是一个远房亲戚捎的话惹起的，说是北京城像个大工地，到处都是招用民工的启事，只要有把子力气，到了北京城，随便哪儿，都能寻到一个饭碗的。祝金虎便铁了心和段枣花商量了。

是个明月高照的晚上，祝金虎把段枣花揽进他的怀里，说：我也出去打工呀。

段枣花的热身子一颤，嘴上没应祝金虎的话。

祝会虎又说：我想好了，咱们俩一起去，头几年咱吃些力，能挣的钱挣，能省的钱省，到咱攒下钱了，咱就在城里住下来，也做个城里人。

段枣花听祝金虎说得激动，自己却一点也激动不起来。不是她想不到城里的好，但是那样的好，仅凭力气就能得到吗？再说，还有老爷爷和妹子祝金花，他们怎么办？和他们一起到城里去吗？很显然，这是办不到的，起码暂时办不到。

祝金虎不见段枣花应声，就还催着她，说：你说话呀。

段枣花说了：听你想的那个美，我可不敢指望。

祝金虎说：就你心小。

段枣花说：你大胆你就去吧，让我心小着些，和爷爷妹妹还在咱枣树圪梁上挖刨。你在城里弄成事了，我们一起奔你去；你若弄得不咋成，枣树圪梁上还有你一个家。

事情就这么定下来了。

祝金虎去给爷爷说，老爷爷只问枣花同意不。枣花同意你去你就去；枣花不同意呢，你就甭去。祝金虎就老实地给爷爷说，他是和段枣花商量过的。老爷爷就没再拦祝金虎，让他卸了缰绳，出门打工去了。

目标就是亲戚给他捎话的北京城。也不知他在那里混得怎么样，从来信看，一忽儿在北京的城东，一忽儿又到了北京的城西……建筑工地上搬过砖，饭店酒楼里传过菜，最新来的一封信里说，又到一家住宅小区做了保安。

这封惹得段枣花落泪的信，与以往大有不同，一张纸上密密麻麻都是字，说他在保安公司的工作多么体面，说他还学会了开汽车，朋友们出去玩，都是他开着小汽车的，真是要多风光有多风光……写着，就还问到了老爷爷的身体，问到了祝金花的学习，自然也问了她，问她可是想好了没有，什么时候动身，也到北京城里打工来。

段枣花看不见她的哥哥祝金虎，看着信，已知祝金虎的脸色是很难看的，口气也是难听的。他是不耐烦了，开始用话来逼段枣花了。这和过去是不一样的，过去来信，祝金虎也会说起段枣花来北京打工的事，但语气都是商量着的，没有强逼的意思。这次就不同了，把自己夸得花儿一样，最后还用语言来逼段枣花了。

段枣花看得懂信纸上的风雨，她没有办法，她就只有暗自垂泪了。

10

被人追逐着、被人稀罕着的感觉，真是不错哩。孙月娥把柳五洲请去拍了照片后，呼啦啦跟在他的屁股后边，就还有一长溜要拍照片的人。

这些人像孙月娥一样，自然了，也像段枣花一样，都是一伙年轻的婆姨，让柳五洲走在她们中间，仿佛一个王子进了美人国一般神采焕发、受宠莫名。

她们邀请柳五洲，目的只有一个，就是要柳五洲给她们照相。她们把压在箱底平时舍不得穿的衣裳翻找出来，一件一件地试，只怕把自己穿不漂亮；她们还找出平常不大用的化妆品，往自己的脸上，霜一层粉一层地抹，生怕把自己抹不漂亮。这时候，柳五洲成了她们最好的顾问，艺术专业毕业的大学生，对此有独到的理解，他根据每个小婆姨的高矮胖瘦、肤色黑白，指导她们或穿红或穿绿，并指导她们怎样打粉底霜，怎么涂口红，怎样上眼影。这就把枣树圪梁村的小婆姨们打扮得从来没有过的得体，给一个小婆姨照了相，她还不舍离去，还要一路跟着，到另外一个邀请柳五洲的小婆姨家里去，看着给那家的小婆姨照相……照了半天时间，簇拥着柳五洲的小婆姨们，已经有十来个了，她们随着柳五洲，在住得散散乱乱的枣树圪梁村，一忽儿攀上一道坡，去了一家窑院，一忽儿又扑下一道坡，去了另一家窑院……大家都穿得花枝招展，脸上的妆化得鲜艳欲滴，你笑着、她乐着，兴高采烈，嘻嘻哈哈，仿佛村里逢着了一个大节日。

小婆姨们照了相，目的也只有一个——寄给她们出门打工的男人。

小婆姨们欣喜，村里来了个柳五洲，他让她们满足了这个美丽的心愿。

因此，在柳五洲给小婆姨们照了相后，她们都是要报答柳五洲的。给钱吗？柳五洲是坚决不要的，红脖子涨脸地硬塞，也都被柳五洲拒绝了。他说这不算啥的，轻轻地按一下快门，哪里就能要人钱呢！小婆姨们又都感激着，没有别的办法，逼得急了，有个小婆姨取出她的剪纸，要送柳五洲。柳五洲接过来看了，当真很是珍惜地收了下来。后边照相的小婆姨们，就都很受鼓舞，在柳五洲照罢相后，也把自己的剪纸取出来，送给柳五洲作纪念了。其中呢，还有小婆姨把纳的鞋垫子送给了柳五洲。那样的鞋垫子，纳得真个是好，都是设计好的图案，或是花草苗木，或是虫兽人物，使了五彩的细线，一针一针地纳出来，让深谙艺术妙趣的柳五洲看了，真是爱不释手呢！

　　一幅剪纸、一双鞋垫，这样的民间艺术品，对枣树圪梁村里的小婆姨们来说，几乎无人不会剪、无人不会纳，柳五洲对此要叹为观止了。

　　柳五洲把送他的剪纸翻来倒去地看。

　　柳五洲把送他的鞋垫倒去翻来地看。

　　柳五洲仔细地看着时，嘴里总是要赞叹的，他一会儿说一声好，一会儿说一声好。但是，送了他剪纸和鞋垫的小婆姨们，都给柳五洲说：我们剪的剪纸，我们纳的鞋垫，都是很一般的，最好的剪纸、最好的鞋垫，还是要数段枣花剪的、纳的呢！

兴冲冲忙了多半天，柳五洲给枣树圪梁村邀请他的小婆姨们照着相，又听她们说段枣花的剪纸好、鞋垫好，他便想着，回到段枣花的家里，他一定要把段枣花的剪纸和鞋垫都讨出来，认真学习讨教。

不过，柳五洲还只能暂时地克制着自己，先精心精意地给追捧着他的小婆姨们照相了。

在散乱的枣树圪梁村，柳五洲转移来转移去，一点儿都不觉得累，心头上呢，还累积着一种说不清道不明的感动，是因为枣树圪梁村的单纯和质朴吗？

柳五洲心想，是的啊，就是村里人的单纯和质朴呢，这太叫人感动了。

柳五洲便只有更为耐心地为需要他照相的人拍照了。起先，柳五洲为村里人拍照，是因为小婆姨们的需要而起，拍着拍着呢，有些上了年岁的老人也加入进来了，也要柳五洲给他们照相了。这样地照着，柳五洲有了一个发现，发现他的镜头里，无论是一个欢喜的小婆姨呢，还是一个沉静的老人，与他们所在的自然背景——枣树圪梁结合在一起，就都是踏破铁鞋而难觅的艺术摄影。

柳五洲还奇怪，他的照相机镜头里，就是不见一幅青年小伙的影像。

柳五洲没有问，小婆姨们却告诉他，村里的青年小伙走空了，没有了。

锁着大门的一些窑院，也在告诉柳五洲，村里的许多人家，也都人去窑空，任凭自然的风吹、自然的雨打，慢慢地颓废着。

这叫柳五洲无法抑制地生出了些许的感伤。

那是一孔久已无人居住的窑院，石垒的院墙倒了，留下几个很大的豁口。柳五洲把他的照相机从豁口上探进去，对准了那残缺的旧窑洞照着，竟然奇迹般地发现，那并排洞开的几孔旧窑，在石砌的窑口上，有着许多浮雕的图案。在大学积累了深厚艺术底子的柳五洲，发现那样的图案是独特的，在汉文化的画谱里，便是瞅瞎眼睛，也难找到这些旧窑窑口砌石上的浮雕图案。很明显，那样繁复的图形雕饰和高鼻梁、深眼窝以及短打衣袍，无不代表着旧时北方游牧民族的特征……柳五洲好奇着，咔嚓咔嚓把那许多的图案尽数记录到了他的镜头里。

这叫柳五洲又要感伤了。

柳五洲感伤枣树圪梁村，该是一个非常古老的村庄哩。

在那一个瞬间，柳五洲把整个枣树圪梁村都扫了一遍。他看见了满坡满梁的枣树，抽着鼻子，想要嗅到枣花儿的冲天香气，但却嗅不到了，那特殊香气，随着枣花的败落，已在空气里消失了。

这不要紧，今年的枣花败落了，明年还会再开的。而这个古老的、显出许多败落之相的枣树圪梁村呢？

柳五洲不愿多想这个问题，但他端着的照相机，却突然变得沉重起来，让他几乎要拿不动了。那是照相机里一群枣树圪梁村的小婆姨的重量呢，凭他柳五洲的力量，要拿起来，确实是困难的呀。

感伤着的柳五洲，满足了所有要他照相者的希望，赶在晚饭时节，他回到了段枣花的家里。在这里，正有一顿丰盛的晚餐等着他来享用。

老爷爷意外地取出他酿制的陈年枣红酒，打开了坛子口，给柳五洲倒了一碗，也给自己倒了一碗，端了起来，和柳五洲碰了一下，就往自己的嘴里倾了。柳五洲没敢大口地喝，他小心地抿着，不晓得老爷爷把这顿晚饭何以弄得如此隆重。

老爷爷一口枣红酒下肚，就给柳五洲说了，说他劝不动段枣花，让柳五洲帮他也劝劝，劝段枣花依了祝金虎的心愿，跟祝金虎一起打工去。

枣红酒浓郁的香气在柳五洲的口腔里荡着，他没有说啥，只拿眼睛去看段枣花。段枣花也不避他的眼光，追上来也看着他。那意思很明白，谁都不要劝她，劝也没有用。柳五洲奈何不了段枣花，他就只有喝酒了，喝着酒还把他背囊里带来的画布取出来，找了几根枣树枝，扎成画框子，绷上画布，调和着油彩，借着夕阳的亮光，画起段枣花来……香香甜甜的枣红酒啊，一口又一口地喝着；鲜鲜艳艳的油彩啊，一笔又一笔地涂抹着。柳五洲喝得醺醺然，也画得醺醺然，似乎要醉了呢！

11

"生女子，要巧的，石榴牡丹冒铰的。"这个流行于陕北各地的民谚，所说的就是剪纸了，民谚中的那个"冒"字，讲的就是随意而为的意思。那个"铰"字，讲的就是"剪"的方法。段枣花正如枣树圪梁村的小婆姨们推崇的那样，是剪纸高手哩。

柳五洲好一场软缠硬磨，加上祝金花在一旁帮腔证实，段枣花这才把她的剪纸活儿亮出来让柳五洲看了。

这一幅是叫"鬏髻娃娃"吧？

信天游有这么两句"鬏髻拨来来，婆家快娶来"，唱的就是这幅剪纸的样法。这也正是他们这里的一个风俗，早些年间，女娃子未出嫁前，头发总是要梳得油光光的，等分扎两个鬏髻，分别竖在头的两侧，有点儿像是现在的"羊角辫"。这样的鬏髻，是要等到女孩子结婚的前夜，在娘家举行"上头礼"时，才可以拆开来的，从此梳成盘发，结束活泼浪漫的少女时代，进入一个新的生活时期。

段枣花剪的鬏髻娃娃，把头上的两个鬏髻，大胆夸张地变形成了两只小鸟，用小鸟的飞腾和欢跃，衬托少女的活泼与灵动，其形其貌，其姿其态，是何等生动和优美啊！

柳五洲看见段枣花的另一幅"农耕"剪纸，便不由自主地想起美术史课上所学的汉代画像石，就有一幅《牛耕图》。柳五洲不知道段枣花是否看到过大学的美术史课本，她的这幅剪纸作品，与那个美轮美奂的汉代画像石《牛耕图》，太不谋而合了。而这，绝对堪称奇迹呀！

我国的农业史中，役牛耕田的历史非常悠久。段枣花的"牛耕图"，充分运用剪纸的技法，除了在一幅不是很大的绿色彩纸上，剪出一个高扬鞭子、扶犁赶牛的农夫外，还在一大片空白处，剪了一株花开如火的牡丹，引来了一对翩翩飞翔的凤凰，跃入牡丹花丛，尽情地嬉戏玩闹。柳五洲想，这是段枣花的一种寓意了吧，寓意农家的生活是忙碌的，同时又是富贵的。

多么精彩的剪纸呀！其艺术手法之洗练明快，太耐人寻味了。那人、那牛，造型是写实的，艺术上所谓的惟妙惟肖，大概就是这个样子了。还有凤凰，还有牡丹，造型却是写意的，虚实形成了对照，想象之奇妙，哪里还能见得到？

柳五洲的眼睛都要看直了呢。是这样地看着哩，耳畔上却又传来一曲嘹亮的信天游。

这曲信天游的名字叫《妹娃子是个好人才》：

妹娃子好来实在是好，

走路好像那水上漂。

是一对楞格曾曾鼻梁花眼眼，

是一张红格丹丹口唇白脸脸，

是一根端格溜溜身材长辫辫，

是一双灵格巧巧手手捻线线。

妹娃子好来实在是好，

妹娃子你是一个好人才。

......

　　这是谁唱的信天游呢？是柳五洲的父亲柳君红了。在陕北插了几年队，回到北京的父亲柳君红念念不忘陕北的信天游。

　　父亲是太爱唱信天游了，因此在柳五洲决意要到陕北走一走时，父亲是很支持他的。

　　对了，柳五洲在向父亲表达他的这个决定时，父亲柳君红、孙伯伯、何叔叔、吴阿姨他们这些老知青，吃饱了陕北饭，喝足了枣红酒，还唱着陕北的信天游。柳五洲不敢保证，他要去陕北的念头就是在信天游的美好旋律里冒出来的，但他能够保证，信天游的美好旋律对他的这一念头，绝对是起了催化作用的。

　　听了柳五洲的决定，父亲柳君红他们吃了一惊，刚喝过枣红酒的酒杯都还端在他们的手上，刚唱着的信天游还在舌头尖尖上缠绕着，却都齐刷刷地看向柳五洲了。

父亲柳君红他们是不相信呢，还是不理解？愣愣怔怔地看了一阵，父亲柳君红说话了。

父亲柳君红说：你说你要到陕北去？

柳五洲说：是，我要到陕北去。

父亲柳君红就乐了，一张脸笑得像开了花一样。柳五洲看得出来，父亲是发自内心地乐了啊。

父亲柳君红说：好，我看你去了好。

如此痛快，倒是柳五洲没有想到的。

孙伯伯、何叔叔和吴阿姨他们是看了父亲柳君红乐，也都跟上乐起来的，还说：你娃要到陕北去，是你娃子有志气，你娃子有出息；你去了呢，你就知晓是会有收获的。

是个什么收获呢？孙伯伯、何叔叔和吴阿姨没有说，父亲柳君红不假思索就说出来了。

父亲柳君红说：当初在陕北插队，苦是够苦的呢。现在想，咱回北京了，都还混得不错，敢说不是在陕北插队打的基础？

这句话是结实的，孙伯伯、何叔叔、吴阿姨他们互相交换着眼神，乐呵呵的脸色，倏忽就变得肃穆起来，点着头，承认父亲柳君红说得对，他们做人的基础、创业的基础，真就是在陕北插队时打下来的。

人活一世，把基础打好才是根本呢。

看见柳五洲那么痴迷剪纸，活跃在嫂子段枣花身边的祝金花，还把她的一个很大的作业本取来，让柳五洲看了。祝金花是把这个作业本当作她的剪纸册页了，每一页都夹了她的剪纸作品。柳五洲接到手里，轻轻地翻开作业本的封皮，像他初见段枣花的剪纸作品一样，叫他吃惊不小。他一幅看过，再看下一幅，没一幅不是匠心独运，饱含着一个小女孩对幸福生活的憧憬。其中呢，有一幅"娃娃坐莲花"的剪纸，叫柳五洲尤其喜爱。一朵盛开着的莲花上，是一个胖胖的小娃娃，手捧着一本打开的书，圆嘟嘟的一根小手指，点着书本上的字，脸呈沉思状，把一个好学上进、探求知识奥秘的儿童形象，逼真传神地表现了出来。

柳五洲的目光是欣赏的、温暖的，他一边翻看祝金花的剪纸，一边瞄着心存不安的祝金花……这就使祝金花更加不安和局促了。

在一边，祝金花搓着手说话了：你可不要笑话人。我知道，我还没我嫂子的剪纸好。

祝金花嘴快手也快，刚说了这句话，就把她给柳五洲欣赏的剪纸册页夺了去，又把嫂子段枣花的一幅剪纸给柳五洲看。

这是一幅还未完成的剪纸呢，但也有了一个大体的轮廓。

柳五洲没见过段枣花剪纸，这时候，他突然生出一个强烈的念头，就在眼前，就在现场，他想看一看段枣花怎样使着剪刀，来剪一幅剪纸。

柳五洲把这幅半成品的剪纸交到了段枣花的手上，带着央求的口气说：你能剪给我看看吗？

段枣花没有拒绝柳五洲的央求，她坐在了炕边上，左手拿着那幅半成品，右手摸起了剪刀，就又认真仔细地在半成品上剪起来了。柳五洲看见，那幅半成品在段枣花的手里，左旋一下，右转一下，便有小小的纸屑，从半成品上脱离开来，像是飞翔的蜜蜂，盘盘旋旋、飘飘舞舞，最后落到段枣花的脚下。这样的纸屑，在段枣花的脚下越积越多，半成品的剪纸，也就差不多快成型了。

柳五洲的心是急的，怦怦怦地跳着，像要从胸膛里跳出来。他警告自己，不要急，不要急，但他按捺不住的心，总是越来越急地跳着。没办法，他抬手捂住了自己的心口，眼睛是眨也不眨地看着段枣花的手和剪子。他觉得那就是一段舞蹈，小小的剪子，在一张红色的彩纸上，奔驰着，游动着，料不准会到哪儿去……在这儿呢，会简练一些；在那儿呢，又会烦琐一些……到时候了，段枣花丢下手上的剪刀，两只手把她的剪纸抻开来，撮着她肉嘟嘟的嘴唇，轻轻地吹着，一幅美得让人心颤的剪纸作品，在仙气一般的轻拂中展露在柳五洲的面前了。

段枣花给她的这幅剪纸起了个"山前山后"的名字。

山前的景致是，年轻的婆姨依依不舍，含泪送男人外出打工。山后的景致是，毛驴儿拉着一辆皮轮车，车上装满了收获的玉米、谷穗；年轻的婆姨怀抱着小胖娃娃，两只大大的眼睛，一直地凝视着山的前方，还有一只喜鹊呢，悠悠然追着高云而去，去给山前边的打工汉报告家乡丰收的消息。柳五洲想，不到枣树圪梁来，不和段枣花认识，他可能理解不了这幅剪纸。他到枣树圪梁来了，他认识了段枣花，他就完全地理解了这幅剪纸的深意了。

剪纸所要表现的，不正是段枣花和她的枣树圪梁村里那些与她一样的小婆姨的心声吗？

12

给人家拍照，就不能让人家空欢喜，得把相片洗出来，送给人家才对。枣树圪梁村没有洗相片的条件，柳五洲就只有去延安市了。一来二去，花了两天时间，到柳五洲再次回到枣树圪梁村，不仅是段枣花、祝金花、老爷爷，还有村上的人，都已把他当成了熟客，并且摆下一桌酒菜，要款待他一顿。

酒菜已经准备好了，就设在段枣花家的窑院里。不过，柳五洲还不知晓，他从延安市一回到枣树圪梁村，还没进村，迎面就碰上一个小婆姨，他把洗出来的照片给了她，她就兴奋地喊起来了。显然是，她不相信自己的眼睛了，拿着照片，咋咋呼呼地直问：这是我吗？啊，这是我吗？柳五洲是开心的，他给那个小婆姨说：不是你，难道能是我？小婆姨这才确信，那个漂亮得让她生疑的照片，的确照的就是她。她便无限感激地看了一眼柳五洲，转身就向村里跑去了。

小婆姨边跑边喊叫：快来取照片呀！

小婆姨的喊声是嘹亮的：城里后生给咱把照片洗回来咧！

小婆姨的喊叫，像是一股强劲的风潮，迅速传遍了枣树圪梁村的角角落落，邀请柳五洲照了相的小婆姨们，都从她们的窑院里跑出来了。大家围住柳五洲，兴奋着、激动着，从柳五洲的手里接过自己的照片。她们无不惊讶，照片上的自己是那么好看，好看得都要怀疑照片上的人是不是她们自己了。

能给这个偏僻的村落带来这样的快乐，柳五洲的心里自然也是快乐的。他从小婆姨们的头顶上望过去，发现祝金花站在她家的崖畔上，向他招着手。他就分开小婆姨们的包围，向他最为熟悉的那个地方走去了。

柳五洲回到了段枣花家的窑院，刚一进门，就看见窑院的石桌上，摆了满满一桌菜。而且包括老爷爷，早有几个村里的老人坐在了石桌边，等他一进来，就被热情地请到石桌旁，安排与他们坐在了一起。

这些菜，柳五洲也都熟悉了；这酒，自然也是柳五洲所熟悉的，那便是枣红酒了。

柳五洲刚来枣树圪梁，就很幸运地看到了酿制枣红酒的盛况。那个场面是热火的，随便到哪户人家去，都能看见轰轰烈烈的酿酒景象。

这是枣树圪梁农家的一个习惯，也是枣树圪梁农家的一门绝技。那手艺和秘技，书上写不来，嘴上说不来，单靠枣树圪梁农家人一辈一辈手手相传了。酿酒的原料呢，自然是他们坡坡梁梁上生长的大红枣了。

所谓枣红酒，应该就是这个理儿。

好像是烧制枣红酒，还缺少不了枣花做引子。因此，在枣花盛开的日子，村里人就开始准备了。他们穿梭在满坡满梁的枣树林里，收集着浅绿色的、散发着浓香气息的枣花，掺入枣红酒的酒曲里，等着发酵个一年，到了来年暑热天气，这就破曲烧酒了。这个时日烧的酒，品质是最好的。

枣红酒的香气之所以袭人，也许正是这鲜香的枣花的作用哩。

老爷爷是烧酒的把式，他在自家的窑院里一个烧酒的炉子上，架上一口很大的铁锅，装填上隔年的大红枣，注进去清冽的山泉水，兑进去砸碎的枣花儿酒曲，小火慢慢地蒸着，不出三天三夜，就会有酒香弥漫开来，香了一个枣树圪梁。人们呢，会闻香而来，东家进、西家出，到了哪一家，都有酒碗放在炉子旁，随便地舀，随便地喝，身子已经趔趔趄趄的了，却还要往下一家赶，去那里又是一顿好喝。

这喝呢，又不能只是瞎喝，瞎喝者只能称其为酒鬼，是要遭人取笑的。那么，就都耐着性子，要做个善喝者了。

善喝者呢，到了人家的烧锅旁，必须是先观色的，看枣红酒的色气正不正，暗红不行，非是晶晶莹莹的亮红就不能算是上好的枣红酒。接下来，还要看酒花。啥是酒花呢？这里有一个讲究，在把新酒舀了往酒碗里灌注时，要扯长了，吊细了，慢慢地往酒碗里注，使碗里的酒浆激起一簇簇的酒花来。如果那花儿云朵一般，回散而去，碰到碗沿，迅即破灭，这就叫飞云花，这样的枣红酒，质量就还需要提高；而如果那花儿到了碗沿边不破，层层堆积，越积越厚，这就叫垒云花，这样的酒，便是品质绝佳的上等枣红酒了。

柳五洲好奇着烧酒的工艺，几天时间，像是拖在老爷爷屁股上的一根尾巴，又是帮老爷爷提水，又是帮老爷爷烧火。肆意飘散的柴灰，飞落在柳五洲黑汤黄汗横流的脸上，使他的脸看上去五麻六道，像是戏台上的猛张飞，惹得段枣花掩了嘴总想笑。

因为老爷爷烧酒的技术好，不断地还要被人请了去，帮助其他人家烧酒。因而，在枣树圪梁村烧酒的日子，老爷爷是最忙的一个人。

酿制好一季的枣红酒，坛坛罐罐地装了，哪一家都是珍惜着的，细水长流，不敢太过铺张。这是因为，要想盘炉子架锅再酿枣红酒，非得等到下一年。可是老爷爷今日，把他新烧的枣红酒整坛子都端到了石桌前，尽着兴让大家喝。大家也不客气，捧着酒碗，左首碰了，噌的一声，右首碰了，噌的一声，碰了就是一喝。这样的碰呢，似乎还不尽兴，就还要转着圈儿碰……酒往肚子里灌着，菜往肚子里填着，眼看石桌上的菜碟子要空了，马上又会添上新的菜碟子。

柳五洲注意到了，那新添的菜碟子，是村里其他人家送来的，源源不断，段枣花家窑院的大门口，一会儿就有一户添菜的人家端着菜碟子走进来。

也不知一桌子喝酒的人，最后都喝得怎样，到他们剔着牙、打着酒嗝，从段枣花的家里离开后，老爷爷一把钳住柳五洲，显然老爷爷是有话要说了。他说了，养在圈里的那群羊，今年是太争气了，这几天呢，见天都有羊羔儿生出来，接下来呢，怕还有几日好生哩。老爷爷说了宝贝似的羊儿，就还说了生在坡坡梁梁上的枣树，预感今年也有一个好收成。老爷爷絮絮叨叨地说着，还说了村上的一些事，那些事柳五洲大多听不明白。但有一件事，他是听明白了，老爷爷埋怨村里的后生，全都没命地往城里跑，城里就那么吸引人吗？老爷爷对此是一脸的茫然。不过，他话锋一转，说起柳五洲了。

老爷爷说：你这娃倒是一副热心肠。

听老爷爷这么说他，柳五洲并没有多么高兴，他只感到老爷爷枯瘦的手掌，钳在他的手腕上，把他钳得隐隐痛了起来。

老爷爷说：我想问你一句话，你的先人，他可曾来陕北插过队？

柳五洲老实地点头了。

老爷爷笑了，是那种醉眼如花的笑呢。老爷爷说：你娃一到我们枣树圪梁村，我就感到面熟，后来就想起你先人他们北京来的知青，他们那一伙子碎崽娃呀……老爷爷说着，脸上的笑僵在了眼角，不由自主地，就有滚烫的眼泪花，从他僵着的笑眼里，扑簌簌滚落出来。

段枣花直说老爷爷醉了，招呼柳五洲把老爷爷搀扶回他的窑洞里，放在窑炕上，盖好被子，让老爷爷睡了。

老爷爷的这一觉睡得真是香，高亢的鼾声，像是戏台上的锣鼓家什，一波一波地往柳五洲的耳朵里灌，他觉得自己困乏得也要昏睡过去了。但他睡不着，想着老爷爷说的话，尤其是说他父亲"那一伙子碎崽娃"的话，说明老爷爷一直是念想着他们的。这让柳五洲的身上，似有一股强烈的电流通过，有种暖洋洋的幸福感。

祝金花来向柳五洲讨要她的照片了。

跟着老爷爷他们喝酒，柳五洲喝得也有些飘，不是祝金花向他讨要，他差点忘了这码事。听祝金花讨要，他噢一声，赶紧把祝金花和段枣花的照片翻出来，给了祝金花。祝金花自然是欢喜的，拿了照片就往正收拾石桌的段枣花那儿跑了去，嘴里呢，哎呀哎呀，不停地赞叹着。

段枣花的手没有停，偏着头看祝金花拿着相片翻看，自然也是喜眯眯的。她看了一程，还瞥了一眼旁边的柳五洲。

祝金花说：嫂子，你说了，不能让人家给咱白照相的。你就把你还的礼情取出来么。

段枣花嗔怪她的妹子祝金花了，说：我说啥了？我啥啥都没说，我没有礼情还人家。

祝金花小斗鸡一样和嫂子段枣花争上了，说：你不要不承认……你是说了，你要不想给人，我可自己拿去呀。

段枣花没有阻拦妹子祝金花，看着她从自己身边飞跑而去，去了自己的窑洞，挑着门帘蹿进去，眨眼的工夫，就又蹿了出来，跑到了柳五洲的跟前，把几幅衬了白色棉纸的剪纸给了柳五洲。红艳的剪纸，衬在白色的棉纸上，是再醒目不过了。柳五洲拿在手里看着，似有惊雷在天空中炸响，他的魂魂魄魄，在那一个瞬间，像要飞出七窍，随着响彻云天的雷声而去。

柳五洲看见的剪纸，是一个健壮后生的模样，他手里端着一架照相机，扫描着镜头前的枣树林，有翩翩飞舞的蝴蝶来了，有嗡嗡鸣叫的蜜蜂来了……柳五洲下意识地告诉自己，这幅美不胜收的剪纸，就是现实中的他呀！

埋着的头抬了一下，柳五洲看了一眼段枣花，段枣花也正拿眼看着他，四目一碰，又都低了下来。

祝金花赶着趟儿插话了：怎么样，还像你吧？

柳五洲点头了，说：像！

13

天是空的，果然是空的，空得不见一丝云影，只有一弯月亮，斜斜地挂在天边。好像不是为了普照大地，而是在勾画天空，使得漫漫无际的天空透出淡淡的蓝色来，十分幽远，十分深邃的蓝啊。

老爷爷的这一场酒后大睡，真是太沉太沉了，呼噜炮仗，没完没了。窑院背垴上的羊圈里，还有要生产的母羊。段枣花心疼老爷爷，从老爷爷的窑门口走过，没有叫醒老爷爷，自己踏着如纱的月光，向背垴的羊圈走去了。

段枣花走在去往羊圈的路上，唱起了一曲信天游：

提起个家来家有名，

家住在绥德三十里铺村。

四妹子好了个三哥哥，

他是我的知心人。

三哥哥今年一十九，

四妹子今年一十六。

人人说咱二人天配就，

你把妹妹闪在那半路口。

　　这是在陕北传唱得最为普遍的一曲信天游了，名字是《三十里铺》。在这个月光如水的夜晚，段枣花唱得如泣如诉，幽幽地灌进柳五洲的耳朵里，一字一句，都像生了爪子一般，挠着他的心，让他感到从来没有过的惆怅。

三哥哥出门前头里走，

咱们二人没盛够。

有心掉头（个）把你看，

心里头害麻烦。

三哥哥出门坡坡里下，

四妹子崖畔上灰不塌塌。

有心拉上（个）两句话，

又怕人笑话。

柳五洲在窑洞里盛不住了，他在想，他是该到背垴上去陪段枣花的。可是，在做作业的祝金花，还有两道题要问柳五洲，他就只有先陪着这个可爱的小妹子，指导她做题了。

不像往常，祝金花今天做题时有些心猿意马，不停地问柳五洲一些作业之外的问题。

显然是，祝金花也听到了段枣花唱的信天游，她问柳五洲：嫂子的信天游唱得好吗？

柳五洲老实地回答：好么。

祝金花就还说：我哥也是，他也说嫂子的信天游唱得好。可是，这么好听的信天游咋就拴不住他的心？

这不该是祝金花问的问题呢，她却问出来了。柳五洲没法回答她，她就把眼光从作业本上移开，望着柳五洲的脸，想从他的脸上找寻到答案。

注定了的，柳五洲的脸上是没有答案的。

祝金花便只有叹息了，说：是啊，你是不知道的。

说出这句话，祝金花不再心猿意马，她埋头专心致志地做起作业来了。也不是太难的题，一会儿都做停当了。

柳五洲抽身出来，这就向窑院背垴的羊圈去了。夜是静的，静得只有白朗朗的月色，漫天漫地地铺展开来，使得坡坡梁梁上的枣树、坡坡梁梁上的青草，全都镀上了一层银色的光辉。柳五洲默默地走着，他嗅到一股扑鼻的草香，混合着陕北神草地荽荽的香气，是段枣花从草坡刈回来，垛在羊圈旁的干草了，那么大的个草垛子，也有他柳五洲一点小小的贡献呢。这么想着，柳五洲的心里便升腾起一股醉人的暖意。

段枣花背靠着草垛子，静静地坐着，仿佛一尊美丽的月光雕塑。柳五洲走到了她的跟前，她没动，也没有说话，依然是月光雕塑般静静地坐着。柳五洲低头看着她，也便只有静静地站着了。

终于，段枣花开口了。她说：你不该来的。

柳五洲没听明白，段枣花说他不该来，是指不该到羊圈这里来，还是压根不该到她们枣树圪梁村来？听不明白不要紧，柳五洲自有他的理解。

柳五洲回答段枣花了，是很坚定地回答的：来都来了，没啥该不该。

就在这时候，羊圈里有了一些动静，柳五洲扭头去看，他是看不明白的，段枣花就告诉了他，是有母羊要生了呢。柳五洲就有些急，段枣花让他不要急，给他说：还没到时候哩，羊生羊，哪有那么容易的……话从这里说开来，不知怎么拐的，拐来拐去，把话拐到了柳五洲的嘴里，柳五洲就说起了他的父亲柳君红，说起了和他父亲柳君红一起在枣树圪梁村插队的孙伯伯、何叔叔、吴阿姨他们……柳五洲饶有兴趣地说着，还说到父亲柳君红他们怀念着的老支书，以及老支书的姑娘。好像是，段枣花对这个话题有了兴趣。她的眼睛睁大了，在明晃晃的月光下，亮晶晶地闪着。

段枣花呢喃着，她说：老支书……老支书的姑娘……

柳五洲有种揭秘某个重大事件般的欣喜，他说：是啊，是老支书。

柳五洲说：是啊，是老支书的姑娘。

可是……可是段枣花亮晶晶大睁的眼睛，却慢慢地灰了下来。柳五洲知道，段枣花不想在这个话题上纠缠了。她在回避这个话题，好像不仅是她，喝着枣红酒的老爷爷，也在回避这个话题。

月照草垛，把草垛蕴蓄着的巨大香气，一波一波地蒸腾出来。不知什么时候，柳五洲也背靠着草垛坐下来了，他坐得距离段枣花那么近。好好地坐着呢，柳五洲的手伸过来了，段枣花的手也伸过来了，两双青春勃发的手，一旦捉在了一起，便捉得紧紧的，生怕失去了似的……羊圈里的动静大了起来，低一声、高一声，是一只羊的叫声呢。

柳五洲说了：羊儿要生了吗？

段枣花说：是啊，羊儿要生了呢。

就在俩人声音颤颤地说着话儿的时候，也不知是谁，在什么地方，扯着嗓门，吼起一曲陕北家喻户晓的《拉手手亲口口》，使夜色中的枣树圪梁显得亮堂了起来：

我要拉你的手，

还要亲你的口。

拉手手，亲口口，

咱们俩圪塄塄里走。

2008年1月12日晨于西安后村

2008年12月23日再改于西安后村

手铐上的蓝花花

01

致夫亡命的阎小样从监所的铁门里走出来了。

纵然她是一个罪犯，纵然她在森严的监所里被关押了很长时间，纵然冷冰冰的手铐箍在她的手腕上，她却还是那么出类拔萃，还是那么理直气壮，还是那么风情万种……头顶上，明晃晃的太阳光，照着一步步走出来的阎小样，让前来押解她的青年民警宋冲云顿觉一种惊心动魄的美丽！

宋冲云痛苦地闭上了眼睛，他难以相信，如此美丽的女子，怎么能够致夫亡命？但他知道，这是事实，一个不容怀疑的事实，神圣的法律已经做出了公正的判决——死缓二年。宋冲云今天押解阎小样，就是要到省城西安的女子监狱服刑去的。

按捺不住激烈跳动的心，让穿着警服的宋冲云十分无奈。

宋冲云在心里无声地警告自己，要自己不要心跳过速。

他是来提杀人犯的，他要把致夫亡命的阎小样押解到省女子监狱去服刑。他努力地想压抑着自己那颗狂跳的心，但他却很无奈，怎么都压抑不住，感觉怦怦激跳的心，像是一颗火红的子弹，就要从喉咙眼里弹射出来了。没有办法，他俊朗的脸，不由自主地红了起来。

赶在这个时候，谷又黄来到了监所的门口。

谷又黄接受了任务，是和宋冲云一起押解阎小样的。

与监所的管理人员进行交接，是一个必要的程序。宋冲云从押送阎小样出来的监管人员手里接过一个档案袋，抽出装在其中的档案纸，依着规定的程序问话了。

宋冲云的声音是公事公办的，他问：你叫什么？

阎小样接受了许多次的提审，对这个程序已经相当熟悉了。她很干脆地回答：我是阎小样。

宋冲云接着问：年龄？

阎小样接着回答：二十岁。

宋冲云又问：所犯罪行？

阎小样又答：致夫亡命。

原以为在这枯燥单调的交接程序里，宋冲云的脸色能够恢复正常，但是没有，他的脸还红着，像是一个正发高烧的人一样红着。

敏感的谷又黄，非常清楚地看见了宋冲云的红脸。

谷又黄知道宋冲云为什么脸红。汉子嘛，见不得姿色艳丽的女子，特别是艳丽却又犯了罪的女子。这一点，在公安队伍里滚爬了两年的谷又黄见得多了。她发现，自觉不自觉地，男警员在面对漂亮的女子罪犯时，很有那么点儿怜香惜玉的劲儿，表现得就总是心慈手软了。她谷又黄就不，绝对不，纵然是个美若天仙的女犯，到了她的手里，该咋办就咋办，决不会下不了手。好像是，她与犯罪的女子，天生是仇敌。譬如眼前，不就是个致夫亡命的罪犯吗，还臭美个啥？理直气壮，风情万种？瞧着好了，看咱谷又黄怎么收拾你！

发狠想着，谷又黄觉得她的眼睛像染了毒一样，有种火烧的痛感。因此，她狠狠地瞪了阎小样一眼，还不解恨，回过头来，就又把宋冲云剜了一眼。

也是谷又黄今日的心情好，她不想把气氛弄得太紧张。从陕北的保安县到西安的女子监狱，路途可是远着哩，气氛太紧张，弄出些别扭和麻烦，那实在是不合算的。而且阎小样致夫亡命，那是她的事，法律已对她作出惩治，咱又何必与人家过不去？女孩子柔软温暖的心肠，又一时让谷又黄狠不起来。但她还是想把脸红的宋冲云刺一把。

谷又黄贴到宋冲云的耳边，问：你呀，脸红什么？

宋冲云掩饰地说：我脸红了吗？

机械的交接仪式结束了，把宋冲云刺了一把的谷又黄，心情不错地快步靠近了阎小样，伸手拽住阎小样的一条胳膊，向停在监所门口的那辆警用吉普车走去。

让阎小样坐在哪儿好呢？起初，心生闷气的谷又黄没有想过这个问题，现在心情好了，脑子里却还充斥着宋冲云的红脸，还有宋冲云的眼神……她要那样的红脸和眼神，永远都对着她，而不是对着一个致夫亡命的女犯。

与宋冲云一起工作了两年，他们俩是有点意思的，只差捅破那层窗户纸，就是一对掏心掏肺的恋人了。是这样的，谷又黄是该有这么点小心眼的。

这是一种习惯，谷又黄安排阎小样坐在了吉普车后座的中间，以阎小样为界，宋冲云坐在一边，她坐在另一边。在警官学校读书时，教科书上规定，押解犯人的方法就是这样。唯有这样，才能有效控制罪犯，以免节外生枝。但在今日，谷又黄对这样的安排，心生了一种叫她无法忍受的别扭。在大家都已坐进了吉普车，司机老展也已发动了引擎，只要右手松开手刹杆，脚在油门上轰一下，吉普车就会向前驶去时，谷又黄却又打开了车门，跳到车下。

谷又黄轻声吆喝着阎小样，让她坐到了自己先前坐的位置上，同时还轻声吆喝着宋冲云，让他坐在了中间。她绕了一圈，拉开车门，坐在了宋冲云的身边。

很显然，这样的安排是不对的，谷又黄却不管不顾，使着性子这么安排下来了。

谷又黄要使自己的心情舒坦起来呢。

可是呢，她也只是舒坦了一个瞬间，就又发现这样的安排不行。怎么老是宋冲云挨着阎小样？这太不妙了。谷又黄不要宋冲云和阎小样挨着身子坐在车上，这会破坏她的好心情，让她心烦。于是，在吉普车又一次将要启动时，谷又黄又把车门打开，跳到了车下。

谷又黄同时吆喝宋冲云也下了车，她先上车坐在后座的中间，让罪犯阎小样坐在她的一边，宋冲云坐在她的另一边。这么看来，倒像她成了罪犯，被阎小样和宋冲云押解着了。

唉，这是不好责怪谷又黄的，谁让她把心扑在了宋冲云的身上呢。

反复地折腾了这么几遭，司机老展这才发动了吉普车，慢慢地向前走。

坐在车窗一边的阎小样，却善解人意地轻声笑了一下。

谷又黄想阎小样是笑自己的，她不要阎小样笑，便气恼地轻声呵斥道：笑什么笑？

阎小样就不笑了。

司机老展也笑了，自然也是轻声地笑呢。

谷又黄能怎么样呢？受聘为协警的老展，虽然算不得国家编制的警察，却也经常和她在一起工作，知根知底的，谷又黄

能对他恶语相向吗？这是不能的，所以她也笑了，轻轻地笑着
呵责道：不要笑！

02

肚腹的右下侧痛着，一直痛着。

大约从夜半时分就一点一点地痛着了，到天明时分，已
痛得有点难以忍受。放在平时，堪称警中之花的谷又黄，才不
会忍着腹痛去执行任务呢。对宋冲云很是上心的她，有个与他
同去西安城的机会，她肯定是积极的。她的目的很单纯，公私
兼顾，和宋冲云到省城西安去，把罪犯交出去，俩人好在西安
城逛一逛。钟楼是要去的，鼓楼是要去的，还有大、小雁塔，
也是要去的，有可能的话，就在大雁塔的佛堂上烧一炷高香，
祈求神灵开恩保佑他们……啊！怎么说呢？呆头呆脑的宋冲云
害得肚腹疼痛的谷又黄只有忍着疼痛，和他一起押解女犯阎小
样，到了西安，选个机会，把他们的关系确定下来。因此，她
是要忍着的，咬牙忍着也要到西安去。

为了保证去西安，在来监所提解阎小样前，谷又黄绕道去
了一趟县医院，在那里看了医生。

医生只是临床做了个简单的检查，就说她是阑尾炎，要在
医院住下来，观察治疗。

谷又黄哪里听得进去，她笑嘻嘻地缠磨着医生，说她还没那么金贵，开了几样药后，就往监所赶去了。

尽管谷又黄赶得很急，到时还是晚了些，加之她在安排座位时，又倒腾了那么一阵，时间就又晚了不少。清晨，原本冷寂的保安县城，已然人来人往，开始热闹起来了。

从监所去县城外的公路，必须穿过一段街区。吉普车一会儿鸣喇叭，一会儿鸣喇叭，颇为艰难地在人群里向前爬行。

这是罪犯阎小样所希望的。她侧着脸，希望吉普车再走慢些，她好眼睛眨也不眨地看着车窗外的县城街道、街道上熙来攘往的人群，以及街道两旁的树木和房子。她要把每一个人、每一棵树、每一幢房子，都印记在她的脑子里。尽管这人、这树、这房子，与她并无多大关系，她却比往常任何时候都留意。

是啊！谁能知道阎小样此刻的心情呢？一个死缓女犯，她太热爱生她养她的故土了。

街的一边，就是县城中学的大门。

起名保安中学的县城中学，在陕北是大有名气的。谁要考进这所中学读书，那就等于谁的一只脚已经跨进大学的校门了，只要在校用心学习，很少有考不上大学的。县城东南乡阎家沟村的碎女子阎小样，就很豪迈地考进了县城中学，成了这所名校学习最为刻苦、学习成绩也最为优秀的一员。老师和同学都喜欢她，对她抱有极大的期待。

吉普车依然缓慢地在人群中蠕动。

阎小样一眼眼地看着，就又看见了街边的影剧院。

这座规模不是很大的影剧院，建成已有些年头了。那个时候，阎小样还在县城中学读书，知道县政府出资，填高了县城边上的一片河滩地，号召县城的干部群众义务出工，修建了这座县城建设史上从来没有搞过的大工程。

修建影剧院之前，保安县城多的是窑洞，有青砖券箍的，有麻石券箍的，还有在石岩上、土崖上掏掘的。当地人曾经骄傲地说，保安堪称世界窑洞博物馆。

要建一座现代风格的影剧院，中学的老师组织在校学生也到工地上来了。农家女子阎小样在工地上，是吃得了苦的，搬砖头、抬灰浆，干得热火朝天。打心眼里说，阎小样期望她们的保安县城，有座像样的影剧院，她也能到影剧院里去，看电影、看演出，那该是多么享受的事啊！

在这里参加义务劳动，阎小样看到了许多水泥预制件。

雄伟壮观的水泥预制件呀！竖起来的两排是柱子，横架起来的是屋梁。水泥的柱子是粗壮的，水泥的屋梁是高耸的。在组装这些大型水泥预制件时，动用了两台移动式大吊车，在施工人员吹响的哨子声里，一根根的柱子竖起来了，一根根的屋梁架起来了。

多么辉煌的一座建筑呀！阎小样当时仰着头看，把脖子仰疼了，把眼睛看酸了，好像还不过瘾。

落成之日，全县城的人自发地走上街头，扭秧歌、跑旱船，敲锣打鼓，极尽庆贺与欢乐。

然而，所有的热闹与红火，随着时间的推移都冷却下来了。如今的影剧院，除了偶然放映一两部叫座电影外，其他的演出活动基本没有了。一天天、一年年地闲置着，曾经那么吸引人的影剧院，如今显得破败而落寞。不过呢，因为县城的建设规模在扩展，原来靠着城边的影剧院，不断地有人投资在它的旁边修楼建房，就把影剧院的位置推到县城中心地段了。有商业眼光的人，租了影剧院临街的地方，隔出一间两间的门面，做起了小生意。

阎小样看得清楚，那样的生意场所还是很不错的。有人在卖音响设备，有人在卖音像图书，还有人在卖儿童服装和玩具……总而言之，是还有那么点繁华景象的。

很幸运地，阎小样在影剧院看过一场电影。那是影剧院落成后不久，为了报答义务出工人员的义映。县城中学的三好学生阎小样，作为学校的代表，坐在新建成的影剧院里，看着很受陕北人喜爱的《黄土地》。这部电影的画面拍得太美了，都是陕北的山山水水、沟沟梁梁，可在银幕上展现出来，就是比现实的好看，而且更为喜人。再就是电影里唱的歌了，也都是陕北人爱唱、唱了经年累月的信天游，从剧中人的嘴里唱出来，也是特别好听，特别耐听。

当时的阎小样，完全沉醉到电影里了。

到电影放映完毕，影剧院的场灯全都亮了起来，碎女子阎小样还沉浸在《黄土地》的音画世界里醒不来。好像就从那一刻起，阎小样下了做个陕北民歌手的决心。

记得当时，阎小样的心给自己的大脑说：我要唱歌。

也是上天有意，给了阎小样一个少见的俏模样，给了阎小样一副少见的亮嗓子。

在她读书的保安中学，不经意地，她就唱出名了。

那时候，阎小样没敢想得太远，她觉得只要有民歌唱就很高兴了。学习之余，阎小样就去学校的音乐老师王厚草那里，请老师教她唱民歌。老师王厚草就怕没有学生学唱歌，特别是像阎小样这么禀赋天成的学生，自觉学唱陕北民歌，她没有不认真教唱的理由。

老师王厚草，为阎小样感动着，她像发现了一颗歌坛新星一样，把她所有的唱技和唱功都教给了阎小样。

遗憾随之而来，阎小样的母亲病了，不是一般的病，是个花钱如流水却也无法治愈的恶疾。后来的一天，阎小样被从王厚草老师的练歌现场叫出来，她来到母亲的病床前，俯身趴到母亲的身上，没能听到母亲最后的一声嘱咐，就眼睁睁地看着母亲撒手去了。

在母亲的灵床前，阎小样哭了。她以为她会号啕大哭的，但她没有，只是静静地流着泪，心里头无声地给母亲唱起了一首信天游。

阎小样唱的是母亲过去编唱的一首《家常饭》：

> 葫芦黄瓜嫩菠菜，
> 青菜白菜小萝卜菜。
> 绿豆小米豆钱钱，
> 荞麦三棱儿麦子尖。
> 苦菜叶叶儿搓拌汤，
> 榆钱叶叶儿熬糊汤。
> 硬糜子馍馍软糜子糕，
> 烧酒盅盅子摆开了。

阎小样不知道，她为什么会在心里无声地哼唱信天游。是因为母亲也会唱信天游吧？是的啊，母亲是太会唱，也太爱唱她们陕北的信天游了。她能唱的信天游很多很多，是她们阎家沟村难不住的唱家子。而且，许多信天游，还都是母亲现编现唱的，她的手头、她的眼前，是个什么，就编唱什么。正如阎小样现在唱的信天游，就都是母亲在家常生活里编唱的，她用心唱给母亲，是对母亲的祭奠吗？

没错，阎小样就是这样祭奠她的母亲的。

亲爱的母亲爱唱信天游，阎小样也爱唱信天游，有人就说，她是遗传了母亲的特长。

然而，遗传了母亲特长的阎小样，很是不幸，像她的母亲一样，只能圈在她们阎家沟唱信天游了。没有办法，家里还有一个父亲，还有一个长兄和一个小弟，三条汉子，没个女人照料还真是不行。

阎小样辍学回了家，接过母亲的责任，料理起了家里的生活。

03

魂牵梦萦的保安县城，被司机老展驾驶的四轮吉普车，抛在身后看不见了。

莺飞草长的陕北啊，天是那样高，云是那么淡，押解着阎小样的吉普车，像条活泼的旱天鱼，在陕北独有的沟沟梁梁上翻转，一会儿呢，呼啦啦地沉入了深不可测的沟底，一会儿呢，又飘飘摇摇蹿升到高可及天的梁顶。

下到沟底里，自然会有一条小河，哗啦哗啦地流淌着，不歇不停，不知疲累。这儿、那儿，又少不了成群结伙的鸭子或者白鹅，在清清浅浅的河水里，悠悠然然地游着。间或呢，一只鸭子撅起肥硕的屁股，把头扎进水里，它是叼住了一条小鱼吗？不知道，只见它从水里仰起头来，扑棱着翅膀时，猜想它是一定有所收获的了。嘎儿——嘎儿——大叫着的，应该是骄傲的大白鹅了，它是在唱信天游吗？好像不是，随着它高亢的叫声，有一只如它一样的雪白大鹅，划动着红红的脚蹼，迅捷地游到它的身边。于是，它们把头绕到对方脖子上，叽叽咕咕说个不停……

河的两岸，是一棵一棵的柳树。

陕北的柳树啊！

陕北人都有一个奇怪的习性，喜欢刀砍斧劈，把柳树长得蓬蓬勃勃的头颅，从齐人高的地方断下来，只待来年，就又生出更加蓬勃的新枝来。好像是，不遭砍头的柳树，还不是很自在，长着长着，会自绝性命死去。倒是遭受砍头的柳树，却总是精力旺盛，生得葳葳蕤蕤，劲头十足。

这就是陕北柳树的好了。它们像是知道陕北人的需要，以它一次次断头的牺牲，奉献出陕北人生活中略显短缺的用材。

吉普车爬到梁顶上了……到处都是高入云天的井架。新时期的陕北，一个新的风景，就是这些涂了黄漆的井架了，那是油田工人在钻新的油井……还有磕头虫——这是当地人对抽油设备的一种俗称。它们或者独立一处，或者成群排列，不是十分紧张地，上来了、下去了，无始无终地运动着。黏稠的黑色原油，就从地下的深处冲出来，汇入相连如织的输油管道里。

不眨眼地望着车窗外的景致，望得阎小样有些疲倦，她回了一下头。

正是她的这一回头，看到坐在座位中间的谷又黄，脸色煞白，并有细碎的汗水，像是草叶上的露珠，不断地浸出来，阎小样很是吃惊。

阎小样小心地问：哎，怎么了？你不舒服吗？

谷又黄却不买账，说：咸吃萝卜淡操心！

一旁的宋冲云也注意到谷又黄的脸色，伸手在她的额头上试了试，说：不发烧呀！

是个粗心人呢。谷又黄白了他一眼，说：你才发烧哩！

宋冲云却还不明白，说：那你说，你的脸色咋那么难看？

谷又黄的话就不好听了，说：难看了你甭看！

宋冲云是知错的，依然地温言软语，说：我是担心哩。给我说，你哪儿不好受？

谷又黄这就乖顺起来了，说：小肚子那儿，不晓得咋的，有些疼。

宋冲云就很紧张了，说：啊呀！这可咋办呢？

谷又黄却还故作轻松，说：凉拌（办）么。别害怕，死不了人。

俩人是，你要鸡上一口，他就鸭上一口，拌着人间才有的那种幸福的小嘴。一边的阎小样，还有驾车的司机老展，就都成了无足轻重的旁人了。不知司机老展是怎么想的，他只回头关切地看了一眼谷又黄和宋冲云，就又双目朝前，聚精会神地驾驶着吉普车往前奔驰。阎小样想的就多了一点，她知道，她是一个被押解的服刑犯，她是没有资格关心人的，哪怕是表现出一点点关切的意思，都只能是惹得人烦、不高兴。别人戗她一句、吐她一脸，她也得满盘子满碗地接着呢。

这么想着，阎小样就想哭。

可是现在，她还哭得出来吗？不会了。一个人的眼泪是有限的，不可能像条河，长年累月地流。而且呢，即便是河水，也有流干的时候，像她们陕北，一些原来波涛翻滚的河流，不是都干了吗？阎小样觉得她的眼泪，就如断流的河，已经彻底地流干了。

但她现在却想哭，心头上泪汪汪的。

是为了自己吗？好像是，又好像不是。那么就是为了押解她的女警察谷又黄？是的啊，一定是的。只是短短的时间里，阎小样却已敏锐地发现，谷又黄和宋冲云的关系不一般。他们是一对小夫妻吗？不大像哩。是小夫妻的话，要比他们现在的样子亲密。那么，他们就该是一对小恋人了？这么想着，阎小样在心里依然否定着，她感觉俩人离着小恋人也还存在着一点距离……这么说，他们就一定是一对有点意思的人儿了！是的啊，一定是的，他们现在的样子，怎么看，都是这样的一对人儿哩。

这么一想，阎小样清楚了，她之所以想哭，既是为了押解她的一对小警察的幸福，也是为了她的不幸。

按说呢，年轻的女子都有一个梦想，能够被人所爱，也能够爱别人。当然了，只能是被她想爱的人所爱，她爱她所想爱的人。阎小样就是这样梦想的，但她不能够了，也许是永远都不能够了。

是怕汪汪的泪水流出眼眶吗？

阎小样把头转向了车窗外，这一转，她便看见了熟悉的山梁、熟悉的沟坡、熟悉的小河了……她的，更为熟悉的家。

生了她、养了她的家啊！

就在眼前的那道山梁的背后，袅袅的炊烟，自由地从山梁的那边飘飞起来，翻过了山梁，还带来了狗的轻吠，鸡的啼鸣，羊的呜咽……阎小样在心里告别着故乡，告别着家，默默地为她的亲人祈祷着。

阎小样默念：亲人啊，小样对不起你们了！

将心比心，一个远离家人服刑的犯人，隔着车窗玻璃，如此深情地注目着车窗外的一切，在宋冲云和谷又黄看来，是能够理解的。一路走来，阎小样不错眼地盯视着车窗外边。宋冲云和谷又黄，又职业使然地盯视着阎小样。这么长时间远距离的盯视，在宋冲云和谷又黄的心头，渐渐地，很没道理地生出了一种同情感。特别是宋冲云，感觉阎小样其实是不该受这牢狱之灾的。

因为什么呢？

就因为阎小样爱唱信天游吗？

就因为阎小样生得俊俏？

宋冲云的脸不再烧了，心也不再急了。但他还是由不了自己，要想阎小样，想她的不幸和灾难。

04

辍学回家的阎小样，去了半山腰母亲的坟堆前，她拿了一卷纸，是她在学校俭省下来的纸哩，有的已经订成作业本，上面或者写了字，或者还没有写字，这可都是阎小样心爱的了。她拿到了母亲的坟堆前，点上火，一张一张地烧了。

纸火在风中打起了旋，忽悠悠腾空而起，旋飘在云彩全无的虚空里，像是一只只火焚的鸟儿。

阎小样知道，她是烧着了她的希望，同时也烧着了她的决定。

决心既下，阎小样回到了家里，像母亲活着时一样，为了家的生计，没黑没明、没头没绪地担起了家的责任，为他们的家操持起来。

俗话说得好，穷人的孩子早当家。

年纪还小的阎小样便是这样，一旦把家的责任搁到了她的嫩肩上，担得起担不起，她都必须担着走了。多亏阎小样的悟性好，入门快，家里家外，没有几天时间，就都归置得有模有样，和她母亲在世时一个样子了。

老爸是个肉性子，天大的事都不起火。

所以呢，母亲在世时，家中大事小情，都是由着母亲操弄的。现在，阎小样接过了母亲的责任，自然也就由着她来担承了。性情柔软的老爸看在眼里，就在一天清晨，当着阎小样的哥哥阎小虎和弟弟阎小豹的面说了。

老爸说话前，先赧颜笑了笑，说：小样啊，你太像你娘了。

什么意思呢？别人听不明白，阎小样听明白了，她的哥哥阎小虎、弟弟阎小豹都听明白了，就是此前还有些不放心的老爸，此后也放心阎小样管家了。大事小事，都指望阎小样来经管了。

从此以后，家里有一分钱的收入，有一分钱的花费，都要在阎小样的手上过，老爸从来是不闻也不问。

锅上案上的蒸煮闷炒，炕上炕下的缝补拆洗，阎小样有条不紊地做妥帖后，她还要帮助老爸下沟收种，上梁放羊。

这些活儿，要是由着阎小样的性子来，她宁肯下沟上梁，也不愿在锅边炕头上转。在沟梁做活放羊，自然要累一些、苦一些，但却叫人放松。特别是赶着羊群，去了坡梁上，羊儿是要撵着好草去的，阎小样就跟着羊群走。羊儿吃吃走走，吃走得累了，会四蹄撑着歇上一会儿，阎小样也就歇下了，在距离羊群不远的地方，随便一坐，或者侧身一躺，听沟底的小河流水，看天上的飞霞流云……适逢这样的时候，阎小样就想唱歌，唱她们陕北热辣辣、甜润润的信天游。

阎小样唱的是传统民歌《女儿谣》：

六月里黄河冰不化，
扭着我成亲的是我大。
五谷里数不过豌豆圆，
人里头数不过女儿可怜，女儿哟！
浮水上的鸭子刮水上的鹅，
公家人不知我会唱歌。
青石板上栽葱难扎根，
想说心事口儿难开，口儿哟！
天上的沙鸥一对对飞，
不想我的亲娘再想谁，

不想我的亲娘再想谁，亲娘哟！

本来呢，阎小样的信天游唱得好，又有敬爱的王厚草老师对她进行了许多的专业辅导，她便唱得更好了。把她专业学习来的信天游，拿到野天野地的梁坡上，迎着明媚的阳光，迎着微微的风，她唱得似乎就更好了。

有好几回，阎小样把家里的羊群赶到背梁上，自己纵情唱起信天游时，对面坡梁上像条黑色缎带的公路边，会有一两辆汽车停下来，钻出几个人，手往眉眼上一搭，眺望着这边坡梁上唱着信天游的她，久久地不肯离去。

这边的阎小样，心里是得意的，她喜欢人家听她唱信天游。于是阎小样唱了一首，还会接着唱一首。

阎小样就唱她爱唱的《这么好的妹子咋就见不上面》：

这么长的个鞭子——鞭子哎，

咋探呀么探不上个天。

这么好的个妹子——妹子哎，

咋见呀么见不上个面。

这么大的个锅来——锅来哎，

咋下呀下不了两颗米。

这么旺的个火来——火来哎，

咋烧呀烧不热个你。

三个疙瘩的石头——石头哎，

咋呀么咋是两块砖。

什么呀的个人来哟，

哎哟，把人的个心呀么心挠乱。

　　这就是陕北的信天游，这就是陕北女子阎小样，她是不会
掩饰的，老辈人这么热热火火地唱了，她也就热热火火地唱。
尽管让别人听来，有那么点挑逗，有那么点激将，但是让听的
人就感到特别过瘾，不是一点点过瘾，而是像喝了羊肉汤、吃
了糜子糕一样过瘾哩。果然就有大胆的汉子，好生不知羞，在
对面坡梁上听着不能自禁，张开了嘴巴，要来对上几声了。

对面山上的圪梁梁，

哎哟，那是一个谁？

那就是我要命的，

哎哟，要命的三妹妹。

……

　　阎小样笑了。她发现和她对歌的人，白白胖胖，虽则有了
把年纪，人却显得精神爽朗。他在对面山上的公路上走，听见

阎小样唱信天游，是一定要停车听的。阎小样就想，那是一个像她一样热爱信天游的汉子呢，但他只能喜欢了，天生的破嗓子，绝对是唱不好信天游的。

这让阎小样很遗憾。许多次，像这个白胖的汉子一样，想着能和她对唱的，却没有一次，没有一人能对得好。

有一次呢，阎小样的老爸从沟底下爬到了坡梁上。他像个隐身人一样，静悄悄地坐在散漫的羊群边上，眼睛看着羊儿吃草，却耸着耳朵，一字不落地听阎小样唱信天游，把他一张满是沟壑的老脸听得一抽一抽的，一会儿就流泪了。老人顺势抹了一把脸，把沾在手掌上的泪水甩在了草叶上。

阎小样发现老爸了。

发现了一把一把地把泪抹下来，甩在草叶上的老爸，还着实把阎小样吓了一跳。她自己就如一只白嫩的羊似的，跑到了老爸的身边。

阎小样关切地问：爸呀，你是咋了？咋的流泪了？

老爸却泪眼婆娑地笑起来，说：我是高兴哩，高兴你的信天游唱得像你的娘亲一样好。

这是个绕不开的话题。自从娘亲去世后，老爸逢着什么事，都会情不自禁地想起阎小样的娘亲，情不自禁给阎小样说她娘亲这样好、那样好。

这一天，老爸终于抹干了脸上的眼泪，给阎小样说她娘亲的信天游好了。说他就是被阎小样娘亲的信天游吸引了，才要死要活地追着阎小样的娘亲，结成了他们要死要活的一对。

老爸说着阎小样娘亲的信天游时，情不自禁地唱起了一曲信天游。老爸唱的是《小妹妹不嫌穷哥哥》：

> 鸡蛋壳壳点灯半炕炕明，
> 酒盅盅量米不嫌哥哥穷。
> 耳听见哥哥唱着歌儿来，
> 热身子扑在冷窗台。
> 只要和哥哥搭对对，
> 铡刀断头也不后悔。

阎小样原来只晓得娘亲的信天游唱得好，没想到老爸的信天游唱得也不差。此时此刻，她正聚精会神听老爸唱着信天游，老爸却不唱了，一曲信天游在他的嘴里，像是一条欢欢畅畅流淌的小河，生生地被他掐断了……老爸难得地笑着，是那种发自内心的幸福的笑哩。

老爸给阎小样指着吃草的羊群说：你看吃草的羊吧，没人教它，它总是撵着高草去吃。有那么多的高草让它吃吗？太少了，是不够它们羊儿吃的，最后还都得吃蹄子下的矮草。老爸这么说着，话题一转，就又说起阎小样的娘亲了。老爸说：你的娘亲呢，心性是很高的，一辈子心性高。我把她亏下了，我是没有一点办法，只能把你的娘亲亏下了。

年轻时戴了大红花，穿了绿军装，骑了大白马，秧歌锣鼓送到部队吃了几年粮的老爸，听说当年的他，是很英俊的呢。本来，老爸是有条件留在部队上的，可他念着阎小样的娘亲，戴着他在部队上挣来的两枚军功章，乐呵呵回到阎家沟村，高高兴兴地娶了阎小样的娘亲。

老爸的绵软性子，是他爱娘亲爱出来的。

老爸习惯了，就成了现如今一成不变的绵软人。

老爸给阎小样说了羊吃高草的话，说了娘亲心性高的话……老爸是想说什么呢？是说她阎小样如她的娘亲一样，也是心性高吗？

心性高了不好吗？阎小样才不这么认为，她倒是觉得，人呢，是该有些心性的，而且是越高越好，越高才会活得越有品位。

阎小样就还在坡梁上放羊时唱着她的信天游。

05

随山赋形，忽高忽低，或直或弯的陕北山地公路，总有一些路面，呈现出大小不一的坑槽，也有避让不及的，碾上去了，把车弹起来，弹得老高。车上的宋冲云、谷又黄，还有阎小样，就都随着吉普车的弹跳，蹿起来、落下去，一刻不得消停。有几次，把谷又黄弹跳得歪到了阎小样的怀里，她就赶紧收起身来，好像罪犯阎小样会连累了她似的。自然了，谷又黄也会弹跳得歪在宋冲云的怀里，要是这样，她就会多赖一会儿，多享受一会儿她想要的温暖。坐在靠着车窗一边的阎小样，不是一块石头，她也会被颠簸的吉普车弄得弹跳起来，有时会歪向窗门，把头重重撞在车窗上，有时会歪向谷又黄，把头撞在谷又黄的身上，让谷又黄不无厌恶地推她一把，毫不客气地呵斥她。

谷又黄怒责：坐正！

谷又黄痛斥：坐稳！

行驶了一段路程，押解阎小样的吉普车上，就不断地响起谷又黄的吆喝声，她出语短促而严厉，很有一股警察对罪犯的威严。

阎小样是委屈的，她也想坐正，也想坐稳，避免撞上谷又黄，但是，客观条件决定了她再怎么努力都没法坐正坐稳。好像是，她越是僵硬着身子，就越是坐不正、坐不稳，越是要不由自主地撞上紧挨她坐着的谷又黄。

终于，吉普车躲不开路面上的一个坑槽，弹跳起来，刚落下来，就又遭遇了一个坑槽，吉普车就又一次地弹跳起来，凌空的一瞬，落下来，只听叭的一声炸响，吉普车便趴在坑槽前不动了。

不用检查，大家知道吉普车爆胎了。

司机老展和宋冲云下了车，留着谷又黄在吉普车上看守阎小样。

谷又黄就又用短促而严厉的语气警告阎小样。

谷又黄说：坐好了，不要动！

阎小样就很听话地坐着，纹丝不动，但这不能保证她的思绪也不动。她眼望车窗外的山川地势和眼前的公路，想她生活在阎家沟的时候，她自由地放牧着家里的羊群。她在坡梁上唱信天游，公路上有人驻足聆听，一天过去了，一月过去了，一年过去了……有多少过往的行人聆听了她唱的信天游，她是不知道的。

那一天，阎小样赶着羊群又出了坡。叫她奇怪的是，她这天的右眼老是跳。听人说，左眼跳财，右眼跳灾，她不晓得自己会有什么祸端，心慌慌地看着羊儿，看羊儿差不多刚好吃饱肚皮，就吆着羊群回家了。

刚一回家，阎小样发现，哥哥阎小虎早她一步也回家来了。和哥哥阎小虎一起来家的，竟然就有那个呆立在公路边多次听她唱信天游的白白胖胖的人。

阎小样就只有吃惊了。

同样吃惊的还有白胖的人，他大睁着眼睛把阎小样看了好一阵子。他说：怎么是你呀！

阎小样知道有理不打上门客的乡谚。而且，阎小样也不讨厌人家白胖的人，隔山听她唱信天游，听得那样痴迷，作为爱唱信天游的她，应该感谢人家才对呀。但是本能告诉阎小样，她不能太给这个人好脸色。于是，她转身对着她哥阎小虎翻着白眼。那样的意思她哥应该看得明白，别把陌生人往家里带。

白胖的人却不知趣，还沉浸在他的惊讶中，不住嘴地说：真个是巧，听你在坡梁上唱信天游，把人的心都唱醉咧！

白胖的人话说得轻佻了。阎小样毫不客气地斜了他一眼。对这一眼，白胖的人是有感觉的，就不再说别的，只说阎小样的哥哥救了他，是他的恩人哩！

平白无故，怎么就成恩人了？

阎小样不解地看着她哥阎小虎，这才发现哥哥的一条胳膊弯着，用一条布带吊在脖子上，从袖筒往进看，隐约看见，打着石膏绷带。阎小样这么看着她哥，使她哥阎小虎有点不好意思，倒退了几步。阎小样还发现，哥哥的腿上也有伤，一拐一瘸，俨然无法受力的样子。

撂下手里的放羊鞭，阎小样扑到哥哥阎小虎的身边，伸手去捉哥哥的伤胳膊，很是惊恐地问：哥啊，你是咋的了？

哥哥阎小虎却躲着阎小样伸来的手不说话。

阎小样就还问：很严重吗？啊？哥你说！

哥哥阎小虎还是不说。

阎小样就急得直跳脚，心疼得眼里冒起了水花花。

哥哥阎小虎就笑起来了，是个带着喜悦的笑哩。好像他受伤，是件多么光彩的事！

阎小样的这位哥哥呀，叫阎小样怎么说呢？阎小样是爱着他的，同时又在心里暗藏着一点小小的恨意。

之所以还有恨意，在阎小样看来，是恨她的哥哥阎小虎太不争气了。不像她的弟弟阎小豹，上学读书呢，就认真地上学读书，回到家了，眼里便全都是活儿，能做什么做什么，脚手不失闲。先在阎家沟的小学学习，像她这个姐姐一样，一路考高分，这便考进了保安县城的中学，是县城中学着意培养的重点生。阎小样打听到的消息是，她的弟弟阎小豹，只要不松劲，国家重点大学的校门已经向他敞开了。可她的哥哥阎小虎却奇了怪，拿起书就瞌睡，放下书就精神，让人怀疑他患有书籍恐惧症，根本不是个读书的料子。是这样也还罢了，回到家眼里根本没有活。不说烦琐的家务活了，沟底下滩地里的农活，老爸忙得脚手朝天，喊他去侍弄，他却死活不动弹；坡梁上放牧的羊群，阎小样想着腾出手来，做点家务，让他去赶坡，他仍是犟着脖项不去。枪杆高的一条汉子，还能在家里吃闲饭不成？

阎小样和他哥阎小虎大吵了一场。

老爸和小弟阎小豹，自然都站在了阎小样的一边，让她哥阎小虎大失颜面，很是狼狈。

狼狈的人，却不认输，一跺脚，从嘴里蹦出狠话来：家里没我站的地，好么，我走呀！

哥哥阎小虎咬牙下着决心，说：不信天底下那么大，就没我站脚的地方！

狠话既已从口吐出，想收就不好收回了。无奈，她的哥哥阎小虎就出门走了。不知都走到哪里，阎小样四处打听，能打听的人，能打听的地方，都没打听到阎小虎的消息。

哥哥阎小虎去了哪儿呢？

这让阎小样一直后悔着，不该和哥哥阎小虎吵那一架。

阎小样后悔着，他却突然回家来了。

回来了，却又成了白胖的人的恩人。

白胖的人能随便让人当他的恩人吗？他是多么富有的人啊，在陕北地面上钻了许多油井，是个呼风风来、唤雨雨到的油老板呢，隔三岔五地，他总要在报纸、电视上露个脸。这些事，阎小样是见得着的：县城扩建中学，号召大家资助，白胖之人便捐款了；县城铺设城区道路，号召大家资助，白胖之人也捐款了；再是整修河道、绿化荒山等公益善事，只要政府有号召，白胖之人总是积极响应，资助捐款……是这样的举动，让阎小样不断地改变着态度，觉得像白胖之人一样的油老板，是很有些值得肯定的地方的。但是呢，态度的改变也仅仅如此，并未从根本上改变，埋在心灵深处的态度，是对他们存着点瞧不起。譬如过春节了，白胖之人上了电视，掏钱在电视的屏幕上向群众拜年，统共说了三句话，没一句说得通顺，特别是他做的那个拜年动作，阎小样当时看了，就很是不以为然。

阎小样为此还嗔骂了一句：黄鼠狼给鸡拜年——没安好心肠！

啊呀呀，我的天啦，矮矮胖胖的一个人，起的名字倒还好听，叫了个顾长龙，这太好笑了。不过呢，钻出来黑色石油的他，却生得那样白，还是叫人惊讶的。

不知自己是笑好呢，还是板着脸好？阎小样一时没了主张。她应酬不了白胖之人顾长龙，让她哥阎小虎在家先陪着，她出门去了沟底下，叫回了她老爸。性情绵软的老爸，同样应酬不了白胖之人，先让白胖之人进窑里坐，再给白胖之人泡了茶，就又举着他的旱烟袋，装了一烟锅的烟叶子，甚是恭敬地往白胖之人的手上递，让他也抽上一锅，还说：抽烟么，就抽老旱烟，老旱烟的劲道足哩。

白胖之人还就接到了手上，划着火抽了一口，就把黄铜烟锅里的旱烟叶子磕掉了。

白胖之人强装呛了他，干咳了几声，就把他一直夹在胳膊窝的黑皮包拿到手里，唰啦一声拉开，从中取出一盒大红的中华烟，颠出两支来，给了阎小样老爸一支。他自己也叼了一支，打着了火，很是过瘾地抽起来了。

阎小样的老爸也是，手里捏着中华烟，也是很香地抽着。

抽着中华牌的香烟，顾长龙说话了。他说：真该感谢阎小虎！油井上买了几台磕头虫（抽油机），都是几吨重的钢家伙，租了平板大汽车，拉到井口上卸。是一台吊车呢，过去也卸过这样的钢家伙，不承想，却在这次卸货时出了问题。是个大问题呀，吊车刚刚把钢家伙吊到空中，摆着吊臂往下落的时候，吊车的前伸臂歪了一下。这就不得了了，当时我就站在吊臂一边，如果躲闪不及，砸个半死还是好的。千钧一发之际，阎小虎冲上来了，他把我推出了危险境地，自己却被伤着了。

顾长龙是动了情的，他给阎小样的老爸说：你养了一个好儿子。

不是阎小样敏感，她发现，顾长龙在向她老爸说这些话时，眼神是飘忽的，总是往她的身上飞。

阎小样就有意识地躲着顾长龙。

仿佛她的躲闪更能引起顾长龙的兴趣，他给阎小样的老爸说了那一堆话后，就把脸对着阎小样了。

顾长龙跟阎小样说：你的信天游唱得真好！

阎小样就还想躲。

顾长龙却叫住了她，说：你不要躲。我给你说，麻烦你了，叫你哥先在家养伤，伤好了就到我的油井上来，我的油井上缺他这样的员工。再说呢，你哥是我的恩人，你有要求了，我也会满足你的，你说呢？

06

坡梁上，那一点点的红，肯定是山丹丹了……还有那一点点的蓝，又肯定是蓝花花了……特殊的地理环境，造就了陕北特殊的自然物种，极尽可能地装饰着连绵不绝的山川和沟坡，使得原本单调的黄土地，显得多姿多彩、绚烂迷人。

又是一个小小的坑槽，吉普车跑在上面，自然要蹲跳一下。谷又黄皱紧了眉头，在吉普车每一次的蹲跳中，都要忍无可忍地轻吟一声。

宋冲云是担忧的，谷又黄有一声轻吟，他就有一声问候：你没事吧？啊？给我说，你哪儿不舒服，是肚子疼吗？

没错，谷又黄就是肚子疼，而且是越来越疼了。她把手握成了拳，死命地抵在小腹上，尽量不使她的轻吟发出声。

但是呢，谷又黄控制不了自己，在吉普车兔子一样蹲跳在陕北山地的公路上时，她还是要轻吟的。

一旁想着心事的阎小样，不是石头人，她能够感受到谷又黄的忍耐。她是很想关心一下谷又黄的，而前头的教训又告诫她，她是不好关心谷又黄的。可她不由自主地又被谷又黄感动着，知道谷又黄之所以忍受疼痛，是因为宋冲云。阎小样以一个女孩子的敏感，肯定谷又黄是爱着宋冲云的，为了爱，就只有忍受了。这么一想，阎小样对这个有些严厉的女警察，生出了许多好感，甚至敬意。

阎小样侧过头去，看另一边的宋冲云。她发现了他的粗心大意，对他就有了些微的埋怨……汉子们呀，咋就那么迟钝呢？

阎小样是不忍了，她用戴着手铐的胳膊轻轻地捅了一下谷又黄。这一次还好，没有受到谷又黄的呵责，阎小样便想，谷又黄是感受到了她的关心。都是年龄相仿的女子，这一点应该是好沟通的，阎小样呢，就不再犹豫了，她要说出自己的担心。

阎小样叫了谷又黄一声大姐，说：你别硬忍了，痛就是痛，哪儿不好，你得说呀！

谷又黄感受到了阎小样的善意。她觉得这个爱唱信天游的漂亮女子，被判了那么重的刑，却还不知愁苦，凭着本能，还要急煎煎地关心别人，实在是太不容易了。为此，谷又黄想她不能再是一副凶巴巴的面孔，她是该有一点暖色了，哪怕对方是一个罪犯。不过呢，谷又黄不好转变得太快，她还得装，装出一副没事的样子。

阎小样却是忍不了的，她又叫了谷又黄一声大姐，说：你听我说，哪儿不好是要找医生的，可别耽搁了。

谷又黄没有理会阎小样，倒是宋冲云在阎小样温和的劝说中，关切地看着谷又黄，同时又看了看阎小样，这使阎小样很是感激。便是谷又黄，自然也是很受用的，她在宋冲云的那一边，看着车窗外的坡梁。

忍受着疼痛的谷又黄，一定看见了坡梁上的山丹丹和蓝花花了。显然地，她是非常喜欢满坡满梁上，蓬勃开放的山丹丹和蓝花花的，每一朵，开得都是那么鲜艳、奔放，泛滥着一种野性的美。

为了转移目标吧，谷又黄赞美山丹丹和蓝花花了。她说：多么自在的花儿呀！

不用谷又黄说，阎小样也是喜欢山丹丹和蓝花花的，但在此刻，阎小样晓得，谷又黄赞美山丹丹和蓝花花，是说给宋冲云听的。而宋冲云也听懂了谷又黄的意思。因而，宋冲云趴在司机老展的耳朵上，耳语了几句，善解人意的老展，就停下了车。车还没有停稳，宋冲云就跳了下来，向公路边的坡梁上攀爬了去。

矫健的身姿，像是陕北坡梁上奔跑跳荡的山豹，宋冲云一忽儿采下一朵山丹丹，一忽儿采下一朵蓝花花……他的怀里，很快就是一束壮观的花了。可他好像还不满足，还在坡梁上追逐着山丹丹和蓝花花，在奔跑，在跳荡……阎小样观察着谷又黄的表情，发现她被宋冲云的身姿吸引着，神情倏忽变得安详了。

虽然眼睛追着宋冲云，谷又黄却还考虑着阎小样。她说：想方便吗？

都是女孩子的问题，幸亏谷又黄想得周到，阎小样就很老实地回答：有点想哩。

谷又黄就押解着阎小样，跟随她去了坡梁上的一个背洼地，她护着阎小样，让阎小样解了个小手，然后又由阎小样护着她，她也解了个小手。到她俩回到吉普车跟前时，宋冲云已从坡梁上先于她俩到了吉普车旁。

很大很大的一束山丹丹和蓝花花哩，宋冲云早用坡梁上的葛条绑扎好了，举起来，送到了谷又黄的怀里。

让阎小样奇怪的是，宋冲云采来的花不是花，而是可以治病的药。谷又黄惨白的脸，埋在大团的花束里，也像山丹丹一样红亮了，原来严肃得有些发冷的神色，也一下子柔和温暖起来了。

一边的阎小样，忍不住说：大姐，你真漂亮！

算是一种认同吧，谷又黄竟然有些不好意思地笑了一笑。

宋冲云也是，在把他采来的山丹丹和蓝花花送给谷又黄后，自己情不自禁地踮着脚，风车轮子一样，原地转了几个圈儿。

还有驾驶吉普车的司机老展，平时沉默寡言，却在这时，抽着一支当地产的"圣地"香烟，吐出一口浓浓的烟雾后，扯开了他的大嗓门，没头没尾地唱起了一曲信天游。

司机老展唱的是《风流的妹子风流的汉》：

> 山丹丹花儿背洼洼开，
> 你有心思慢慢来。
> 前半晌来了后半晌走，
> 定下关系咱好接头。
>
> 马莲的花儿蓝莹莹开，
> 你是干妹子的心尖尖。
> 抱住肩膀亲了个嘴，
> 肚子里的冰疙瘩化成了水。

应该说，司机老展的信天游唱得是不错的。结果，他还没有唱罢，却燥得宋冲云扑到他的身边，伸手把他的嘴捂住了，催他说：谁不会把你当哑巴，咱今日有事，咱要赶路，闭了你的嘴，咱走！长了宋冲云一些年岁的老展，本来就是逗宋冲云玩的，他睁大着眼睛，很是狡黠地冲着谷又黄扮了个鬼脸，便很守职责地上了驾驶位，等着他们也上了车，就又发动引擎，在陕北的山路上颠簸着向前走了。

车厢里有了那一大束的山丹丹和蓝花花，空间自然一下子显小了一些，但却充溢着花的馨香……谷又黄一会儿把脸偎在花束里闻一下，等一会儿，又把脸偎在花束里闻一下，脸上是久久消退不了的红晕。

在山丹丹和蓝花花浓郁的香气里，阎小样困了，从来没有过的困倦呢。她的头向后一枕，当下便睡了过去……睡梦里，她听人唱起了信天游。

是她的母亲吗？

是的，是活在阎小样心里的母亲在唱。

母亲唱的是陕北人人都会唱的《蓝花花》：

青线线那个蓝线线，
蓝格英英的彩。
生下一个蓝花花，
实实地爱死个人。
五谷子那个田苗子，
数上个高粱高。
一十三省的女儿哟，
数上个蓝花花好！

眼泪水水，像是一颗颗晶莹剔透的珍珠，从阎小样眼睛里滚落出来了。

07

女孩子都有一颗爱花的心。

阎小样也是，她还仔细地想过，说不定她就是一个转世的花魂。如果时间能够倒流，可以发现在阎小样成长的路上，总有一些抹不掉的关于花的机缘。她能记得的，最早的一次，是她亲爱的母亲，带着她去串亲戚，半道上采了一枝山丹丹，系在了她的一根辫梢上，然后又采了一枝蓝花花，系在了她的另一根辫梢上。摔摔打打的两条毛辫子，因为山丹丹和蓝花花的点缀，一下子就生动活泼起来，到了亲戚家，都说阎小样花儿一样好看。

阎小样相信，她是堪比花儿的。

渐渐长大，阎小样上学了。在上学的路上，她会受到山丹丹和蓝花花的引诱，采来一大把，认真地编成一个花环，戴在头顶上，鲜鲜艳艳地去读书。后来，她吆着羊群在坡梁上游走，很自然地，还会把手边盛开的山丹丹和蓝花花采下来，带回家里来，插在一个黑陶罐子里，让鲜艳的山丹丹和蓝花花，为她的生活增添一抹珍贵的亮色。

这是阎小样的自我采撷、自我欣赏。

很意外地，她也得到了别人献给她的花。但是这次献花，让阎小样日后想起来，总是心惊肉跳，后悔莫名。

邻家的小嫂子，受到阎小样的邀请，到阎小样的家里来，帮助阎小样拆洗被褥。经过了一个冬天，春暖花开的日子，陕北农村的习惯是要赶着季节拆洗被褥的。主持家务的女人，把这当成了一个节日，今天呢，邀约几个相好的，到你的家里，帮你拆洗了被褥，明天呢，转移到她的家里去，帮助人家拆洗被褥。花花绿绿的被面子，白格生生的被里子，在河沟里漂洗干净了，搭在场院的晾竿上，让日头晒着，被微风吹着，相邀的人就聚在一起，一边等被面子被里子晾干，一边拉着家常。这个时候，什么样的话都是能说的，有夸自己家人的，就有骂自己家人的，当然，也少不了说别人的是非。怎么说，在这个日子里，大家都是不犯病的。

阎小样邀约了邻家的小嫂子，两人拉的家常话，大多都是小嫂子家里的。小嫂子骂她的男人，死到外面不回来，打工，打工，就不知道家里还有个想他念他的女人……对此，阎小样是不好插话的，她只有脸红红地笑。

小嫂子骂了她男人，突然看定了阎小样，说：哎哟，你看我，差点忘了呢。

阎小样就接了话，说：嫂子好记性，能把啥忘了的？

小嫂子就说：死鬼男人给家里装了个电视，我听电视上说，县里要办赛歌会，赛出的头一名，还要代表县上到省里去赛歌哩！

这倒一个是让阎小样欣喜的好消息。

而且阎小样也有耳闻。说句心里话，几天了，阎小样还为着这个消息瞀乱着。她是很想报名参加的，心里却又怯怯的，像是揣了几只坡梁上吃草撒欢的羊羔，总是难以平静。

阎小样说：我知道的。

小嫂子说：知道了，咋不去报名？

阎小样说：我报名干啥？

小嫂子说：赛歌儿呀！

心是热烈地跳着了，阎小样却还在表面上装得很冷淡。小嫂子也是个爱唱信天游的人，在阎家沟，如果说阎小样是唱得最好的那一个，小嫂子就是紧挨着她的那个。

阎小样就也鼓励她的小嫂子，说：你怎么不去呢？你要去了，我也去。

小嫂子拿眼剜着阎小样，说：我是想去的，可我怎么去？上有汉子管着，下有娃子绊着，我心想去，身子去不了。

应该承认，小嫂子说的是真心话。在陕北，婆姨家在村头野地里唱几句信天游是可以的，要到县城里的舞台上去赛歌，拖家带口，人家不说臊，自己先就臊上了脸。她阎小样就不同了，黄花大闺女一个，说去赛歌，给家里撂句话，抬脚就能走人，谁管得着？况且呢，赛好了，是家里的光荣，也是村上的骄傲。她的娘亲，当年的信天游唱得好，不仅在阎家沟村受人喜爱，四乡八社也有好名声。可惜了，她的娘亲没有好机会，如果有，娘亲肯定会去赛歌的。再者说，她阎小样回家几年，更亲密地接触着山和水、蓝天和白云，当她面对着熟悉的山、熟悉的水，总是无拘无束地唱，唱她想唱的信天游，唱她爱唱的信天游，倒把她的亮嗓子唱得山高水长、飞天流云、炉火纯青了。

小嫂子鼓励她说：就爱听你唱，唱得太好听了！

阎小样不能否认，小嫂子的一番话，把她的心说活了。她说：我心里乱，没有底。

小嫂子就打气说：去吧。你要一去，头名肯定是你的，别人拿不去。

弟弟阎小豹，从保安县城的中学回家背馍馍，也向姐姐阎小样说了赛歌的消息。像邻家小嫂子一样，弟弟阎小豹也是鼓励她去赛歌的。

阎小样说了：我去赛歌，谁给你烙馍馍呀？

弟弟阎小豹说：不妨的，我回家了自己烙。

阎小样说：吃不好，你咋念书？

弟弟阎小豹说：我向姐姐发誓，姐姐赛歌期间，我会加倍念好书！

说得信心爆棚的弟弟阎小豹，还适时地抬出了县城中学的音乐老师王厚草。阎小豹说他见到王老师了，王老师说忘不了阎小样，从她退学回家后，几年了，再没遇到过像她一样天赋卓越的人才。王老师也鼓励她赛歌哩！

这倒是一个很好的鼓励，阎小样基本下定决心了。她喜滋滋地看着弟弟阎小豹，觉得她的这个弟弟太可爱了，啥话都能说到她的心坎上。

基本下定决心的阎小样，要到县城参加赛歌活动，其实还是有许多愁肠的。老爸和弟弟的吃用是一个方面，最最重要的是，她这是要到县上的大舞台赛歌哩，吊着两只空手，张着嘴巴，还不让人笑掉了牙？穿什么呢？戴什么呢？怎么走台？唱哪首信天游？问题一大堆，谁来帮她解决呢？

哥哥阎小虎就在阎小样愁肠百结的时候，回家里来了。

成了油老板顾长龙的恩人，哥哥阎小虎伤好后，就到了顾长龙的公司，成了顾长龙的贴身保镖。老板走到哪儿，他跟到哪儿，像是被肥肉美酒养着的一只狗，很有一些忠诚劲儿。这从他回家说的话中是听得清的，顾长龙这也好，顾长龙那也好，仿佛是世上至善至美不可多见的一个好人。自然了，阎小虎的着装派头也发生了变化，穿了西装，打了领带，戴了墨镜，还有脚上的那一双皮鞋，啥时候都擦得油光水亮，照得见人的影子。这样一来，原来的那个愣头青，就还多了点文雅的样子。过去不甚待见他的阎小样，对于他的变化就不能不另眼相看了。

而且呢，哥哥阎小虎这一次回家，真还把阎小样赛歌的愁肠全都解开了。

看了央视三套的《星光大道》，哥哥阎小虎惊喜地看见了唱着信天游的阿宝。他给阎小样绘声绘色地说：阿宝太幸运了，他的演唱怎么样呢？不咋样吧。还有他的模样儿，怎么样呢？也不咋样吧。可他却在《星光大道》上火起来了，拿了一个年度冠军，红透了全国演艺界，成了一个腕儿了。阎小虎极尽可能地挖苦着阿宝，同时又极尽可能地夸着他的妹子阎小样，说：我们小样的嗓子好、模样好，这一回到县上赛歌，下一回就到省上赛歌，一回一回地赛下来，就能到中央电视台赛歌去了。我们小样一旦上了中央电视台，阿宝的风光就要变了，变成我们小妹的风光了。

哥哥阎小虎还往家里提回了一个硬壳壳的拉杆箱。

哥哥阎小虎把新崭崭的大红色拉杆箱交到阎小样的手上，让她自己打开来看，看他给他的妹子都带回了什么。

哥哥阎小虎不无自豪地说：赛歌么，没有好的行头怎么行！

人靠衣裳马靠鞍，这个理儿，阎小样是懂得的，她想象着大红色拉杆箱里的物件，想象得已经很奢华了。但是呢，当她把拉杆箱的盖子打开来，一件一件地取出演出服和漂亮的头饰，以及这样那样的精美饰品时，她把眼睛睁了个圆，不知道说什么好了。

哥哥阎小虎看见了妹子的惊喜，他说：怎么样，还可以吧？

阎小样没有多想，她歪了一下脑袋，很是感激地瞟了哥哥一眼。

在兄妹俩的记忆中，阎小样少有地给了哥哥阎小虎一个好脸色。这样，阎小虎就很高兴了，当天就把阎小样接进了保安县城，先就住在县城的招待所，后来租了一间民房。安顿好了吃住，阎小样去了县城中学，找到了她敬爱的王厚草老师。曾经的师生，几年后重逢，俩人都很兴奋，说了不少的话，聊了不少的事。

王厚草老师说：你来赛歌，老师高兴哩！

阎小样也说：有老师帮助，是我的福气哩。

听起来，都只是些客套话，其实不然，搞了一辈子的音乐，王厚草多想通过努力，培养出几个唱得响的歌手啊。在她看来，阎小样是最有希望的。而且，在县城举办的这次赛歌会，身为县音乐家协会主席的王厚草老师，很自然地担任着赛事评委会的主任，她也有这个条件使阎小样取得好名次。

说着话，师生俩就很投入地练起歌来了。

练歌期间，哥哥阎小虎还陪同油老板顾长龙看望了阎小样。这个时候，阎小样已经全身心地投入到赛歌前的准备之中，对于顾长龙的看望，也表示了她的谢意。阎小样知道能有这次赛歌活动，多亏顾长龙的资助，如果没有他的慷慨解囊，说不定还办不起来呢。

　　这就到了赛歌的日子，阎小样参加义务劳动修建的影剧院，冷落了一些年头后，也是因为赛歌，一下子就又热闹起来了。并且呢，因为赛歌，对影剧院的设施也做了些别样的整修，看上去，新颖又大方。有几架摄像机，或者架在舞台的正前方，或者架在舞台的顶棚上，县电视台将对全部的赛歌活动进行现场直播。

　　赛歌现场的气氛是热烈的，同时又是激烈的。在阎小样的前头，安排的几个人都唱过了。她幸运地抓了一个尾号，因此，她有时间准备，这个准备包括酝酿情绪，还包括对前头歌手的经验和教训的总结。阎小样听得仔细、看得仔细，发现已经演唱过的选手中，有个后生的信天游唱得不错，台前的评委呢，也都给他打了高分。阎小样就想，要想征服评委，她是必须唱过这个后生的。

　　在一阵雷鸣般的掌声里，阎小样上场了。然而，阎小样的耳朵里却回响着那个后生的歌声。这可不好，她把手轻轻地抬起来，捂在她怦怦跳的心口上，向舞台下看了一眼。她看见了评委席上的王厚草老师，还看到了嘉宾席上的油老板顾长龙，和跟在顾长龙后排的她的哥哥阎小虎。她亲爱的弟弟阎小豹也来了，就挨着阎小虎坐着。这些她熟悉的人，眼睛亮闪闪的，都还响亮地鼓着掌……阎小样平静下来了。

主持人极富煽情意味地介绍着阎小样，甚至用了一个"黄土地上即将腾飞的百灵鸟"来鼓励她了。

音乐声起，观众一片安静，只有阎小样的信天游在游荡。她唱的是陕北人都会唱的《蓝花花》：

> ……
>
> 蓝花花那个下轿来，东眺西望，
>
> 眺见了周家的猴老子，
>
> 就像一座坟。
>
> 你要死来，就早早地死，
>
> 前晌你死来哟，后晌我蓝花花走。
>
> ……
>
> 我见到我的亲哥哥，
>
> 有说不完的话，
>
> 咱们俩死活哟，长在一搭！
>
> ……

高亢激越的一曲《蓝花花》唱完了，黑压压的舞台下，却静悄悄的，没有喝彩，没有掌声，这叫阎小样好不尴尬。这样的静默，持续了有一分钟，不知是谁带头拍起了巴掌，顷刻之间，像山洪袭来，影剧院便都是震耳欲聋的掌声了，久久不能平息。

评委的打分牌举了起来，阎小样力压那个高分后生，夺得了赛歌会上的冠军，获得了赴省城参加赛歌的资格。

走上舞台，给阎小样颁奖的竟是油老板顾长龙。

顾长龙把自己收拾得容光焕发，他呵呵笑着，把一座水晶制作的宝塔山奖杯和一个红封皮的获奖证书交给了阎小样。接着，他还从礼仪小姐端着的托盘上，取过一束扎着丝带的鲜花，送到了阎小样的怀里。

这是阎小样有生以来，从他人手里得到的第一束鲜花呀！

08

娘亲在世时，也是爱唱《蓝花花》的。

阎小样演唱的《蓝花花》，在一些艺术细节上，吸收了娘亲演唱时的特点，所以，同为信天游的《蓝花花》，阎小样却唱出了不同，是被人所接受、所喜欢的不同。于是，县城的赛歌会结束后，阎小样就有了一个人们常说的代名词：新小蓝花花。

这样的代名词，阎小样自然是喜欢的。

为了准备赴省城西安赛歌，阎小样回家短暂地停了两日，就又到县城里来了。王厚草老师也从中学抽调出来，做了阎小样的专职辅导。

现在的阎小样，信天游唱得好与不好，就不只是她个人的事了，她代表的是保安人民的荣誉。她不敢有丝毫的懈怠，跟着王厚草老师，没日没夜地苦练着。所练曲目，重点还是《蓝花花》。

一个曲目要唱好，唱出感情来，理解曲目的意思是很重要的。为了提高阎小样的演唱水平，王厚草老师给阎小样讲了《蓝花花》的故事。

故事是悲惨的。阎小样虽然不知道可有那样一个真实的故事，但从王厚草老师的讲解中知道，在她们陕北，曾有一个会唱信天游的碎女子蓝花花。她唱得确实好，被一个有钱有势的地主老财看上了，不管蓝花花乐意不乐意、高兴不高兴，对方霸王硬上弓，花钱把蓝花花买进府门，残暴地占有了她。不肯屈服的蓝花花，能有什么办法呢？她只有用歌声来抗争了。

阎小样被王厚草老师讲的故事感动了，再来练唱，果然多了一份感情，是那种悲愤的、昂扬的感情啊！

赛歌会上有望与阎小样争锋的后生，在她练歌的期间，一有空，就来看望阎小样。两个曾经的对手，在一起时，表现得却是那么友好和谐，后生有些自己的心得，也不保留，都会抖开包袱，说给阎小样听。后来呢，俩人还双双走上保安县的街头，一块儿去吃羊肉剁荞面，一块儿逛书城、音像店……小小的保安县城，阎小样就是明星了，她走到哪里，哪里就是一片沸腾，而且又是和同一个赛歌会上的帅后生在一起，没有闲话也成闲话了。

哥哥阎小虎来找她了，给她说：你要注意影响呢。

阎小样不解，问：我咋了，你说这话？

哥哥阎小虎说：你和谁上街逛来？

阎小样明白过来了，说：这又怎么样？

哥哥阎小虎说：怎么样不怎么样，你不知道？

阎小样嘴上犟着，说：我不知道。

嘴上是这么说的，行动上还是收敛了些，后生再来邀约阎小样上街吃饭，或是闲逛，阎小样就都婉言拒绝了。在阎小样的心里，参加省城的赛歌会是压倒一切的大事情，她不能把这件事误了。可是呢，后生却不罢休，还是有事没事地来，来看阎小样，来约阎小样上街吃饭，上街闲逛……有一日，哥哥阎小虎来看阎小样，她就心烦地把这件事说了一下，想不到，第二天，后生就被人打了。

是谁打的呢？一定是哥哥阎小虎了！

阎小样去了油老板顾长龙设在保安县城的公司总部，找到她的哥哥阎小虎，甚是愤怒地指责他：为什么动手打人？

哥哥阎小虎也不否认，对怒气冲冲的妹子说：他是自找的，找着挨打。

阎小样哪里肯饶，说：是你手太长了！

哥哥阎小虎说：我是手长。手长咋不打别人？

阎小样被逼急了，说：你手长打人家，打到头是打你妹子的脸呢！

说这话时，油老板顾长龙站在了阎小样的背后，帮着阎小样说话了。他说：阎小虎，你打人了吗？这可不好，咱有事，咱就说事，可不敢打人。听我的话，是你打的人，你就给人家道歉去，这不丢人。顾长龙呵责着阎小虎，眼睛却不离阎小样，还说阎小样懂礼数，说话占着理，要阎小虎留心向他妹子学习。

顾长龙说着话，还给阎小样拉了一把椅子，说：大明星了，难得来一回，坐着说话。

阎小样对她哥阎小虎有气，对油老板顾长龙却是不能生气的。通过这次赛歌会的经历以及以前的一些事情，阎小样已经感觉到，有钱的顾长龙是个好人哩。她这么想着，就很顺从地坐在顾长龙拉给她的椅子上了。她想，她不能在顾长龙面前发火，但她心里毕竟窝着气，屁股就只在椅子上沾了沾，接着又站起来，噔噔噔走出顾长龙的公司，走到人来人往的县城大街上，走了一程，猛地抬起头来，这就看见了县医院的大门。

是神差鬼使了吧。阎小样的脚一斜，便从县医院的大门走了进去，三问两问，问进了挨打后生的病房。挨打的后生见她进来，当下起了身，站在病房里，嘴唇颤动着，像有千言万语，却一句都说不出来。

阎小样看着挨打后生，心想她是有话要说的，却一时也说不出来。

俩人就都不尴不尬地站着，不知该怎么办了。

倒是挨打后生心胸广，说：挨两下打没有啥，只怕以后不能再去看你了。

这话不是阎小样想听的，既然人家说了，阎小样也不好说啥，就把身上仅有的几张票子掏出来，在挨打后生病床旁的矮柜上一放，说了句"不能看了就不看"的话，转过身，就又从病房里出来了。

走出了县医院的门，阎小样不知为了什么，忍不住流了一脸的泪。

……

忍无可忍的一声呻吟，从谷又黄的嘴里喷薄而出，一直挺着的身子，也深深地弯了下去，弯得像只大虾米。

宋冲云伸手扶住了谷又黄，冲司机老展喊：快，去医院！

这个时候，吉普车已经越过延安城，过了三十里铺，快要接近店头镇了。店头镇是陕北的一个产煤区，有几家公司在这里打井采煤，道路上往来的车辆，大多是运输煤炭的。为了煤矿职工的健康，国家在镇子上设立了一个大型的职工医院，在陕北是很有些名气的。

司机老展脚踩油门，快速直接地，把谷又黄拉到了职工医院的门口。

这样的情况，阎小样觉着她该帮助病人。宋冲云扶着谷又黄下车的一瞬间，还看了她一眼，并且取出钥匙，打开了她一只手腕上的铐子。阎小样就急呼呼地也去扶谷又黄，可她的手还没有扶着谷又黄，就被宋冲云拽着，把打开的那一只铐子，牢牢地铐在了吉普车前座的把手上。

已经铐停当了，阎小样还说：我能帮忙的。

宋冲云却说：老实坐在车里，不要乱动！

想想自己一个致夫亡命的囚犯，确实是不好帮助人的。正如宋冲云警告她的那样，她老实地坐在车里。坐了多久呢？阎小样不知道，只见医院门口，人来人往，她想逮住个人问一问，却也只能在心里想一想，根本张不开口……时间在一点点地走，阎小样担心着谷又黄，眼睛眨也不眨地看着职工医院的大门，这就看见了司机老展急匆匆走出门来，走到了吉普车跟前来，打开了车门。

阎小样问了：人怎么样？

司机老展是个好脾气，说：开了刀咧。

阎小样问：咋的开刀呢？

司机老展说：急性阑尾炎，都穿孔了，不开刀怕出大问题。

阎小样就很吃惊了：啊？！

司机老展把谷又黄清晨提来的一个大提包取下车，提着又进了医院门。

阎小样呢，被手铐铐在吉普车里，她只能再次等待了。这样的等待是痛苦的，像她在监所里等待判决一样，焦虑着，忧心着，神情就有些昏昏然了。

09

我不要，啥啥都不要。阎小样拒绝着，很坚决地拒绝着。她说：我去省城赛歌，就穿我在县上赛歌的服装，我不要太多的服装。

油老板顾长龙却不为阎小样的拒绝所动，让阎小虎给他的妹妹阎小样展示从省城定制来的新的演出服装。

怎么说呢，这些定制的演出服确实好，不是阎小样在县城赛歌时的服装能比的。阎小样需要这些演出服，也喜欢这些演出服，但她是不能接受的，不能接受顾长龙为她做点啥，尽管他很有钱。

顾长龙在旁边劝着阎小样：别说你不要，去省城赛歌，不比小县城，没几身好行头，咋能出风头？

阎小样自信地说：我凭我的歌声。

顾长龙说：不错，是要有一个好嗓子。可是呢，仅凭一个好嗓子就成了？没那么简单吧？老实给你说，现如今弄成个啥事，背后没有一把硬手，就不要想成事。

阎小样说：你别胡说！

顾长龙说：我胡说了吗？啊？你问你哥阎小虎，我胡说了吗？

哥哥阎小虎在旁边帮腔了：你不能说老板胡说的。

阎小样的犟劲上来了：我就说他胡说了！

顾长龙却一副大人不记小人过的样子，接过了话：对，算我胡说了。我不说了，让你哥说么。

哥哥阎小虎插话说：我该给你怎么说呢？打个比方吧，在咱陕北，顾老板有资格满陕北钻井抽油，别人就没资格了？不对呀，别人也是有资格的，大家都有资格，但却偏偏是顾老板钻井抽油弄钱，别人怎么就弄不成呢？那是顾老板的背后，比别人多了一把硬手。

阎小样不乐意听这些话，说：他是他，我是我，他与我无干。

哥哥阎小虎不同意阎小样的说法。他说：怎么与你无干？当然，如果只说钻井抽油，也确实是与你无干。但你参加赛歌会，是谁给你颁的奖？是谁给你献的花？是顾老板哩！顾老板花了钱了，资助了县上的赛歌会。还有，你在县上赛歌，穿的用的，哪一样不是顾老板掏的钱？就是你那个头名，不是顾老板给评委们使钱，你唱得再好，你也拿不到！

阎小样红了眼睛，她盯着她哥阎小虎一直看。

有点儿心怯的阎小虎很怕阎小样那样看他，却还是说：我说的都是实情。过去，顾老板不让我给你说，今天，你都知道了，这不假，一点儿都不假。

……

阎小样摇了一下头，又摇了一下头……她把自己从昏昏沉沉的睡眠中摇醒了。手上冰凉的铐子限制了她的自由，她就把头，一下又一下地磕在吉普车前座的后背上。

梦里的事情，其实不是梦，而是现实中发生过的事。不过阎小样不愿意再想起罢了。

哥哥阎小虎当时咬牙要阎小样相信，他给她的演出服装，都是顾老板掏钱买的，评委的红包，也是他给转送的。

也许，阎小样只有震惊了。

阎小样多想否定这个事实，但她否定不了。她必须承认，顾长龙和哥哥阎小虎说的都是事实。若不然，顾长龙不会那么理直气壮，不会那么不知廉耻。

老爸在窑洞里的炕沿上圪蹴着，嘴里咬着他的旱烟锅，一口一口地吞吐着呛人的烟云。

顾长龙笑了。他所以笑，是他来到阎小样的家里，头一次观察到阎小样的无奈。他的目的很明确，就是要阎小样无奈，只要她无奈了，他的目的差不多也就实现了。开心笑着的顾长龙，不再与阎小样做言语上的较量了，他去了阎小样老爸的窑洞，把一摞红砖般瓷实的人民币，砸在了老人家的炕上。

顾长龙说了：我不能亏你。娃娃的娘亲去得早，你一个汉子抓养娃娃不容易，我得为你分担责任呢。

口讷的老爸能说啥呢？他就只有不停嘴地抽旱烟了。

顾长龙却还说：你看么，娃娃现在都长大了，长得枪杆一样了。像你的大娃小虎，在我身边做事，你该很放心了吧？

老爸抽着旱烟点着头。

顾长龙说：小虎在我身边，一月有一月的收入，贴到家里，家里情况好点了吧？

老爸就还抽着旱烟点着头，把他的头点得几乎像顾长龙油井上抽油的磕头虫。

顾长龙却还不停嘴地说：小虎不能总是单杆杆过日子，总得谈朋友。还有你的碎娃小豹，听说争气得很，在县城中学读书，摇了铃还是好，考大学是没问题了。可现在的大学，剥人的皮哩，咱没钱就上不起。

点头，点头，点头……阎小样的老爸在顾长龙滔滔不绝的话面前，就只有点头了。

这辈子只会受苦，不会说话的一个老人，这时候完全失了主意。他得承认，顾长龙说得都对，都是实话。可他很怕听这样的话。因为，顾长龙说的话，只有一个强烈的目的，那就是要老人答应他，把花骨朵一样的阎小样嫁给他！这怎么能呢？他们之间，差着一辈人的年纪，顾长龙咋敢摆出娶他的女子阎小样的架势？他又岂能把女子阎小样嫁给顾长龙？

老人的心在碎裂，他想：这太遭罪了！

要想娶到阎小样，顾长龙知道，不是一时半会儿就能成的。他有这个思想准备，撂下他带来的礼金，抛下回了家的阎小虎，独自一个人走了。在阎小样的家里，顾长龙连一口水都没喝，他却不觉得渴，倒还觉得甜，是那种润润的，能够甜到心里头的甜。他感觉得到，无论如何，他是一定能够娶到阎小样了。

好事多磨，顾长龙是有这个思想准备的，要想阎小样做他的新娘子，先碰一鼻子灰是肯定的，就像信天游唱的那样：

头一回到你家，你呀你不在，

你家的大黄狗把我咬出来；

二一回到你家，你呀你不在，

你的妈打了我一呀一锅盖；

三一回到你家，你呀你不在，

你的爸把我骂呀么骂出来；

……

从阎小样的家里走出来，顾长龙就咿咿呀呀哼唱起这首信天游。一路哼一路唱，他自己竟不由自主地笑起来了。

在保安县城练着歌，阎小样就被顾长龙搅扰着了。为了躲避干扰，王厚草老师给她安排好课程，就让她回了阎家沟，在家里安心练。不承想，顾长龙跟着就撵到了她的家里来，明目张胆地要娶她做新娘。

岂有此理！愤怒的阎小样，对走出她家门的顾长龙吐了一口痰，她在心里骂：死了你的心吧！

走了顾长龙，留下了阎小虎。

阎小样的这位哥哥留在家里的任务就只一个，逮住机会劝说阎小样，给她说：不要犯傻，这是机会呢。社会上美女多了去了，有钱的老板却不多，老板只要张嘴，啥样的美女都娶得到。也是顾老板好听信天游，你的信天游唱得好，看上了你，是你的福气哩……原来不咋会说话的哥哥阎小虎，为他的老板帮起腔来一套一套的，真要让阎小样刮目相看了。她烦哥哥阎小虎的腔调，听他劝说，听不了几句话，她就会恶声恶气地顶回去。阎小样说：你爱做顾长龙的狗你做去！我是我，有没有福气我自己受，不要他的，他要给，我就当尿壶踢……老爸不劝阎小样，也不反对阎小虎。老爸的窑洞里，一个晚上，又一个晚上，灯就不灭，老旱烟燃烧的味道，在老爸的窑洞里浓浓地飘荡着。

老爸就说：我嘴里没味了，一点点味道都没有。

老爸说得没错，这些个日子，过去狼吞虎咽的他，没了胃口，吃饭吃不下去，苦焦着一张脸，就没有别的啥话说。

想不到，乡上的书记和乡长也来了阎小样的家，找阎小样的老爸说话，磨着嘴皮子，要阎小样的老爸不可失主意，把顾长龙给拉住了，紧紧地拉住，乡上就占大便宜了。大财神哩，谁家都想拉住的，别人没条件，他们有了，他们就不能放手。

阎小样的老爸给乡上领导让着老旱烟，只说：我嘴里没味了，一点点味道都没有。

乡上的领导前脚走，县上的领导后脚就到，说的话如出一辙：县上经济发展，顾长龙立了大功。

阎小样的老爸还是那句话：我嘴里没味了，一点点味道都没有。

便是阎家沟最亲阎小样的邻家小嫂子也登门劝说阎小

样了。

大家都劝阎小样：从了吧，不吃亏的。

阎小样咬着牙不吭声。拖到后来，老爸不说他嘴里没味了。在一天夜里，老爸手拉着哥哥阎小虎，到了阎小样的跟前。哥哥阎小虎说了句求你了，就双膝跪在了阎小样的面前。

阎小样背过了身，她没有答应哥哥阎小虎。

阎小样说了，让弟弟阎小豹回来，她听弟弟一句话。

弟弟阎小豹就回来了。

和弟弟阎小豹一起回来的，还有辅导阎小样的王厚草老师。当着弟弟阎小豹的面，阎小样问：弟呀，你说姐该咋办呢？

弟弟没说姐该咋办。他只坚决地说：姐，我不考大学了。

阎小样的眼睛里闪动着泪花。弟弟阎小豹的这一句话，让她没法不答应顾长龙，做他梦寐以求的新娘了。阎小样对她的哥哥阎小虎失望了，对他的老爸也失望了，她还能对弟弟阎小豹失望吗？不能啊，如果弟弟阎小豹不说他不考大学的话，阎小样是抗得下去的，决不答应顾长龙。光天化日，阎小样不答应，顾长龙还能把她抢去不成？他最大的能耐，就是使钱请说客……来吧，都来游说她，大不了，阎小样退出省城的赛歌会，谁还能再说啥？

王厚草老师也是说客吗？阎小样不知道，而且已不需要知道了。慈祥得像个母亲一样的王老师，似乎猜透了阎小样的心思，一到阎家沟，王老师就把阎小样拉进怀里来，用手一遍遍地抚摸着她的头发，看她有泪弹出，就又用手给她抹去眼泪……王老师啥话都不说了，只坚定地给阎小样说：咱不要把练歌耽误了。

王老师拥着阎小样，说：跟老师回县城去，咱好好练歌，去省城也红上一把。

10

悲愁满面的宋冲云从医院的大门里出来了。

孤单地被锁在警用吉普车上的阎小样在想心事的同时，注意地看了一遍到处都是运煤车辆的店头镇，心头没来由地生出一些慌乱。在陕北，阎小样知道，富足和奢侈的油老板是一个族群，富足和奢侈的煤老板是又一个族群，他们构成新时期陕北的一个新阶层，不能说他们不好，但也不敢恭维他们的好。常有消息曝光，煤窑下冒顶透水了，瓦斯爆炸了，有一次事故，就有一批矿工遇难。有人就说，黑宝石一般晶亮的煤炭，是用矿工的鲜血染成的。阎小样拒绝想这些问题，她不要想，可这些问题却不请自来，充斥着她的思绪，她就只有痛苦了。看着满载煤炭的运输车辆，迅疾地从店头镇的大街上驶过，腾起一股一股的黑灰，阎小样就很悲伤地发现，眼前的人和物，都沾染上了浓厚的煤灰色彩。便是锁着她的吉普车，此时也已蒙上厚厚的一层煤灰。

宋冲云出了医院门，走一步都要回头看一眼。

这一切，就都通过煤灰遮挡的车窗玻璃，映入了阎小样的眼中。她盯着宋冲云，迎接他走到吉普车的跟前，看他撮着嘴，使劲吹去车门把手上的煤灰，打开了车门，取出他的提包，从中找出一件夹克衫来，换下他身上那件深蓝色的警察服，然后，打开阎小样锁在车内把手上的手铐，让她下了车，又把刚才打开的那一只手铐，锁在自己的一只手腕上。

宋冲云用命令的口气说：走，搭长途客车走。

阎小样就很乖觉地跟上走了。

阎小样不知道，宋冲云已经电话请示了他的上级。鉴于谷又黄病急住院做手术的情况，留下司机老展在医院照料，宋冲云将独自一人押解阎小样，搭乘普通客车去省城的女监。

老实跟随宋冲云向前走着时，阎小样的心还记挂在谷又黄的身上。她问：怎么样呢？人不要紧吧？

宋冲云不想有人问他这个问题，他说：少管闲事！

阎小样却还固执着自己的想法，说：这时候你不能走的。我看出来了，你们是相好的一对子，她在医院手术，你咋能一走了之？这不对呀，不是你离开她的时候。

应该承认，犯人阎小样的话说得对，他在这个时候是不该离开谷又黄的，虽然他们的恋情还没有确定下来，他留在医院也是个机会呢。可他没有办法，他向上级组织反映了情况，是组织安排老展留守医院，而让他押解犯人的。

宋冲云对组织有意见了。可他知道组织也是无奈的，司机老展只是协警，没押解罪犯的资格，就只有留在医院照料谷又黄了。阎小样赶着点质问他，质问得很对，正因为此，就惹得他很心烦，也就对她的关心很不领情了。

宋冲云说话的口气很冲。他说：操你的心就行了！

一句气话既出，宋冲云倏忽想起，乘坐普通客车押解犯人的纪律，是有必要给阎小样宣布一下的。于是，宋冲云说：从现在起，你不要说一句话，也不要乱动，一切听从我的管教。你要牢牢记住我的话，你每一句出格的话、每一个出格的动作和由此引发的问题，都会成为你的新罪行，都会增加对你的新处罚。

阎小样老实地听宋冲云说，不再说话了。

但有一个强烈的感觉在阎小样的心里激荡着。她看出了宋冲云的不愉快，他对她的态度，凶是凶了点，却绝对不是冲着她来的。这就是女孩子的敏感了。她理解宋冲云，一对有情的人，在对方住院做手术这样的关键时刻，不能守在病床前，还要押解她一个女犯离开，怎么说都是一种痛苦。

阎小样不敢多想，再想就有一种毫无来由的悲伤从心头涌起，她流泪了。

一路上，阎小样眼泪汪汪的，看见了她熟悉的沟河，熟悉的坡梁，熟悉的一棵树一棵草，触景生情，她心里总是泪汪汪的，却很少真的流出一滴泪。阎小样想过了，在保安县的监狱里，她流了太多的泪，她把泪水流干了，不会流泪了……可是眼下，她流泪了。阎小样是觉出了自己的委屈吗？好像是，又好像不是。她是从宋冲云和谷又黄的身上，想到了自己。一样的年轻人，他们是多么自由啊，又是多么幸福啊！而她阎小样呢？太不幸了。

一切的不幸，都源于油老板顾长龙看上了她，她嫁给了顾长龙。

新婚的那天，顾长龙为阎小样举办的婚礼是盛大的，保安县城为之而轰动，张灯结彩，笑逐颜开，一张张嘴巴，说的都是恭维的、赞美的话。县委书记来了，县长来了，保安县有点面子的人都来了……自然了，来的还有阎小样的老爸、哥哥阎小虎、弟弟阎小豹，以及阎家沟她的邻家小嫂子和众多乡亲……阎小样这一天坚持不穿婚纱，她铁了心，一切都按陕北民间的婚庆形式进行。因此，邻家小嫂子就做了娘家的送女婆姨。当然，这也是阎小样的主意，她只要邻家小嫂子做她的送女婆姨，从清晨坐进花团锦簇的轿车，直到举办婚礼，步入洞房，阎小样的手一直拉着邻家小嫂子的手，就没松开过。

阎小样坐在轿车上时，就对邻家小嫂子说：我怕。

邻家小嫂子就乐了起来，她是不解的，说：怕啥的怕？咱又不是跳穷坑，咱进的富窝窝，咱有啥怕的呢？

在县城招待所的礼堂举行结婚仪式，惊天动地的炮仗炸响的时候，阎小样又对邻家小嫂子说：我怕。

邻家小嫂子免不了俗，前来参加婚礼的来客都免不了俗，谁都认为阎小样跌进了富窝窝，后面有她享不尽的福。如今的风气就是这样，是个人，都想攀个富亲戚的，何况她阎小样，彻底嫁了个富男人。大家就都真诚地祝福着阎小样，县委书记、县长现场讲话，就说阎小样和顾长龙是百灵鸟配财神，百年好合，千年幸福。还有嘉宾们推出的代表，所祝愿的，也是如意吉祥的话。后来，把阎小样的老爸也推上台子来为阎小样祝福了。老人家喝了两杯酒，脸红脖子粗，站在台子上，手拿着麦克风，半晌说不出一句话，大家就都鼓掌了。热烈的掌声激励了阎小样的老爸，他很大声地说话了。

阎小样的老爸说：我高兴，大家高兴！

老爸是真高兴呢。高声大嗓地喊出这句话后，就又精神十足地下了台子，坐在婚宴席桌的中心位置上，左边是哥哥阎小虎，右边是弟弟阎小豹，一家人坐在一起，大家都高兴着。

邻家嫂子显然看见了这一切，她给说"怕"的阎小样耳语：你看啊，你老爸你哥哥你弟弟，都那么高兴，你怕啥呢？

婚礼正进行着，婚宴大厅的一边突然爆发了一阵小骚动，吵了两声，哭了两声，又迅速地被人制止了。阎小样的耳朵不聋，她听得出来，那尖厉的吵叫和哭喊，是顾长龙离弃的前妻弄出来的。于是，她不由自主地抖动着身子。

阎小样再一次地给邻家小嫂子说：我怕。

邻家小嫂子只能劝说阎小样：好了，我的妹子呀，一会儿就入洞房了。到了洞房你就不怕了。

雕龙画凤的一对大红蜡烛，就在阎小样的洞房里燃烧着。这是个两层楼房改造成的跃式住宅，大红蜡烛燃烧着，漂亮的枝形彩灯也亮着，把个已经夜深如墨的屋子照得一片通明。阎小样孤独地坐在进门的大客厅里，还穿着白日婚礼上的大红衣裙。在这个称作洞房的跃式屋子里，正如邻家小嫂子所说，阎小样不怕了。她送走了前来参加婚礼的老爸、哥哥和弟弟，以及邻家小嫂子和众多亲戚邻里，然后，便孤身一人留在洞房里，等待着一个结局的到来。

阎小样的想象限制了她，她只想顾长龙进了洞房，想要沾她的身子，她就和他打，她不要顾长龙沾她的身子，强要都不给。阎小样不信，一个人如果不是心甘情愿，谁能上了她的身子，除非把她打昏过去，否则他是甭想得逞的。

洞房里的阎小样，就是抱着这样一个信念等着顾长龙的。

也是油老板顾长龙太高兴了，婚礼上频频与人举杯，白酒、红酒、啤酒，来啥是啥，来者不拒，他都很是痛快地喝了……喝得客人走完了，剩下了他的几个狐朋狗友，拉拉扯扯地，不知又去了哪里，是不是又喝上了，阎小样是不知道的。到天黑时，为她做辅导的王厚草老师来了。

在白天的婚宴上，阎小样没有见到王厚草老师，她当时是有些遗憾的，同时还有些安慰，觉得王老师知道她的不快活，不愿看到她的不快活，因此就没来。晚上了，王老师一个人来，心情抑郁的阎小样就好了一点。

王厚草老师还带了礼品，装在一个精美的盒子里。阎小样接过，埋怨王老师：你带什么礼物嘛！

王厚草老师就说：是你的喜日哩，哪能不带？

这是什么话？阎小样很不理解王老师，说：喜日？我的喜日？

王厚草老师说：是啊，是你的喜日。

阎小样说：老师你也这么看？

王厚草老师说：别犯傻，你有依靠了。以后呢，老师有啥求你的，你可不能拒绝。

阎小样的心就冷了下来，不知道这些人都是怎么了，眼里似乎只剩下了钱。她被油老板顾长龙使钱娶进门，她就幸福了？唉，人啊！阎小样可不是这么想的，她不仅心里不快活，甚至还埋藏下了深深的恨意，恨着有钱的顾长龙，还恨着这样的社会风气。

原来觉得，是有许多话要与王厚草老师说的，说了这么几句，就一下子没了话说。阎小样几次起身，只是一遍遍地给王老师的茶杯里续开水，到茶叶喝得淡了，没有味道了，王老师也就站起身来，从阎小样的洞房里走出去了。

洞房里的大红喜烛快要烧到根儿上了，阎小样还是一身的大红衣裙，坐在客厅的沙发上，有电视也不开，脑子里先还想这想那，这时啥都不想了，也想不起来，满脑子都是一片空白……房门的锁孔，就是这时候起了动静的。

当时呢，阎小样吃了一惊，恍惚想起大白天与她拜堂的是顾长龙，这才想起，大概是喝高的顾长龙回来了。

他应该还是醉的吧，钥匙在锁孔上叮叮咣咣戳弄了好一阵，这才把门锁打开。扑进门来的他，果然是一身酒气，和他一起扑进门来的，还有远处不知哪个人唱的信天游。阎小样听得清楚，那隐隐约约的几声信天游，是她此刻最不想听到的《嫁老汉》：

> 你爸你妈爱银钱，
>
> 把你嫁给个老汉汉。
>
> 又抽洋烟又耍钱，

耽误了你的青春好年华。

……

也不知道顾长龙听到这首信天游没有，扑进门来的他，竟然不知道关门，就嘴里喊着"宝贝，我的宝贝，想死我了宝贝"，往阎小样的身上扑。阎小样躲了一下，顾长龙没扑着，他肥大的身子就扑在了沙发上。这是套做工考究的布艺沙发，扑趴在沙发上的顾长龙，立即就打起醉睡的鼾声。阎小样以为他可能就这么沉睡下去了，就去关闭还大开着的房门。不承想，顾长龙从沙发上挣扎着爬起来，从身后拦腰抱住了阎小样，嘴里又"宝贝，宝贝"地叫着。这使阎小样无比反感，她使足全身的力气，把抱着她腰身的顾长龙一胳膊肘推开。也许是酒醉的原因吧，顾长龙轻飘飘的，没有一点力气，当下就被阎小样推了出去，侧身倒下，把头的一侧，也就是太阳穴的地方，重重地撞在了铁艺大茶几上，软软地滑在地上。

阎小样看见了血，也就是一点点的血，她没有想到顾长龙会死，她关了房门，上了跃层的主卧室，往宽大的席梦思床上一靠，不知不觉地睡过去了。

天明醒来，阎小样从跃层的主卧室里出来，看见楼下的客厅里，顾长龙还横卧在铁艺茶几旁，她就觉得不妙。从楼梯上下来，去扳顾长龙时，他已经浑身冰冷，硬成一个冰棍儿了！

阎小样心发慌，她手指颤抖着拨打了110。

11

……

黑色面料的夹克衫，织着一道道的白，还有拉链和口袋上的皮饰，在阎小样的眼里是那么熟悉。现在这件熟悉的夹克衫就穿在宋冲云的身上，阎小样却想起县城赛歌会上那个后生。那天晚上，早于阎小样出场的后生，就穿了这样一件夹克衫。

那个可怜的后生呀！其实呢，他是有资格取得赛歌会上的头名的。当然，阎小样也有这个资格。但是，后生没有油老板顾长龙背后使钱，他不幸落选了；阎小样有顾长龙背后使钱，她有幸获选了。后生不知道这些背后的猫腻，还满心为她阎小样高兴，殷勤地与她阎小样交往，阎小样就有些感激他了，甚而有点喜欢他呢。如果照此发展下去，他们二人走到一起，是很有希望的。后来就出了哥哥阎小虎打人家后生的事，接着又出了顾长龙提亲娶她的事，本来可以顺利发展下去的事情，却不了了之了。

普通客车上，人挨着人、人挤着人，一副手铐铐着宋冲云和阎小样，俩人好不容易挤到客车的后座上，觅得位子，便紧紧相挤着坐了下来，任凭客车颠簸着向前走了。

是宋冲云的夹克衫，让阎小样走了一会儿神，很快地，她就又回到了现实中。

阎小样偏了一下头。

阎小样是想看一看宋冲云，看他撇下意中人谷又黄，和一个致夫亡命的女犯同坐一辆普通客车，会有什么表情。阎小样看见了，宋冲云的脸阴着，他不说话，阎小样就也只好阴着脸，也不说话了。

是宋冲云的手机吧，吱嘎一声响。

宋冲云当时没有取出来看，隔了一会儿，又是吱嘎一声响，宋冲云就从裤子口袋里掏出了手机，打开来看。他这一看，阴着的脸突然放晴了，竟然有了难得一见的喜色。

阎小样小心地捕捉着宋冲云的情绪变化，当她看见宋冲云脸上的喜色时，不由自主地，一双眼睛也盯在宋冲云打开的手机上。

手机的屏幕上是一条短信哩：知道我现在最想什么吗？我最想放屁了。听医生说，屁一通就什么都好了。祝一路顺利，我等你回来。

是谷又黄发来的短信吗？阎小样心想，一定是的。现在的宋冲云，也许只有收到谷又黄的短信，才可能面露喜色。无论如何，宋冲云都是操心手术后的谷又黄的，有短信交流，对双方来说，无疑是个很好的安慰。

阎小样想得没错，宋冲云收到的就是谷又黄的短信。心情颇受抚慰的他，高高兴兴地看了短信后，就又在他的手机短信库里翻找着，找了一条，给谷又黄回了过去。过了不长时间，宋冲云就又收到了谷又黄的回信。

是个什么回信呢？阎小样又在宋冲云手机吱嘎响起时，留心着手机屏上的新短信，可她看不到了，宋冲云背过身去，躲着阎小样自己看了。

阎小样这就感到自己的无趣了，怎么能偷看人家的短信？不过阎小样想，谷又黄太不容易了，甚至堪称坚强，做完手术就能撑着发短信，真是难为她了。

独自看着短信，宋冲云轻启了一下嘴唇，也就在这个时候，有一把亮闪闪的短刀逼在了宋冲云的眼前，同时呢，就还听到一声断喝。

那声断喝是尖厉的：掏钱！快，把钱都给我掏出来！

坐在客车后座上接收短信、发送短信的宋冲云，以他警察的敏感，早就发现了那几个车匪了。他们是从行车途中拦住客车上来的，先还老实地待在车厢里，过了一会儿，就都不老实了。他们中的一个瘦子，拿出三张扑克牌，有梅花A、红桃A和黑桃A，倒来换去，让旁边的人猜。猜中了，瘦子给人十元钱；猜错了，他人给瘦子十元钱……可能是他们的同伙了，吵吵嚷嚷，把十元的筹码猜了几番，就升到二十元、三十元……

好像是，坐庄的瘦子手气特别差，不断地被人猜中，瘦子就不断地往外输钱……这样的把戏，别说是富有侦查经验的宋冲云，就是客车上的乘客差不多也都识破了，几个同伙就很无趣地自己玩着。不过，他们玩得越来越没耐心，贼一样的眼睛，在乘客的脸上扫来扫去，这就看到了车后座上的宋冲云……

那个时候，宋冲云尖利的眼光也正看着他们，这样的两种眼光接触上，势必会碰出火花来的。

为着那可笑的短信还在乐着的阎小样，没有注意两种眼光的碰撞，她还在想，谷又黄还会发一个什么样的短信。

恰在此时，瘦子一伙收起他们图谋骗人钱财的勾当，向客车的后座逼来了。

宋冲云没有被逼到眼前的短刀所吓住，他甚至很是轻蔑地冲着短刀笑了一下，告诉他们：看明白了，我没钱。

手握短刀的人，被宋冲云的镇定弄得有些羞恼。于是他把短刀向宋冲云逼得更近了一些，声音也更吓人了一些。

车匪叫嚣着：别废话，小心我做了你！

车匪之所以把矛头直接对着宋冲云，那是因为他们看清楚了，在这趟客车上想要弄到钱，必须把这个人先拿下。他太特殊了，高大阳刚，是很有些英武之气的。尤其是他的那一双眼睛，在看他们玩着骗人把戏时，每瞥他们一眼，就让他们心虚几分，瞥到最后，就像他们当时还藏在身上的刀子一样，把他们的衣服皮全都剥下来，精光光暴露在了众人面前。

宋冲云说的还是那句话：我没钱。

宋冲云这么说话，是在拖延车匪，他自己也在寻找机会，准备教训车匪了。这是他身为警察的责任，他不能让车匪再嚣张下去。到车匪的短刀几乎逼到宋冲云脸上时，他伸出那只没戴手铐的手，一把攥住车匪持刀的手腕。阎小样还没看清咋回事，就见车匪的短刀掉在车厢地板上，整个人像只老鼠一样蜷缩起来，嘴里的叫嚣变成了悲惨的哀号。同伙里的其他人见状围了上来，一个剃着光头的家伙，挥舞着一把短刀，向宋冲云刺了过来。阎小样看得真切，她大喊一声住手，自己则如一只冲动的小兽，挺身而起，挡住了刺来的短刀。

阎小样感觉得到，她的右大臂上冰冻似的冷了一下，跟着，就有鲜血渗透袖子往出流了。

宋冲云放开了他手抓着的那个车匪，车匪们惊恐地退到了车门口，叫喊着停车。客车司机听话地停了车，让一帮车匪顺顺当当地下了客车，逃遁而去。

满车的乘客，到这时候，才都如梦方醒，纷纷站立起来，喊打逃遁了的车匪。这太可恶了，光天化日之下，竟敢持刀行凶，谁给他们的胆量呢？无法无天，抓住他们，不能让他们跑了！有几个血性的汉子，摩拳擦掌，相互呼应着，就要冲下车去抓车匪了。然而就在这个时候，有人发现了阎小样手臂上的伤。

惊呼声随之而起：啊！流血啦！

同时又有人在惊叫：前面就是南泥湾，那里有医院，快到那里去，看怎么样了，包扎一下。

这时的宋冲云，心里是悲哀的，他的一只手紧紧握着阎小样受伤的大臂，可他的大手，不能握住涌流的鲜血。于是，他也催促客车司机，要司机加快速度，到南泥湾的医院里去给阎小样检查包扎伤口。

流血使阎小样显得苍白而娇弱。

宋冲云半拥着娇弱的阎小样，这又使阎小样感到了莫名的安慰和幸福。他俩双双下了漆皮斑驳的客车，在南泥湾的医院里做了紧急检查和处理，幸好车匪的短刀不是太锋利，没有伤着阎小样的筋骨。宋冲云听到这个检查结果，长长地舒了一口气，就由着医生在阎小样的伤口上缝了几针，上了些药膏，包扎了一下，就又上了开往省城西安的客车。

正是秋熟时节，八路军的三五九旅当年在南泥湾开垦出来的荒地，经过许多年的耕耘，现在已是非常成熟的耕地了。沿着河川的平地，都栽着吐穗的水稻，两边的坡地上，则点种了玉米和谷子，也都吐穗扬花了。客车穿行其中，就有阵阵的稻香和花香，不可抑止地钻进车厢来，让人总有一种似醉非醉的美妙感觉。

12

阵雨隔犁沟。宋冲云和阎小样搭乘的客车，还在如诗如画赛江南的南泥湾川道上行驶的时候，只见湛蓝湛蓝的天空，有一大团飞速飘移的黑云，从前方的山尖上翻滚而去……有经验的人知道，前头哪个地方，是有一阵暴雨要降了。

果然是，客车越是往前行驶，前头的路面越是泥湿。快要行驶到黄龙县城的时候，前头玩命驰动的车辆，都像变成了刀戳的野猪，吭吭哧哧喘着粗气，靠着路边停下来了。

宋冲云和阎小样乘坐的客车，没有长翅膀，飞不过越停越长的汽车阵，只好挨着前头的汽车，极不情愿地停了下来。司机下车打听消息，带回来的情况是，暴雨使前头的一段黄土崖滑坡了，黄龙县组织力量，正在全力以赴地清除黄土，疏通道路。

这是个谁都不想遇到的问题。乘客中间便起了怨言，言三语四，骂一骂，消解一点心头怨气也就罢了，是不伤人的。而有个别的言语，就不同了，矛头直指乘坐的客车和驾驶客车的司机了。

有人说了：妈那个脚，咋坐了这么一辆车，倒霉！

有人说了：人心黑啊！车匪骗子上车骗人行凶，车主倒装得镇定，该不是合伙弄人钱吧？

对于这样的说法，宋冲云是有同感的，他知道自己的使命，就闭着嘴，没有插话。要在别的情况下，他是要站出来，和这辆客车的司机理论一番的，他不能眼睁睁看着车匪骗子在他的眼皮子底下犯罪，还伤了他押解的犯人，然后又从容地逃遁。这是什么事儿呀！他还是个保护人民群众生命财产安全的警察吗？

因此，宋冲云的情绪看上去，是很恼火的。

尤其对于阎小样，人家女孩虽然身负重罪，是他押解的一个犯人，可在关键时候的勇敢和无畏，真是让他都要汗颜的。试想一下，如果不是阎小样挺身而出，阻挡了车匪骗子刺来的短刀，受伤的就该是他了。而且不可预测的是，那把短刀会刺在他身上的哪个地方，从方向和高度判断，刺中的位置该是他的心脏了。这是危险的，别说那把短刀不够锋利，凡是钢刀，与人的肉皮接触上，就都是锋利的，一定会刺穿他的前胸，刺到他的心脏上！

啊！不敢想，不敢想！

押解阎小样的宋冲云，就只有对阎小样抱愧了。

宋冲云抬起头来，看着阎小样，很想对她说几句宽心话的，却听见客车前头一阵小小的骚动。是驾驶客车的司机呢。他从驾驶座上站起来，怒目瞋视，很是霸蛮地扫视着车上的乘客。

司机的眼睛就如车匪骗子手里的短刀，扫到哪里，哪里的乘客就矮下一截子。

司机恶狠狠地问着：谁说倒霉了？啊？大声说，我给你退钱，你下车去！

避重就轻，司机不和骂他与车匪骗子合伙的人较劲，却揪住自认倒霉的乘客发威。这让对阎小样抱愧着，又对司机报怨着的宋冲云听不下去，也看不下去了，便在乘客纷纷低头的空当，霍地从客车后排的座位站起来。因为手铐连着宋冲云和阎小样的手腕，在宋冲云十分冲动地站起时，也把阎小样带了起来。受了伤的阎小样不堪承受宋冲云这一带，撕扯着她刚缝合好的伤口，使她痛得大喊起来。

正是阎小样疼痛难忍的喊声，提醒了宋冲云，使他发热的神经冷静了下来。但他还是睁着一双愤怒的眼睛，从乘客们低着的头顶看过去，与司机的怒目碰在了一起，碰得火花四溅。可也仅限于此，四目相碰了一小会儿，却见司机的眼神变化着，不是那么冷硬了。

多年上路跑车，司机该是一个见多识广的人。他驾驶的客车上，今日能与任何一个乘客闹矛盾，却绝对不能与宋冲云闹意见。他看得出来，小伙子不是个善茬儿，而且人家有伴儿受了伤，是在他的客车上受的伤，他有不可推卸的责任，追究起来，够他喝一壶的。可是人家一直没有追究他，这叫他面对人家，自然就气短了。

眼神的变化，迅速传到了面皮上。司机笑了，对着怒目相向的宋冲云说：玩时尚啊？我知道，如今的小情人，时兴这一套，叫什么来着，情侣铐吧？

司机的一句话，把宋冲云说了个大红脸。阎小样也是，白嫩的面皮上，也烧起一片火烫的红云。

车厢里的气氛，因此和缓下来，大家的脸上就都有了轻松的一笑。接着有人建议，把车门打开，大家到车外透透气，呼吸一下新鲜空气。

这个建议得到了司机的认可，他在驾驶室里拧了下一个黑塑料的旋钮，扑哧一声，原来关着的车门，哗啦大开，大家跟着出了车厢。

宋冲云脸色还红着，他问阎小样：咱也下去吗？

阎小样似乎另有隐情，她也脸红着，蜂鸣一样，对宋冲云说：我是急了，很急的呢！

宋冲云听懂了阎小样的隐情，女孩儿家，是要方便了。这是个问题呢，一路上早先有谷又黄在，阎小样需要方便，就由谷又黄陪着她一块儿去。现在怎么办？莫非还要他宋冲云陪着阎小样去了？这不能够。宋冲云在心里想着，还没想出个办法来，他却已掏出一把小钥匙，插进手铐的锁孔里，为阎小样打开了手铐。阎小样却没有动，拿眼看着宋冲云，像是在问：

你不怕我逃跑了？宋冲云也不回避阎小样的眼睛，同样用他的眼神告诉阎小样：我相信你。目送着阎小样，爬上公路边的土坎，走到高处的一丛荆条后边，宋冲云把他的头扭转了过来。他感到自己的唐突，怎么能目不转睛地看着女孩儿阎小样方便呢！呸，不嫌害羞！在心里责骂着自己的宋冲云，似有一份不安，不断地跺着脚，等着方便的阎小样，从荆条丛的后边站起来，走下土坎，来到他的身边，他再用手铐把阎小样铐起来。

情侣铐！司机那句解嘲的话，一直还在宋冲云的耳际萦绕着。他不在乎别人说什么，他必须用手铐把他和阎小样铐在一起，这是一种职责，神圣的警察职责。

时间够了吧？

就是尿银子、屙金子，躲在荆条后面的阎小样也该站起来了。可是没有。不好意思看，又不能不看的宋冲云，偷眼儿向隐藏着阎小样的那丛荆条看了几眼，一直不见阎小样站起来，宋冲云就有些急了，两眼便都盯在了那丛荆条上，却还是看不到阎小样站起来，甚至不见那丛荆条动一下……她是怎么了？

宋冲云不敢想，他怕阎小样借着他的信任，真的逃跑了！

这可不得了！

无法再等下去的宋冲云，从公路旁的土坎爬上去了，也向那丛荆条走了过去……是的，宋冲云担心极了，心缩得像是一个蔫核桃了，就在他要钻到荆条丛里时，忽然听见更高的坡梁上，传来了阎小样唱响的信天游。

阎小样唱的是《蓝花花》。

保安县城举办的赛歌会，宋冲云约谷又黄看过了，对于取得冠军的阎小样还是很佩服的。她在舞台上演唱的《蓝花花》，声情并茂，不仅打动了评委的心，台下观众的心也都被她切切实实地打动了。

现在，阎小样让大地作了她的舞台，让高天作了她的幕布，她在满坡满梁的花草丛中，尽情地演唱着。她唱得真是好啊！一曲《蓝花花》唱罢，公路上阻滞的车辆上和车辆下的人群，全都鼓起掌来，这是自发的掌声哩，热烈而持久……其中，就有狂热分子高呼大叫，问着大家：唱得好不好？大家就都异口同声地应：好！狂热分子就又高呼大叫：再来一个要不要？大家就还异口同声地应：要！

在坡梁上唱着信天游的阎小样，听见了大家的喝彩，她弯下腰，采着脚前脚后鲜艳的蓝花花和火红的山丹丹，采了一束后，就高举起来，朝着向她张望的宋冲云摇着……她是看到宋冲云的鼓励了，于是，就在坡梁上铺天盖地的花草丛里又唱起来了。

这一次，阎小样唱的信天游是《老祖宗留下个人爱人》：

六月的日头腊月的风，

老祖宗留下个人爱人。

三月的桃花满山山红，

世上的男人爱女人。

天上的星星排队队，

大哥哥都有干妹妹。

骑上个骆驼风头头高，

人里头就数咱们二人好。

……

掌声……掌声……热烈的、持久的掌声……宋冲云看见，满是停滞车辆的盘山公路上，全是鼓掌的人了。有一些呢，还爬到了一辆接着一辆的汽车车顶上，又是鼓掌，又是狂喊……可以肯定的是，大家不会想到，在这九曲十八弯的山路上，能够听到这么纯正精绝的信天游，大家不能不为之鼓掌了。

宋冲云也是，情不自禁地为阎小样鼓掌了。而且，他感到眼睛热辣辣的，似有泪在涌动……他警告自己，忍住，必须忍住。

13

从满是花草的坡梁上下来，阎小样一手捧着她采来的蓝花花和山丹丹，另一只手，送到宋冲云的面前。那个意思，宋冲云是知道的，就是要他再把她铐起来。

这是对的，作为犯人，阎小样是该被铐起来的。

阎小样有这个自觉，这很好。可是宋冲云却没有铐上她，而是把他刚从附近山民手上买来的鸡蛋和黄瓜什么的，塞进了阎小样的手里。

宋冲云说：饿了吧？吃点儿。

阎小样手捧着鸡蛋和黄瓜，心头有些堵。她哽咽了，说：吓着你了？

宋冲云也不客气，说：是哩，你吓着我了。

阎小样笑了一下，说：你别害怕，我不会乱跑的。我只是想唱信天游，以后不晓得还有没有机会再唱。

话说得沉重了。宋冲云想要调节一下气氛，说：怎么不会呢？放心吧，还有你唱的机会哩。

阎小样就很安慰地吃起了鸡蛋和黄瓜，吃着还说：我想听你讲，我的信天游唱得好吗？

宋冲云也吃起鸡蛋和黄瓜了，他点着头说：好着哩，好着哩！

因为路边崖体滑坡，受阻的车辆越来越多，时间长的，已经熬了四个多小时，前不着村、后不着店，受困于公路上的司机和乘客，吃饭是个问题了。大家又饥又渴，是附近的山民看到了这一商机，煮了鸡蛋，摘了黄瓜、西红柿，拿到公路上来兜售了，还有扛着整箱瓶装纯净水的山民，一拨一拨向公路上来，来了就有人买，尽管都加了价，贵得很是离谱，大家却还是买得很利索。

盘山而卧的汽车阵中，在这个时期，就都是草草吃喝的人群，大家议论着前头的塌方，又议论着唱信天游的阎小样，这从离着阎小样很近的一些人嘴里听得到。

他们说了：嗓子太亮了，像摇响的铜铃铛。

他们说了：看啊，你看么，人家……人家是什么，是一对对吧？

胡说八道！阎小样和宋冲云在心里排斥着他人的议论，却都没有从嘴里说出来。在这样的情况下，便是与人说，大概也是说不明白的。

有胆子大的人，来给阎小样献花了。也是从坡梁上采来的蓝花花和山丹丹……只有一会儿的工夫，便来了八九个人，他们献的花，与阎小样先前采来的花堆在一起，几乎要把阎小样埋起来。

幸运的是，前头的塌方清理完工了。

受困山野的汽车，又都缓慢地启动起来，向前蠕动了。而这时，太阳已经落山很长时间，夜幕黑沉沉地笼罩着整个山野，蜿蜿蜒蜒的汽车阵，前看不见头，后看不见尾，只有亮着的车灯，像是一条明亮的火龙，在曲里拐弯的山道上，逶迤前行。

经过灯火通明的黄龙县城，有些汽车滑出了长长的车龙，钻进了喧嚣的县城街道，大量的汽车，依然开足了马力，向着前方疾驰。

宋冲云、阎小样乘坐的普通客车，在过黄龙县城时，连速度都没减，迅速地穿城而过。它的目的地是西安，因为滑坡受阻，已经耽搁了不少时间。那个曾经十分霸蛮，后来又有点他嘲和自嘲的司机，一副聚精会神的模样，两眼直视着车窗前方，加速了，减速了，左打一把方向，右打一把方向……车上的乘客，在这样的情况下，也没了抱怨和不满，全都鸦雀无声，只听见汽车的四轮碾轧着沥青路面，向前滑动时发出的嘎吱的摩擦声。

已是深夜两点钟了。

宋冲云和阎小样他们乘坐的汽车，这才驶进了西安城北汽车站。疲惫不堪的乘客鱼贯而下，拖着各自的行李，走出了汽车站的大门。剩下宋冲云和阎小样，却还待在关了许多大灯的候车室里。

阎小样抬眼看着宋冲云，她的身份她知道，在这里，她是不能说话的，唯一的办法，就是听从宋冲云的安排。

女监就在距离城北汽车站不远的地方。高墙上安装的探照灯，在黑漆漆的夜里，显得特别刺眼，一会儿扫向东，一会儿扫向西，强烈的光柱，像是一把飞扫的钢刀，把沉沉夜色割得支离破碎。

宋冲云朝着女监的方向看了一眼，有点无奈地说了：今晚，咱们就在候车室里过夜吧。

是的了，这时候便是去了女监，人家又怎么接收阎小样这个服刑犯呢？而这，对于阎小样来说，似乎又是个求之不得的机会，她可以在监狱外边，度过一个有着人间烟火味道的夜晚。

阎小样笑了，是发自内心的笑呢！

宋冲云看到了阎小样的笑，他被感染了，竟然也情不自禁地笑了。整整一天的时间，作为一个押解罪犯的公安干警，他对押解的这个女犯阎小样，在心理上产生了多么大的变化啊！但愿阎小样不是罪犯，而且她也不该是个罪犯，阴差阳错，成了一个致夫亡命的罪犯。在保安县城，民间是有很大争议的，有人认为阎小样是谋财害命，想要继承顾长龙的遗产。法庭上，公诉人也是这么说的，幸亏法官没有采信，说是证据不足，如若不然，阎小样怕是性命难保了。当时，宋冲云也曾这么想过，看来他是想错了，新婚之夜……阎小样致夫亡命，绝对只是误伤。案子判下来了，判得这么重……宋冲云就自觉有了一种责任，他想，他该为这个无辜的姑娘做些什么。这个念头一旦在心里生出来，宋冲云沉重的心情一下子轻松了许多，就像身负重刑的阎小样一样，好像并没有把那个重刑当回事，对生命、对自然，总还是葆有她天然的乐观。这是可贵的，太可贵了！

笑着时，宋冲云说话了：饿不饿？走，到候车室外边找些吃的去。

很听话地，阎小样跟在宋冲云的身后走出了候车室。

那里有一个烧烤摊呢！

摊主戴着一顶白帽子，双手各抓了一把穿了牛羊肉的钢扦子，在一个炭火槽子上烤着，正烤一阵，又反烤一阵，不断地向烤肉上撒着盐末、辣椒末、孜然末，使得这些调料极尽可能地融到烤肉里，以便食客可以充分享受。

宋冲云和阎小样嗅到了烤肉的香气，相跟着到了烤肉摊前，捡了两个无人坐的马扎，合在一处坐了，招呼摊主给他们烤了一把羊肉，同时还要了两瓶啤酒。等香辣的烤羊肉送到他们的面前，俩人便一口啤酒、一口烤羊肉地吃喝起来了。宋冲云吃得豪气，喝得豪爽，不像阎小样细细地嚼，慢慢地喝，这就惹得宋冲云要催她了：这肉很好吃的，好好吃；这酒很好喝的，好好喝。

这可都是最平常不过的关心呢，在阎小样看来，却是十分珍贵和奢侈了。夺人性命的犯人啊，阎小样已经没有什么奢求了，能有这样平常的关心，也将刻骨铭心，至死不忘了。

在灯光昏暗的候车室里，宋冲云和阎小样选择了一个角落的长条椅。坐在那里，他们有一搭没一搭地说了些话。宋冲云说：阎小样，你不喜欢顾长龙吗？阎小样说：我说不上喜欢不喜欢。宋冲云就又说：你是不知道，顾长龙要娶你，全县都轰动了，都说你是个福人呢。阎小样所悲哀的就是这句话，她说：这个福，咱不会享嘛。宋冲云就说她：不会享咱就不享啊，你咋能要人家的性命呢？阎小样就很无辜地说：谁要他的性命呀，他喝瘫了，手一推他，他就倒了，碰在铁艺茶几的尖角上，把人给碰没命了。宋冲云说：那你该打120急救电话的，为什么就不呢？阎小样说：我是没有想到，人的性命咋就那么脆弱呢？就只那么一碰，一条命就没有了。我也是后悔，也是不知当时咋不打120急救电话……原来一说就伤心的话，在这个特殊的晚上，无论宋冲云怎么说，阎小样怎么说都不再伤心了。好像他们所说的，是另外一个人的事情。

说着话，阎小样先睡着了……到她醒来时，看见宋冲云也睡着了。这时的手铐，一端还是铐在宋冲云的手腕上，原本锁着阎小样的那一端却空空地吊在大条椅的边上……阎小样盯着那空悬的手铐，真想站起身来，一走了之……监狱是不好坐的，而且是个死刑，缓期两年执行！这么想着时，阎小样就还真的站了起来，向后退了两步，也就仅两步，阎小样就又站住不动了。她想她不能跑，这一跑她要罪加一等，宋冲云也是要承担责任的，还有手术住院的谷又黄……他们该是幸福的一对儿呀，她不能破坏他们的幸福。于是，阎小样又走回到长条椅前，坐下来，把悬空的那一端手铐，学着宋冲云的样子，给自己铐在了手腕上。

阎小样想，宋冲云打开她手腕的铐子，一定是考虑到她受伤的胳膊。他不想她太受罪。

天亮了。宋冲云从深睡中睁开眼睛，他看见阎小样坐在他的身边，一动不动。昨夜的啤酒，把他喝得有点晕，记得在候车室落脚时，手铐并没有铐着阎小样，现在却铐在了阎小样的手腕上。他知道是她自己所为，因此，他对她就更敬重了。

从长条椅上爬起来的宋冲云，揉了揉眼睛，说：走吧，该给你换药了。

被一副手铐和宋冲云铐在一起的阎小样，亦步亦趋地跟着宋冲云，去了附近的一家医院，给伤口换了药。下来呢，没有啥事了，宋冲云应该押着阎小样，到省女子监狱去交差。可是宋冲云却没有，他和阎小样出了医院的大门，抬头往湛蓝如洗的天空看了一眼，低下头来吸了一口气。

宋冲云说：今日是个响晴天哩！

阎小样听出了一些蹊跷，说：是啊，是个大好的天气。

宋冲云乐了一下，他说：咱们进城里去，去看钟楼怎么样？

阁小样就有了些异样的感觉，她说：去看钟楼？

宋冲云说：去看钟楼。

这是一个意外呢。阁小样一直有个参观钟楼的梦想。过去，陕北距离西安太远了，阁小样只把参观钟楼的想法，深深地埋在心底，从来没有给人流露过。成了致夫亡命的犯人，她到了西安，深藏心底的那个念想又跳了出来。她想参观钟楼，昨夜歇在候车室的长条椅上，她做了一个梦，所梦就是钟楼，她兴高采烈地登上了钟楼，在钟楼上跳着、叫着，最后还敲了那个大得吓人的大铜钟。

不敢想，宋冲云咋会知道阁小样心里的念想。

手向路边扬了一下，就有一辆绿色的出租车滑到了宋冲云和阁小样的跟前。他们俩的手臂有手铐连着，便手牵着手坐了上去。

在出租车上，阁小样仍然激动着，但她还是不解，就问宋冲云：你怎么知道我想去看钟楼？

宋冲云淡淡地笑着，说：昨晚在你的梦里。

阁小样说：我说梦话了？

宋冲云说：你说呢？

14

　　曾经梦想钟楼的辉煌与高大，一旦被周遭新建的高楼大厦所包围，就显得有些娇小。即便是这样，阎小样依然感到极大的满足。

　　在宋冲云的陪同下，一步一步……阎小样登上了庄严古朴的钟楼，她的心跳加快了，是很激烈地跳动哩，她多想如同梦中那样欢蹦乱跳、高声大叫啊！但她忍住了，一直转到钟楼西北角的黄铜大钟前，都已捉住了悬在大钟前的钟杵，却还忍着，没有敲响大钟。

　　宋冲云鼓励她了：敲吧。

　　阎小样摇着头。

　　宋冲云说：有什么心愿，你可敲钟自许的。

　　阎小样仍然摇着头。

　　对将要走进女监服刑的阎小样来说，她还有什么愿要许呢？她不知道，只觉一路从保安县到西安城，似乎已经把她残存在心里的一个大愿望圆满地实现了。

　　阎小样清楚地知道，她是想被人爱的。

　　一路之上，波折不断，困难不断，而那所有的波折和困难，好像都是为她阎小样预设的，使她在波折和困难中，点点滴滴地，享受到了被人爱的滋味，甜蜜、温暖，她知足了。

是家婚纱摄影楼呢！

阎小样从钟楼上看过去，西南角是富丽堂皇的钟楼饭店，西北角是绿草匝地的钟楼广场，东北角是古朴庄严的邮政大楼，东南角是时尚扑面的开元商城……这一切都是那么光彩迷人。阎小样看得眼睛眨也不眨，她看着，努力地看着，亮闪闪的一双眼睛，倏忽被一家婚纱影楼吸引了。面对大街的玻璃橱窗是宽大的，是透亮的，里边满是色彩艳丽、做工精良的婚纱，有几件就穿在模特身上，真是太漂亮了！顾长龙当时要娶阎小样，是要带她来西安选购婚纱礼服、拍摄婚纱照的，可她没有心思穿婚纱，更没有心思拍婚纱照。可在今天，可在此时，阎小样太想穿一身漂亮的婚纱拍一张漂亮的婚纱照了。她用眼睛看着和她并肩站在一起的宋冲云，很热切地征求着他的意见。

宋冲云也是，从阎小样热切的眼神里读出了她的愿望。他没有说话，用手铐相连的手，拉了一把阎小样，从钟楼上下来，直接去了那家婚纱影楼，选了一套阎小样喜欢的婚纱，就由一位化妆师，引领着坐在一面竖在墙面上的镜子前。又是打粉底，又是抹唇膏，又是修眉毛，把个阎小样收拾得宋冲云都快不认识了。

一个脱胎换骨似的阎小样满脸羞涩地站在宋冲云的面前，使他真正地感到了手足无措。

化妆师就在旁边催促了：别呆站了。把你们的情侣铐先解下来，坐到镜子前来，我给你也补些色。

宋冲云听得出来，化妆师是在催促他。他脸红了一下，还缩了缩脖子，说他不补色了，就给阎小样照。

这太新鲜了，在婚纱影楼，从来都是成双成对照相的，他们俩倒好，只是给阎小样照相。听到这样的话，聚集在婚纱影楼里的情侣们，几乎把他们的眼光都聚集在宋冲云和阎小样的身上，看着他俩还戴着情侣铐，就都满脸的不理解。

宋冲云的手慌乱着，好几次都没能把钥匙插进手铐的锁孔里。到最后打开手铐时，他的脸上竟然急出了一层细汗。

阎小样进摄影棚照相去了，宋冲云则从影楼亮闪闪的大门出来，站在人来人往的大街上等着阎小样，等得他的肚子都咕咕叫了，才等出了阎小样。于是呢，他又陪同阎小样，去了钟楼旁边的肯德基快餐店，去吃美国的炸鸡翅、土豆泥、甜玉米、汉堡包……正吃得高兴的时候，宋冲云的手机响了。这一次不是短信，而是电话来了，好像还不是谷又黄打来的。宋冲云刚一接听，脸上立即像涂了层霜似的严肃起来了。

阎小样只在宋冲云把手机往耳朵上扣着时听到半句话：请报告，你现在在什么地方？

宋冲云回答了：西安。

接下来，手机里说了什么，阎小样一句都听不见了。她能听到的全是宋冲云"对对对，是是是"的承诺声了。

阎小样猜想，一定是组织上的查询电话了。她取来餐盘上的纸巾，擦了她的油嘴和油手，就把双手交给了宋冲云，看着他迟疑地、无奈地掏出手铐，铐住了她的双手。

宋冲云应该知道，他今天是犯了纪律的，很严重的司法纪律啊！到他把阎小样押解着送进监狱，他回到陕北的保安县，是一定要受到组织处理的，轻则会让他蹲几天禁闭，重则会脱了他的警服……这样的结果，宋冲云想过了，但他由不了自己，他给自己说：要处理就处理吧，蹲禁闭、脱警服，就由组织决定了！

省女子监狱在宋冲云思绪纷乱时到了。黑漆漆的大门关得紧紧的，有两个背着长枪的监管人员，在黑漆大门前，一左一右，笔直而威严地站立着。阎小样站在门前，她心如止水，看着宋冲云与省女监的接收人员交接手续……一切都结束了，宋冲云和省女监的接收人员，双双来到她的身边。阎小样想，宋冲云是要把她手上戴着的手铐解下来，带回保安县去的，而她将戴上省女监的手铐，走进黑漆监门，老实服满刑期……到她从黑漆监门里出来，她怕该是一个小老太婆了！

宋冲云把她手上的手铐打开了……不是鬼使，也不是神差，是心的提醒吧，在这一刻，阎小样向宋冲云提出了一个要求。

阎小样说：谢谢你了！我能抱你一下吗？

宋冲云向阎小样走近了一步，在阎小样展开双臂抱住他的时候，他也展开双臂，把阎小样紧紧地抱住了！

阎小样蜂鸣似的说：答应我，把我的婚纱照取来送给我。

2007年8月14日草于西安大莲花池

2007年9月30日改于西安后村

山丹丹红透碾子湾

01

他们都还是娃娃嘛，你解下了没有？你说那个时候……当我黑头黄汗来到碾子湾，把高服良堵在他家门前的石碾旁，向他问起四十年前的一些往事时，平日乐观的高服良为难了。他甚至躲开我的眼睛，低头摆弄着他捏在手里的那杆黄铜唢呐，十根粗壮的手指，像是一条条受惊的草蛇，在唢呐的眼儿上，没有目的地摁动着。我的询问让他陷入回忆中去了……回忆使他的眉头拧了起来，他本能地张开嘴来，慢慢地噙住了唢呐，朝着脚下的黄土呜哇了一声，就又高举起来，朝着蓝瓦瓦、亮晃晃的天空，持续不断地吹奏起来了。

现在的高服良，已然花白了头发。

这是我头一回见到高服良时的情景。我得佩服他的唢呐吹得好，不是一般的好，是能刺穿人的肌肤，钻进人的骨头，让人的心尖尖像是通了电一样麻酥酥的好！

我在想，他是用唢呐给我说事了。因为我听得懂，他吹奏的是《延安窑洞住上了北京娃》的信天游。在后来的采访中，我知道高服良用他的黄铜唢呐，是常要吹这首曲子的，寒暑不分、风雨无阻，从碾子湾村来了北京知青开始吹奏起来，一直吹奏到了今日。在西安晚报社做记者的我，虽不常来陕北采访，可我听说了高服良，听说了高服良的婆姨刘迎春，我便毅然地来到了黄土高坡上的陕北，来到山高水长的碾子湾，想要知道他们——一个陕北汉子和一个北京女知青，在碾子湾都有哪些叫人牵肠挂肚的故事。

　　我热切地想从高服良的嘴里掏出我想知道的故事。可我刚一开口，他就委婉地拒绝了。好在他有一杆黄铜唢呐，他呜呜哇哇、呜呜哇哇地吹奏着。我听得出来，唢呐的声音是沉郁的，有种稠得化不开的情愫，像是他家门前的碾子河一样，既溢不出来，又永远不会断流，拐过一道湾，又是一道湾，湾湾不断地向前流淌……我不急，一点都不急地眼望着高服良的腮帮子，在一凸一凹地鼓吹着，还有他的脑袋也三摇两晃，让黄铜的唢呐，在明灿灿的阳光下，闪动着一波一波的金色光晕。

　　那是高服良的知青婆姨刘迎春的人生光晕吗？

02

是的呢，高服良的知青婆姨刘迎春是该有那美丽的光晕。

我从高服良的嘴里知道，他的知青婆姨已经不再年轻，而且穿戴得有点土气……可在我看到她的时候，还是看出她的别样来，那是在陕北看到的北京留守知青所特有的气质，那种特有的气质已深深地化入他们的血脉中了。

我到碾子湾采访，是做了些前期准备的。

我知道插队落户到陕北的北京知青，大返城后，还有一部分留了下来。刘迎春是其中一个，像她一样留下来的，至今还有二百三十多人。

他们怎么就不回去呢？

我对这个问题十分好奇，我问高服良的婆姨刘迎春，她却不给我开口，一直微笑着，说那都是过去的事情了，还有甚好说的呢。刘迎春不回答这个问题，我就还问别的问题，刘迎春依然不愿意说。我就拿出记者缠人的办法，缠着高服良来问了。高服良说：他们不走自有不走的理由。就像刘迎春，她是割舍不下我和娃娃呀，此外还有陕北这片深厚的土地，以及无处不在的陕北信天游。

从北京来到陕北插队落户，别的知青是怎么想的，刘迎春不知道，但她从在北京召开的动员会上，看见大家高举着拳头，高呼着口号，是下了决心，都要在陕北的黄土地上插队落户了。但是刘迎春不这么想，她热爱北京，祖祖辈辈都在皇城根下生活，让她彻底离开她的父亲母亲，离开她的哥哥姐姐，她觉得那比割断她的血脉还要让她难受。她愿意听从毛主席的号召，到陕北的农村去，接受贫下中农的再教育，然后回到北京来，参加工作是一码事，与亲人团聚，共享天伦之乐又是一码事。即便是坐上了西去的知青专列，大家一路歌声、一路憧憬，充满了激情和梦想，恨不能一步踏上陕北的黄土地，刘迎春也都很不合群地想着她的心事。

刘迎春想，我才不要在陕北农村把根扎。

但有一个事情来得太突然，来得太不可思议，来得太荒唐了。这叫刘迎春日后想起，总会心惊肉跳，总会伤痛难抑，总会叫苦不迭。

那是刘迎春插队在碾子湾的第二年冬天，傍晚下了一场雪，起初下得还小，像是老天感念人的困厄，慷慨地向人间筛着细面粉一样，纷纷扬扬地染白了陕北的坡坡梁梁、沟沟坎坎。便是流淌不息的碾子河，也在飘雪的傍晚封了冻，染上一层薄薄的雪粉……刘迎春和同来碾子湾插队的知青，跟着碾子湾的社员，都在半山坡上整修农田。这是陕北农村的一项传统，到了冬季农闲时节，大家也不能闲着。扛着老镢头和大铁锨，还有扁担和笼筐，下到挂在坡梁上的田里，攒着夏、秋季节遭遇水毁的地块，照着原样修起来，该补埝的，就担土补埝，该填坑的，就担土填坑……好像是，那个年头，全国都在学大寨，改造旧山河，建设新农村，碾子湾响应号召，还在一条荒沟里，按照规划，堆土筑坝……因此，插队下来的刘迎春和一帮知青，不分男女，就都像是一只只活兽，忙碌在荒寂的沟坡上。

大家干得太苦了，嫩嫩的胳膊，干得红了肿、肿了红……尤其是身材娇小的刘迎春，挖土让老镢头把手磨出了泡，磨烂了，挑土让扁担把肩膀压肿了、压破了……他们战天斗地，他们苦不堪言。

而且没有娱乐，不像在北京城，再不行总有电影看，总有戏曲看，兴致好了，逛一逛王府井、大栅栏，或是游一游颐和园、什刹海什么的，总是非常方便。插队在碾子湾，能有什么娱乐呢？恐怕只有高服良的黄铜唢呐和信天游了。

就在落雪的那天傍晚，浑身酸痛的刘迎春他们，邋里邋遢地回到知青窑，却都不往窑门里进，大家站在窑院里，有人伸着手，有人伸着舌头，小心地接着散碎如银的落雪……与知青窑院隔着一堵矮墙的高服良，也许与北京知青一般，受了雪的鼓舞，把他的黄铜唢呐拿出来，站在他家窑院前的石碾上吹奏起来了。

刘迎春记得清楚，高服良那天一连吹了几首陕北的信天游，其中一首就是她也学会唱了的《三十里铺》。高服良在深情吹奏着的时候，刘迎春便轻声地跟着唱：

> 提起个家来家有名，
>
> 家住在绥德三十里铺村。
>
> 四妹子好了个三哥哥，
>
> 他是奴家的知心人。
>
> 三哥哥今年一十九，
>
> 四妹子今年一十六。
>
> 人人都说咱们二人天配就，
>
> 你把妹妹闪在半路口。
>
> ……

刘迎春唱得很投入，投入得一块儿插队的知青喊她她都没有听见。而这时的雪下得大起来了，细细的雪粉，突然变得像是一片片纷飞的柳絮，无声而轻轻地飘落着。在雪地里吹奏唢呐的高服良也变成了一个雪人了，可他没有停下吹奏唢呐；还有刘迎春，也没有停止她轻声的吟唱……名叫汪秀清的知青伙伴，把地上越积越厚的雪花踩得四处飞溅，跑到刘迎春的身边，拽了她的胳膊就走。

与娇小的刘迎春相比，汪秀清是高大的，如果可能，汪秀清轻轻松松就能把刘迎春装进她的肚子里。她只是一拽，就几乎把刘迎春拽翻在了雪地上。

汪秀清拽着刘迎春说：叫你做饭你还装听不见，你是想饿死我们吗？

口大气粗是汪秀清说话的一贯作风，特别是对刘迎春，好像还更过分，透着一种根正苗红者的霸道和蛮不讲理。这好像还不能怪汪秀清，在那样的年代，出身工人家庭的她，不想蛮不讲理都不行。

刘迎春的家庭出身就要差一些，她的父亲和母亲，新中国成立前虽不是财大气粗的资本家，却也经营着一个服装门店，在大栅栏里是很有些名气的。京城里有头有脸的人家，为家里人添置服装，总会想到她家的门店，坐着黄包车，一路小跑地到她家的服装店量体定制。刘迎春听说过，她家的门店前，一年四季都有拉洋车的脚夫，川流不息地到她家门店前来，又从她家门店前去……刘迎春没有见过那样的阵势，但她却因为那个阵势的繁华，在许多年后，背着个"资产阶级臭小姐"的恶名，人前人后备受欺侮。

汪秀清只那么一拽，刘迎春知错似的回了头，朝着汪秀清红了一下脸，便失急慌忙地向她们兼做厨房和卧室的窑洞跑去了。

怎么能够忘了做饭呢？

把自己饿着不要紧，刘迎春哪里敢把知青组的伙伴儿饿着呀！

锅灶连着炕，是陕北农村生活的一大特色。大家住在窑洞里，潮湿是一定的，挨着窑口的隔墙，盘起一个大炕，紧挨着大炕，再盘起大锅连着小锅的炉灶。在炉灶里烧火做饭，烟气在炕洞里走，热天刚好驱走阴湿，冷天又刚好烘热大炕。如此一举两得的好事，我不知道，除了陕北农村，哪里还有这样的创意！这太取巧了，巧得真是让人服气呢。

入了窑门的刘迎春，往灶口喂了一把柴，点着了，又从水瓮里舀着水，端着盆子淘小米了……晚上，刘迎春给大家做的是钱钱饭煮土豆。就在她脚忙手乱地给大家操持晚饭的时候，她听见高服良的唢呐声渐渐地低了、哑了，烟雾蒸腾的窑洞外面，变得空落落的，唯有越下越大的雪。

像往常一样，刘迎春刚把饭做熟，等得喉咙眼都伸出手来的知青，一窝蜂地围上来，秋风扫落叶般把锅里的汤饭扫除一空，留给刘迎春的，就只有锅底黏着的一层糊糊了……这又有什么呢？"资产阶级臭小姐"活该如此，别人是这么说的，也是这么做的。刘迎春认也得认，不认也得认，觉得她就该比别人多吃苦、多受罪，插队农村，认真接受贫下中农的再教育，也好早早洗脱她"资产阶级臭小姐"的气味。

吃罢晚饭，知青伙伴爬上炕去，拉开被窝钻进去，埋了头，你一声呼噜，她一声轻鼾，不一会儿，就都睡着了……沉重的农业劳动，把人都熬得筋疲力尽，挨枕头就是一场大睡。刘迎春也困乏了，但她还要洗锅洗碗，还要准备来日清晨的早饭。因此，她困得哪怕眼皮直打架，还要坚持下来，把她要做的事全做完了，才能歇了手脚，爬到热烘烘的炕上去睡觉。

也是因为下雪，刘迎春把她要做的事儿，一样一样都做好了，抬脚上了炕，却突然生出一个念头来，又从炕上下来，热了一盆水，把自己身上的衣服全都脱了，用毛巾蘸着水，小心地、一点一点地擦洗着……插队在陕北的碾子湾，不是在炎热的夏天，大家没有机会也没有条件为自己的身体搞清洁，这让北京知青刘迎春太不习惯了。

刘迎春不习惯，别人呢？别人就习惯了？

想来与刘迎春是一样的，也是不习惯的。

刘迎春没有注意，就在她热了水擦洗自己时，缩在被窝里的汪秀清，便是人在梦中，也敏感地知觉到了。她把头从被窝里伸出来，眨了眨眼睛，这就看到一团雪白的刘迎春，搅起一片暖暖的水汽，擦洗着自己曼妙的身体……汪秀清不知道是该愤怒，还是该羡慕。汪秀清从炕上爬起来，一步跨到炕脚地，连鞋也不穿，走到刘迎春跟前，绕着她转了一圈，一言不发地退到窑垴里去，找撒尿的夜壶去了。

把夜壶提进来，端出去，也都是刘迎春做的事，今天晚上她忘了。

汪秀清找不见夜壶，就问刘迎春：夜壶呢？你把夜壶放哪儿了？

刘迎春听汪秀清这一问，这才想起忘了提夜壶，就说：你等等，我马上去提。

刘迎春嘴里应着，撂下擦洗身子的毛巾，就去炕边拿她脱了的衣服，准备穿了去窑门外提尿壶。汪秀清却扑过来，把刘迎春已经披在身上的衣服扒下来，推着刘迎春，让她光着身子出门去提尿壶。刘迎春扛不住汪秀清的大力气，被推着，一直推到了窑门口，推出了窑门，推到满天银白的世界里……刘迎春是无奈了，去窑门前的矮墙边提尿壶，冷冷的风吹在她裸着的身上，她不觉得冷，冰冰的雪刮在她裸着的身上，她也不觉得冰，她只想着赶快提起尿壶，赶快回到窑里去……可是她回不去窑洞了，汪秀清在把全身裸着的刘迎春推到冰天雪地的窑院后，反身回到窑里，咣当一声把窑门从里边掩起来，插上门闩，和睡醒在热炕上的伙伴，隔着窑门狂呼乱喊。

汪秀清呼喊：来贼了！来贼了！

伙伴们不知所以，跟上也是一通呼喊：来贼了！来贼了！

那样的喊声是凄厉的，而且还有一点儿狂悖，在大雪的晚上，从碾子湾的女知青窑洞里传出来，很快传到隔着不远的男知青窑洞里。一起插队到碾子湾的男知青，听到女知青的狂呼乱喊，没有不起来相助的理由，他们从被窝里爬出来，没有谁能把衣服穿整齐，一个一个，抢着从窑洞里跑出来，向着求助的女知青窑洞那边跑……他们看见了刘迎春，正不知所措地站在雪地里，睁着一双惊恐的眼睛，看着向她跑来的一伙男知青。她哭了，瑟缩着身子向窑院一边的碾子旁躲去，提在手里的尿壶，在躲向碾子的时候碰了一下，哗的裂成了一堆碎片。

男知青们愣住不动了……还有打开窑门没走出来的女知青们，也都看着躲在石碾一边的刘迎春，不喊不叫了。

他们谁都没有想到，高服良也被惊动了，从他的窑院里拐出来，睁着他的一双大眼睛，恼怒地看着愣在大雪里的知青们，冷冷地看了一眼，就脱下他身上的翻毛皮袄，大踏步地走到碾子旁，把还蓄积着他体温的翻毛皮袄，裹在了刘迎春裸着的身上。

我来碾子湾采访，高服良没有给我说这件事。在我后来了解到这个事实后，向他求证时，他只说：知青们苦哩，弄出个恶作剧，你能说他们啥呢？啥啥都不能说吧？

我愕然了。

03

汪秀清、吕一岚、何小萌，1969年冬尽的日子，与刘迎春一起来到碾子湾插队，女知青只有她们四个人，此外还有屈向阳、张方海、刘大路、郝举旗四个男知青。我跟着高服良下到碾子湾的一道拐沟里，去那里侍弄他种植的一片玉米地。一路走，高服良一路给我讲，来碾子湾插队的北京知青，按照当时的话说，家庭出身都不错，他们或者有个工人爸爸，或者有个营业员妈妈。刘迎春是一个例外，还有一个张方海也是例外。刘迎春的父母是小资本家，张方海的父亲是大学教授。两相比较，这就成了他们的短处，就自觉地做了其他人的小使唤。不过，张方海正被汪秀清所追求，就也跟着大家使唤刘迎春一个人了，不论什么时候，大家都看着刘迎春一个人做饭、洗衣、烧炕、提尿壶……高服良说他眼睛不瞎，知青窑上的事，他早已看得一清二楚。

出身贫农的高服良，是个初中毕业生，在碾子湾就算个大秀才了。村党支部已把他内定为积极分子，着力培养他，想让他迅速成熟起来，入党提干，接好革命的班。组织培养高服良，高服良也自觉要求自己，在碾子湾劳动，吃苦走在前，享受走在后，是很为村里人所看重的。知识青年来村里插队，接受贫下中农再教育，村党支部不能辜负毛主席老人家的一片苦心，对知青的劳动教育抓得就特别紧，而且分工下来，要高服良多操一些这方面的心。

雪夜"捉贼"捉出光裸的刘迎春后，高服良没有给村党支部汇报，他自己召集知青开了个会，让大家不要把这件事说出去。高服良的观点很明白，这不是什么光彩事，说出去对刘迎春不好，对你们大家都不好。

因为这件事的始作俑者是汪秀清，高服良还狠狠地批评了她。

汪秀清服不服批评，高服良不知道，但自此以后，在刘迎春做饭、洗衣、烧炕、提尿壶时，大家再不是袖手旁观，能搭手的都要搭上一把手，其中做得最为自觉也最为积极的人是张方海。大家帮了一段时间，帮得心烦了，就又慢慢地游手好闲起来，剩下一个张方海，继续帮助刘迎春来做那些麻烦事。

有人帮助刘迎春，让她还是感到了温暖。可是汪秀清不答应，为此还和张方海吵了一架……那一架吵得谁都明白，汪秀清吃醋了。汪秀清缠着张方海，她要张方海只对她好，可他对她的缠磨，似乎不怎么领情，仍要不管不顾，帮着刘迎春做这做那。张方海对刘迎春百般好，汪秀清看在眼里，能不和他吵吗？

和张方海大吵一架后，汪秀清还找刘迎春谈了一次话。

汪秀清把谈话的地方选在高服良领我去的荒沟里。那时候，这条连通碾子河的荒沟一片荒凉，生着些低矮的杂草，刚好可以放牧村里的羊群。后来张方海回了一趟北京，从北京农业大学的教授父亲嘴里知道，可以在这样的荒沟搞小流域治理。张方海回到碾子湾，把他父亲的方案向村党支部作了汇报。高服良作为积极分子，列席了那次汇报会，他听着张方海头头是道的汇报，头一个站起来支持荒沟的小流域治理。

小流域治理说起来复杂，做起来却简单，就是在荒沟里选择基础好的地方，筑起一道一道小土坝，把雨季泛滥的山洪拦蓄起来。陕北的山洪，都带着浓稠的黄土泥沙，一年一年，淤积在小土坝里，不出几年，就是一坝子的平地。这样的淤泥地，又肥又厚，而且抗旱防涝，是陕北山地不可多得的丰产田。时至今日，张方海设计修筑的碾子湾荒沟小流域治理工程，依旧发挥着作用，一级一级的小水坝，淤出一片一片的坝子田，还是碾子湾最养人的土地呢。

汪秀清找刘迎春谈话时的荒沟，正是小流域治理的开创阶段，不像现在，沟底的淤泥地里种植着玉米、谷子、土豆什么的，长得绿汪汪像是泼了油一般，便是沟两边的坡坡梁梁，也都有那时候栽植下来的柏树、洋槐树以及紫穗槐等适宜旱地生长的灌木和乔木，葳葳蕤蕤，波翻浪滚，蔚为大观。但那时还荒凉着，包括他们知青，还有全碾子湾的老百姓，除了春种秋收，大家把一身的汗水都抛洒在荒沟里了。

是个黄昏的时候呢，在荒沟大搞小流域治理的人，扛着镢头铁锹，挑着笼筐水罐，踏着夕阳的余晖，在荒沟坡梁上如同一条飘带似的弯路上，拐过来、弯过去地往散散乱乱的村子里回……刘迎春还不能闲着，她要背一捆柴草回去，她知道知青窑上的柴草不够烧了。在运土筑坝的时候，有挖刨出来的树根和草枝，刘迎春细心地收拾起来，捆了一个大捆子，准备背回知青窑上去，好烧锅做饭、热炕取暖。

刘迎春把柴草捆好，刚要弯下身子背的时候，汪秀清堵在了她的面前，手按着柴捆子，不让刘迎春往起背。

汪秀清说：你等一等，我有话说。

刘迎春直起身子，盯着汪秀清等她说话。

汪秀清说：你不能叫张方海帮你忙。

刘迎春低了一下头，没有说话。

汪秀清说：还有，你要离张方海远一点。

刘迎春低着头仍然没说话。

汪秀清就还说：我说的话，你听见了吗？

刘迎春笑了，她笑得很浅。她就那么浅浅地笑着，轻轻地抬了抬头，望着几乎是气急败坏，又有点苦苦哀求的汪秀清，她说话了。

刘迎春说：你是求我吗？

汪秀清说：我求你？我求你干什么？

刘迎春说：你不求我，就请你把手放开，我还要回窑上做饭哩。别是到了时候，你又要大喊大叫，说你饿了，把你要饿死了。

汪秀清没有放开她压着柴捆的手，她原想只要对刘迎春提出警告，刘迎春就会屈服于她、听她的话的，却没想到，刘迎春并不是个好捏的柿子，几句话说出来，不软不硬，真是够她汪秀清受的了。她在心里回味着刘迎春的话，觉得刘迎春说得似乎不错，她是有点求刘迎春了。她求刘迎春答应了她，她就来帮刘迎春，帮刘迎春做饭、洗衣、烧炕、提尿壶，帮刘迎春做一切能做的事。就像眼前，刘迎春收拾了一捆柴草，她就可以背在肩上，帮助刘迎春背回去。但那是她汪秀清吗？她不能对刘迎春低三下四，特别是在张方海这个问题上，她不能有丝毫软弱，她必须强硬起来，义正词严地给刘迎春下通牒。

汪秀清挺了挺胸，鼓了鼓气，说：你不听我说是吗？好，你等着瞧，有好吃的果子等着你呢！

汪秀清说出这句狠话后，把压在柴捆子上的手抬起来，剜了一眼刘迎春，就也顺着飘带一样的山路往梁垴上的知青窑爬去了。

无端地遭此一场大吵，刘迎春面对汪秀清虽然一点都没示软，但她积压在心头上的气怨，在这时候达到了顶峰。她觉得自己的身体，就是今天你吹一口气，明天他吹一口气，已然被吹成一个大气球了，如果再吹一口气，她就可能爆炸了，炸成一堆冒火的碎片……一起插队落户，接受贫下中农再教育，他们在碾子湾的知青点上，上工时一起上工，下工时一起下工，她刘迎春少干什么了吗？没有，一点都没有少。可在下工后，回到知青点的窑院里，凭什么做饭、洗衣、烧炕、提尿壶就都只由她一个人干？她是"资产阶级臭小姐"，她"资产阶级"什么了，又"臭小姐"什么了？她像来碾子湾插队的知青一样，都是红旗下生、红旗下长的青年，她有个"小资本家"的父母，她愿意接受更艰苦、更严厉的教育和锻炼，但她不愿意被人欺辱，坚决不！

正在气头上的刘迎春，没有立即背起她收拾好的柴捆子，而是想着心事，任凭心酸的泪水倾泻而出，流了满满一脸。她抬起手来，左擦一把，右擦一把……她不知道，碾子湾村的好青年高服良就在荒沟的附近，把她和汪秀清的吵闹，以及她的痛哭流涕都看在了眼里，也为她而打抱不平了。

这过去了多少年的情景，在高服良的记忆里，还像发生在昨天一样清晰。他在我的询问中给我说，他不知怎么安慰刘迎春，就自顾自一人静悄悄地看着哭成泪人的刘迎春，唱起了一曲信天游。

高服良记得他当时唱的信天游是《心中的疙瘩谁给我解》：

> 苦菜芽芽苦菜那根，
> 妈妈生下我一个苦命的人。
> 白格生生脸脸太阳晒，
> 嫩格生生手手挖苦菜。

上一道坡来爬一道坂，

肚子里积起些冰疙瘩。

卷心心白菜起了个薹，

心中的疙瘩谁给我解？

……

刘迎春听到了高服良的信天游，她没有朝高服良唱信天游的地方看，但她眼里长流的泪水，却在高服良不无忧伤的信天游声里，渐渐地止住了，心头竟还升起一些暖暖的东西。她弯下了腰，把她收拾好的柴捆子背起来，向着曲曲拐拐的小路，步履坚定地爬着了……才爬了两道弯，她感到肩背上一轻，整捆子的柴草，就那么轻飘飘地转移到高服良的肩背上，刮风一样向着梁垴上的知青窑院飘去了。

以后的日子，知青窑院上的柴草，不等告急，高服良就已自觉地给他们收拾好，背了来。要是谷秆麦草一样的软柴，倒也罢了；如果是树根灌木一类的硬柴，高服良背到知青窑院，还要舍出一身力气，在知青窑院使着明晃晃的斧头，劈碎了，垛在窑院里，让刘迎春烧火的时候方便一些。

劈柴时，高服良把自己劈得流了汗，刘迎春就会拧一条毛巾给他，让他擦脸上、脖子上的汗；劈得口渴了，刘迎春就还要给他端来水，让他喝了解渴……一来二去，他们熟悉了。但高服良仅只在知青窑院里，帮助刘迎春做一些劈柴的活，他是绝不踏进女知青的窑门的。这不是高服良封建，而是陕北人的一种习惯，串了女娃子的门，是要被人戳脊梁骨的。

但是刘迎春被锅灶里捂出来的浓烟呛得跑出了窑门，高服良就管不住自己了。

那是个春暖花开的阴湿天气，陕北的坡坡梁梁、沟沟洼洼，在荒凉了一个漫长的冬季后，又重新披上一身绿绿的新装，站在碾子湾散散乱乱的村落里，还不能看得透碧草连天的胜景，但只要站在石碾盘上，或者是站得更高一点，站在石碾子的青石碌子上，放眼四顾，就一定会看得更为真切一些……那一日，高服良在知青窑院劈了一阵硬柴，喝了刘迎春给他端的一碗水，从知青窑院走出来，就先登上了石碾盘，然后又登上了石碾子上的石碌子。他看见绿草茵茵的坡坡梁梁和沟沟洼洼，已有陕北人喜爱的山丹丹星星点点地开着，让陕北的山蓦然间亮丽烂漫起来了。

高服良张了张嘴，他是很想唱一曲信天游了……可是他的嘴才张开，还没有发出信天游夺人心魄的声音，却听到刘迎春从窑洞里发出的咳嗽声，那样的咳嗽是剧烈的，是盖得过信天游的更为响亮的咳嗽啊。高服良把他要唱信天游的欲望压制了回去，抬眼看向刘迎春的窑洞，正有浓得像要燃起大火的烟气，从窑洞的门窗里一股胜似一股地往出涌……终于，难以忍受的刘迎春不断地咳嗽着，捂着鼻子嘴，从烟气弥漫的窑洞里慌慌忙忙地跑了出来……高服良皱了皱眉，他从石碾子上跳了下去，向烟气滚滚的窑门里走了进去。他在灶火口看了看，知道所以捂出那么大的烟气，天气阴湿是一个原因，锅灶和炕洞里的烟道不畅是另一个原因。在这个问题上，他不算把式，但他年届古稀的老爸，却绝对是个老把式。

高服良没有犹豫，他转身回到家里，把他的老爸请了来，像个良医一样，手到病除，在锅眼和炕洞里捣弄了几下，烟气就都沿着烟道走了。

烟气散尽，高服良发现窑洞的窗台上放着个罐头瓶子，瓶子里盛着半瓶水，水里头插着几枝盛开的山丹丹。

高服良看着红艳艳的山丹丹，问刘迎春：是你采回来的？

刘迎春说：是我采回来的。

高服良说：你喜欢山丹丹？

刘迎春说：喜欢。

不能说山丹丹就是高服良和刘迎春好起来的那根奇妙的红线，但却可以说在他俩的交往中，是起了强劲的催化作用的。过了没几天，高服良跑到绿草如洋花如海的坡梁梁上去拔野葱和小蒜，他拔了一小捆，本来想要转回家里去的，却又鬼使神差地翻过一道梁，打算再拔一捆。到了那里，高服良却见刘迎春也在草坡上，撵着盛开的山丹丹，掐了一枝又奔着另一枝去，她身姿轻盈，仿佛一只翩然飞舞的鸟儿，在山丹丹明艳的花丛里流连往返……高服良看得迷住了，终于不能抑制地唱出了一曲信天游。

山丹丹的呀儿满山山开，

你是那哥哥的毛眼眼。

二道道的呀儿扣子朝心缀，

你是那哥哥的打心锤。

一根根的呀儿扁担子颤，

你是那哥哥的命蛋蛋。

……

刘迎春听到高服良的信天游了。当时她不知这曲信天游叫《妹是哥的命蛋蛋》，但她觉得自己的心，像是泡在一碗蜜糖水里，都要一点点地化了……刘迎春不再撵着山丹丹去采了，她站在花红似锦的草坡上，望着大嗓门吼唱信天游的高服良，脸上就满是太阳光一样暖暖的笑容。

04

偷偷摸摸地，刘迎春怀孕了！

刘迎春怀孕了却还傻得不知道，错误地以为是自己身体不适生了病了。在偏僻的碾子湾生病了能怎么办呢？村里人能想的办法只有一个——往过撑，撑得过去就好，撑不过去了才去医院找医生。距离碾子湾最近的医院在西川镇上，去一次要借村里的一头毛驴，搭上鞍子，拴绑起来，把病人扶上驴背，骑着一路走，要翻过九座山头、八条河道，才能到镇子，去医院挂号诊治，来回最少要走一天，而且还要早起晚归，两头不见日头。因此，碾子湾的村民，把去镇子上看病看成了大事，不到万不得已，是不会去的。刘迎春插队在碾子湾村，她想着自己也该和村里的人一样的，身体不适也就硬顶着撑下去了。

起初的时日，刘迎春只是觉得厌食，不端饭碗她的肚子饥，端起饭碗却又觉得肚子饱，吃不下去……人是铁，饭是钢，她告诫自己不能不吃饭。刘迎春田间的活不少干，知青窑院的事又几乎是她一个人干，她不吃饭，这些活怎么扛得下去？没办法，刘迎春就闭着眼睛，把饭拨拉进嘴里，也不仔细咀嚼，直接吞进喉咙里，直着脖子往肚子里咽。这么囫囵吞枣地咽了几顿饭，终于到了她把脖子抻得再直，也把到口的饭咽不下了。而且，正努力地下咽着，还没有咽下去，胃里的东西还往上反，连同喉咙里的饭食，往上直冲冲地顶着，顶得她只能张大了嘴，哗啦哗啦往出吐。

刘迎春那日又采回一束山丹丹，回到知青窑上，把她原来插在罐头瓶里枯萎了的山丹丹换下来，端着要往窗台上搁时，一种翻江倒海的呕吐感袭来，食物毫无预感地从她嘴里喷薄而出，把新插的山丹丹也污染得一塌糊涂。

高服良已经注意到了刘迎春的问题。他同样不知刘迎春怀孕了，像刘迎春一样，以为她生病了。他想帮刘迎春，却不知道怎么帮，在遇到刘迎春时，用他们陕北流行的一种习俗，让刘迎春和他面对面站了，听他给她说。

高服良说：南山桃，北山桃，把你的鲜桃卖给我。

高服良一本正经地说了，还要刘迎春也说。他给刘迎春教，要她应着他的话说：东山桃，西山桃，把我的鲜桃卖给你。

刘迎春觉得好笑，不知和她有了肌肤之亲的高服良玩的啥花样，就不老实跟他学。高服良不依，作势作态地和她急。她还不说，高服良竟然站在一面崖尖上，威胁刘迎春不学着说，他就从崖尖上跳下去。

刘迎春不能让高服良跳崖，她就学着高服良的话说了一遍。

高服良高兴了，他相信这种神秘语言，能使灾病从刘迎春的身体里脱离开来，附着在他的身体上，他愿意顶替刘迎春遭受灾病的折磨。

刘迎春不知道这种说词的后果，还以为是高服良和她玩的游戏，接下来又还你说一遍、我学一遍地说了好几遍……后来，刘迎春知道高服良和她玩的不是游戏，而是舍身为她分担灾病时，她眼睛酸酸地流泪了。

可是，高服良的办法一点作用都没起，该是刘迎春的身体不适就还是她的，该是刘迎春的厌食呕吐也还是她的。

高服良再没别的办法了，他就只有时时刻刻关心着刘迎春了。

就在刘迎春的呕吐污染了她采回知青窑里的山丹丹那次，高服良不管不顾，向村里借了一头小毛驴，拴绑整齐了，扶刘迎春骑在毛驴背上，翻山涉水地去了西川镇，到镇医院找医生给刘迎春看病了。

为了消除路上的寂寞，还为了消除刘迎春的痛苦，高服良没忘带上他心爱的黄铜唢呐。毛驴驮着刘迎春在曲曲拐拐、转转弯弯的山路上走着，高服良背着黄铜唢呐在毛驴身后跟着，爬沟过河，寸步不落……很自然地，他们总能碰见像刘迎春一样骑着毛驴的小婆姨，身后呢，又都有像高服良一样步步紧跟的小男人。碰着这样的情景，刘迎春可能没别的特殊感觉，还能稳稳地骑着毛驴，随着毛驴向前迈步，她很有韵致地扭着腰。高服良就不能了，土长土生的陕北汉子，他知道那样的景况意味着什么，不是小两口，哪会是那种情形呢！高服良的脸烧起来，心也烧起来了。

偏偏地，刘迎春糊涂着，还要问高服良。

刘迎春说：走累了吧？你看把你走得脸都红了。

高服良说：我脸红了吗？

刘迎春说：红了，像窗户上贴的窗花一样红呢。

高服良说：我没红。

嘴里否认着自己脸红，心里却更烧，脸上就更红了。为了掩饰自己，高服良把他的黄铜唢呐噙在嘴里，一会儿朝着天，一会儿朝着地，呜哇呜哇就是一阵吹……他吹罢了一曲还没歇，就又连着吹一曲。有的曲子刘迎春还不熟悉，有的曲子刘迎春却是熟悉的，譬如高服良吹奏的那首《妹妹时时把你想》，刘迎春不仅是熟悉的，而且一句一句还能跟着高服良的唢呐声唱出来：

煮了些钱钱下了些米，

大路上搂柴我照一回你。

荞面的些圪坨子羊腥的汤，

死死哟活活哟相跟上。

满口口信天游唱不完，

那是妹妹我时时把你想。

……

好像是，高服良吹奏的唢呐就是一剂治病的良药，他这努力地一吹，刘迎春的病苦便像天上的流云一般，被唢呐嘹亮的声响撵到了山的后面，她竟然一点不觉身子的不适和难受了……刘迎春不禁奇怪了，她骑着毛驴，不时地就要回一回头，瞄一瞄相跟在驴屁股后面的高服良。他吹奏着唢呐呢，刘迎春是开心的；他没吹唢呐相跟着呢，刘迎春还是高兴的……开心高兴，高兴开心，他们把这样一种美好的心情保持着，带到了人来人往有那么点繁华景象的西川镇，去了西川镇的卫生院。看了医生后，开心高兴突然就消失得无影无踪了。

给刘迎春看病的是位胡子快要白了的老中医，他把手搭在刘迎春的脉搏上只是试了试，先前肃穆的脸，蓦地绽放出一片喜悦的笑容来。

老中医笑着说：恭喜你呀，你是有了。

刘迎春还懵懂着，说：我……我有什么了？

老中医说：你有孩子了。

刘迎春脸色变得灰黄，嘴里喃喃地：孩子……孩子……

站在一旁的高服良，闻言也是一惊，大睁着眼睛，看一眼老中医，再看一眼刘迎春，心跳得像是他们在拐沟的筑坝工地上抬起来砸下去的大夯，扑通扑通直响……他是真的慌了，慌得把提在手里的黄铜唢呐掉在了地上，砸出一声惊天动地的巨大声响。

老中医却遇事不慌地瞥了一眼刘迎春和高服良，然后埋下头来，扯过一沓处方纸，在纸面上字斟句酌地写着，写了满满一页处方纸，撕下来交给高服良，让他拿着到药房去抓药。

老中医说：看把你两个娃娃喜欢的。

刘迎春和高服良没应声，站起来，都已走出老中医坐诊的窑洞了，却还听见老中医无微不至的关怀话。

老中医说：把药吃完了来呀，我给你们娃娃再调一个方子。

刘迎春和高服良不需要老中医调方子，就是攥在高服良手里的药方，他们也没在镇医院的药房抓药。他们一前一后，灰黄着脸走出医院，走出西川镇，走在回碾子湾村的路上。刘迎春看见高服良还紧紧攥在手里的药方，回身一把夺过来，嚓嚓嚓几下撕成碎片，随手撒在风中，飘飘摇摇，像是一只只蝴蝶，翩翩地四散飞走……刘迎春还不解恨，她扑到高服良的身边，举起拳头，不分眉眼，在高服良的脸上身上，打在哪儿是哪儿，直把她打得没了一丝力气，这才住了手，瘫坐在高服良的脚前。

刘迎春不打高服良了。

高服良却自己打起了自己，他左给自己一个耳光，右给自己一个耳光，打得跟着他们的小毛驴似乎也觉不忍，站在一边大叫起来。刘迎春这才缓缓地爬起来，拽住了高服良的手，伏在他的怀里嘤嘤地哭了起来。

刘迎春哭着说：我不怪你。

刘迎春说：真的，我不怪你。

刘迎春不怪高服良，她就只有怪自己了。高服良要扶着她骑着毛驴回，她偏不骑，要自己走着回碾子湾。回到碾子湾了，不像怀了孕的婆姨，时时处处都要爱惜自己，重活累活要小心着做了，她却不，比她没怀孕时还要积极地拣着重活累活做……她是想把肚子里怀着的孩子，用繁重的劳动和冰冷的水逼出来。可是她的良苦用心一点作用都没有，肚子里的孩子，像结在一根长瓜藤上的大瓜，不仅落不下来，而且随着日子的增长又还越来越大，终于到了不能掩人耳目的程度了。

议论在碾子湾人狐疑的眼睛里，像是一股疯刮的黄风，流传开来。

看见了吗？刘迎春的肚子咋那么鼓呢？

是啊是啊，是太鼓了！

我的个神神呀，她的肚子怎么就鼓了呢？

05

咬得掉人耳朵的传言，传出了碾子湾，传出了西川镇，传出了镇川县，一直传到了延安市。这就有个知青办负责知青安置工作的干部，千辛万苦地来到碾子湾，找了村上的干部，和村干部谈过话后，就到了知青窑院，找刘迎春谈话了。

这个负责知青安置工作的干部，大家叫他闫主任。

闫主任找刘迎春谈话，一点儿策略都不讲，开门见山就说：你给我说，是谁糟蹋了你？

刘迎春紧闭着嘴不说话。

闫主任就启发她：我是要为你负责的。你不给我说，我也知道。我要你说，是要跟你核实一下的，你知道吗？

刘迎春仍然闭着嘴不说话。

闫主任对刘迎春咬紧牙关不言语没有一点办法。因此他说：你等着，我会让你说话的，我不允许破坏知识青年上山下乡的犯罪分子逍遥法外！

在高服良的记忆里，那是个让他刻骨铭心的时刻。他给我说，闫主任撂下狠话没几天，果然就又会同几名身穿警服的公安人员，到碾子湾村里了。

他们来了，也不找别人多说，直接把高服良堵在他家的窑洞里，要他承认搞大北京女知青刘迎春肚子的犯罪事实。

本来呢，高服良是要抗拒的，但他觉得抗拒没有一点意义。而且还感觉那样只能是对刘迎春情感的一种亵渎和不恭。好汉做事好汉当，高服良想他是要负责任的，他可以不是好汉，但他是男子汉，他真的爱着刘迎春，他就必须勇敢地承担责任。因此，在闫主任和公安人员把他堵在自家窑洞里，只问了他一句话，他就满盘子满碗地应承下来了。

闫主任当时问：刘迎春的肚子是你弄大的？

高服良就老实地说：把话别说得那么难听好不好？

闫主任说：我话说得难听，你做的事就好看了？

高服良就闭了嘴不说话了。

公安人员随身带着一条麻绳，高服良一认罪，就见公安人员麻利地抽出身上带着的麻绳，把他麻利地小绑了起来。

小绑是公安人员对犯罪嫌疑人执法的一种形式，就是还没正式执行逮捕前，先把犯罪嫌疑人的两条胳膊，在上臂部分各打一个死结，牵到身后捆绑起来，留着下臂，勉强能够活动，解个手，喝个水，也还自由方便。

公安人员把高服良小绑起来后，就通知了碾子湾村的党支部，让他们召集全村群众到知青窑院来开会，现场逮捕高服良。

村里人早都有了预感，知道高服良把女知青刘迎春的肚子搞大，政府是饶不了他的。听到村党支部的干部隔山架沟的一番叫喊通知，就知道高服良倒霉的日子来了。

这是陕北的一个特点。通知一个事都是干部话接话来喊的。不像平原地带，人口住得集中，通知个会什么的，把村口树上的大钟敲几下大家就都会赶来。陕北的村寨分得散，像碾子湾，三百多口人住了几条梁几条沟，隔着梁、隔着沟，相互喊一嗓子，倒比敲钟还来得快，隔沟架梁的就都听见了。信天游里"咱见不上个面面，就拉几句话"，唱的就是这种情形。

高服良给我说这件事时，他在碾子湾村也已当上了干部。他说着时，脸还不由自主地红了一下，说是那一日干部的喊声太响了，在他的耳朵里，就像夏天的雷声，震得他的耳朵嗡嗡痛。

高服良的母亲去世早，老实巴交的父亲看着公安人员把高服良小绑起来后，在他家的窑院里，像只脚底板着火了的公鸭子，两只手在他的腿胯上啪啪地拍打着，胡乱地转着圈。

老人家完全地失去了主意，他能想到的就是一会儿端一碗水，送到关着高服良的窑门口，让看管的公安人员喝水，也让公安人员给高服良喂几口水。

听到通知的碾子湾村群众，三三两两地翻着梁坡、涉着沟河，陆陆续续地集中在知青窑的窑院里。也是因为窑院小，来的人多站不下，就有一些人站在窑院的崖背上，更有甚者，还爬上了窑院里和崖背上的大树，居高临下地看着知青窑院的动静……在密密麻麻的人群里，汪秀清、张方海等几个北京知青，被特意安排站在人群的最前头……看着要来的人差不多都到了，就由延安市负责知青安置工作的闫主任主持公捕会了。

闫主任面对人群站着，努力地挺了挺身子，然后很有力量地做着手势，让大家安静下来。

闫主任清了清嗓子，接着又威严地扫视一遍来到现场的碾子湾村群众，他大着声音说：咱们碾子湾出了破坏知识青年上山下乡的恶劣事情，大家说，咱们怎么向北京的毛主席交代呀？这太叫人痛心了！大家说怎么办？

闫主任的演说很是煽情，但他的话却只引起零零星星的几声回应，现场立即又安静了下来。

闫主任有意识地停顿了几分钟，见没太大的反应，就又吼天吼地起来。

闫主任把嗓音都喊炸了：把破坏知识青年上山下乡的犯罪分子高服良押上来！

闫主任的这一声喊，比他前头的动员效果大得多，刚才肃静的现场，立即骚动起来了。大家伸脖子踮脚，看见两名强壮的公安人员，着装整齐地押着高服良，从隔着一堵矮墙的窑院里，刮风一样飞跑过来。大家纷纷让着道，只见弓背低首的高服良，被公安人员押到人群前边，解开他身上小绑的麻绳，变成大绑了。

大绑是残酷的，麻绳搭在高服良的后肩脖上，游蛇一般缠住他的两条胳膊，拉到后背上，捆住的两只手腕子，提起来，套进肩脖上的绳套里。看似不甚用力地一抽，却见手指粗的麻绳，像长了锋利的牙齿，深深地吃进高服良的肉里去了！

闫主任仍在声嘶力竭地历数着高服良的罪恶……围观的群众心惊肉跳，胆小的尿了裤子都不自知。

　　大家没有注意，人群中不见受害的女知青刘迎春。她在哪儿呢？

　　她在碾子河边，面对着一河清水，脸白得像是裱了一层粉连纸。她把身边的乱草掘下来，攥在手里，掐成一截一截，投进河水里，被河水带着，沉沉浮浮，飞旋而下，不知所终……高服良苦命的父亲，在刘迎春的背后站了很久了。

　　儿子高服良就是老汉的天，就是老汉的命，他不去公捕大会的现场，而是寻着刘迎春的身影来了，他怕人家北京姑娘一时想不通寻了短见。再者老汉知道，他还有希望，在这要人命的关键时刻，如果北京姑娘刘迎春愿意，她是能够救下他的儿子高服良的。

　　站久了的刘迎春回了一下头，她看见了诚惶诚恐的老汉，看见了他眼睛里的乞求和无奈，刘迎春的心软了。而这时候，怀在她肚子里的孩子，也像对她有所乞求一样，激烈地活动着。这让刘迎春捂着肚皮，仰望着天空，半天不发一言。

　　刘迎春不发一言，老汉也说不出话来。

　　在这个特殊的时候，说话又有什么用呢？

　　不说话了也罢，老汉面对着刘迎春，双膝一软，低着头，重重地跪在刘迎春的面前了。

老汉的这一跪，显然是刘迎春想不到的。她把仰着的头低下来，双眼紧盯在老汉跪倒的身子上。也就一个瞬间，她自己也软软地跪下了。

刘迎春的嘴唇轻轻地动了一下。

老汉听见刘迎春叫他了，听见刘迎春轻启的嘴唇里发出的声音是：爹！

刘迎春叫了一声爹后，挣扎着站起来，挪到仍然木呆呆跪着的老汉面前，把老汉扶了起来。

扶起老汉，刘迎春又叫了他一声：爹。

老汉这才梦醒般应了一声：哎！

相扶相携，刘迎春和老汉双双回到公捕高服良的大会现场。这个时候，五花大绑着的高服良，因为血液的聚集，他的脸色已如猪肝一样，成了让人惧怕的酱紫色，并有黄豆大的汗珠，像是泉涌一样，滚滚落下……闫主任高腔大嗓的宣判还没有结束，他讲着知识青年上山下乡的重要性，讲着破坏知识青年上山下乡的严重性，他讲得慷慨激昂，愤懑难平……他没有意识到，刘迎春和高服良的老父亲，双双走到大绑着的高服良身边，伸手就开始解捆绑高服良的麻绳了。

刘迎春解了解，她解不开，就给高服良的老父亲说：爹，你来解。

刘迎春让高服良的老父亲解麻绳时，她又从自己的身上掏出一块洗得洁白的手帕，来擦高服良脸上不断渗出的汗珠子。

闫主任发现了这一不同寻常的举动，他看着刘迎春，一时呆了……还有现场押解高服良的公安人员，也如闫主任一样发愣起来。

回过神来的闫主任问刘迎春了，他说：你……你是……

刘迎春说：我是刘迎春，我是自愿的。他是我男人，我是他婆姨。

竹筒倒豆般一堆话，彻底把闫主任说傻了眼，他不知道该怎么办了。

刘迎春却还干干脆脆地说：毛主席号召知识青年上山下乡，扎根农村。我自愿嫁给高服良，就是自愿扎根农村。他们家是贫农，我自愿嫁到他们家，也是自愿接受贫下中农再教育。

闫主任还能说什么呢？

闫主任再没话说，而高服良的老父亲已把大绑着的儿子从吃进肉里的麻绳里解脱出来。没有了麻绳的束缚，高服良像是失去了依靠一样，踉踉跄跄，几乎站不稳脚。此时此刻，他觉得太不真实了，闫主任率领着公安人员公捕他像梦一般虚幻，刘迎春和老父亲解开他身上的麻绳给他擦汗也像梦一般虚幻……他强撑着站稳脚跟，睁开眼睛，看定了刘迎春，嘴唇像两只打架的仔鸡，颤动不止。

颤动着嘴唇的高服良说：迎春。

刘迎春应着他说：服良。

06

简简单单的一床铺盖，简简单单的几件衣裳，卷巴卷巴，从知青窑里搬到矮墙那边的高服良家里，就算把俩人的铺合了。

仪式之简单，把放炮、喝酒和耍房都免了，只是捉了一只大肥羊，把血放了，把皮剥了，在锅里炖熟了，请了一些血缘相近的人，大家吃了几块羊肉，喝了几口羊汤……刘迎春的血亲都在北京，来一回太困难，就都没有来，她就把和她一起来碾子湾的知青当了她的血亲，请他们来吃羊肉、来喝羊汤，结果答应着来，到了时候却又躲得远远的，一个也没来。高服良的心里过不去，还要满世界去找，刘迎春把他拦住了，尽管心里也不好受，她反过来还要劝慰高服良。

刘迎春说：不来就不来，咱不省了几块羊肉、几口羊汤吗？

高服良是要让刘迎春高兴的，说：你已经很受委屈了，咱还在乎几块羊肉、几口羊汤？

刘迎春就还说：你听我的，是我刘迎春嫁给你，又不是她们谁，我在就对咧。

高服良乐了，是瞎子摔跤捡了一块金元宝那样的乐。他们不知道，与刘迎春同来碾子湾的北京知青，对于她嫁给陕北后生高服良，正经历着一场大痛苦。他们插队陕北，嘴里都说要扎根，但谁心里扎根了？都只是嘴皮上的功夫，说出来，跟着风就走了，没谁当真的。刘迎春这一嫁人，嫁给陕北后生高服良，她可怎么办呢？她是真的要扎根陕北了吗？如果真是这样，就不只是刘迎春的错了，更是他们一起到碾子湾插队落户的知青们的错。

所以错，那个雪夜的恶作剧是罪魁祸首。

导演了雪夜恶作剧的汪秀清，是知青们同仇敌忾、口诛笔伐的首恶要犯。别人吹胡子瞪眼睛，恶心她、辱没她，她都不言不语，低眉顺眼地接受着……便是大家不恶心她、不辱没她，她自己也要恶心自己、辱没自己了。

为此，汪秀清还求过张方海，他是她心中的白马王子，只要他也恶心了她、辱没了她，她还是有希望做他的朋友的。

偏偏地，别的知青恶心了她、辱没了她，而张方海却对她不理不睬，他的眼里没她了。眼里没了她，心里还会有她吗？

汪秀清可怜巴巴地求张方海也恶心她、辱没她，人家不搭理她，她就只有懊悔了，她把肠子都悔青了呢！

同来碾子湾插队的知青，没吃没喝高服良和刘迎春的合铺羊肉羊汤，高服良和刘迎春就给他们特意留了一些。过了两日，躲出去的知青又都回到了碾子湾，高服良和刘迎春就把留着的羊肉和羊汤给他们送了过去。

正是那次送羊肉和羊汤，高服良看见那个插花的罐头瓶还在知青窑的窗台上搁着，他就顺手拿回来，拿回到家里来，放在他和刘迎春合铺的窑洞窗台上。

来年春天，坡坡梁梁、沟沟洼洼的草都长起来了，在碧绿的草坡和梁洼里，这里有一束山丹丹，那里有一束山丹丹，也都长了起来，开了花，红了一面面坡梁，红了一道道沟洼。刘迎春腆着个大肚子，在坡坡梁梁、沟沟洼洼采了一大束山丹丹，抱回来，插进罐头瓶里养着时，她生了。

刘迎春生了一个小后生。

高服良那个喜呀，没处去释放，就提了他的黄铜唢呐，跑到窑院前的石碾子旁，上了碾盘，又上了碾磙子，举着唢呐就要吹了，却被追在他屁股后面的老爹低声而严厉地喝住了。

老汉说：你甭张哩！

老汉又说：看你那惊破天的黄铜唢呐一吹，把我的宝贝孙娃给惊了。

高服良听了老爹的警告，他把举起来噙在嘴里的唢呐，轻轻试了试，只有无可奈何地收起来了。黄铜唢呐不能吹了，高服良却又想着要唱信天游，不能大声地唱，他小声地哼总可以吧？

心里想着，高服良口里就已唱出来了：

我山头头子上哎唱大风，

我沟渠渠子里哎唱流水。

亮红红的格晌午唱日头，

半夜夜的格三更唱月亮。

……

　　热哄哄的一曲信天游刚落音，高服良没有喘气，接着又唱起另一曲。刚落音的那一曲叫《黑唱明唱唱不够》，接下来唱的是《神仙逃不脱酒的手》：

一亩地的嘛高粱打八斗。

碾碎了的嘛高粱酿好酒。

酒坏君子的嘛水坏格路，

神仙老子的嘛逃不脱酒的手。

……

　　高服良和刘迎春合铺前，出了抓人那样的恶事，幸亏刘迎春舍下姑娘家的脸面，在法场上把高服良生生地从公安人员的手里救了出来。这样的大恩大德，高服良的老爹别提多么感动了。高服良起小的时候，娘就不幸去世，都是老汉一手拉扯着高服良成长的，他把自己的一颗心全贴在儿子身上了。他要的是高服良的好，刘迎春给了高服良的好，她现在做了高服良的婆姨，老汉想他这一生，就是给北京娃刘迎春当牛做马也甘心。她和高服良合铺没能很好地红火一下，给大家吃肉喝酒，老汉自觉把刘迎春亏下了。

亏下人是要还的。

刘迎春不失时机地又为他们高姓家门添了丁，让老汉当上了爷爷，他是说啥都要在孙儿满月的时候红火一下的。虽然是生产队的大集体生活，却也允许农户自己有几亩自留地、有几只自留羊。老汉是个侍弄庄稼的把式，去年的自留地里，他种了一季糜子，沾了风调雨顺的光，得了地肥土厚的助，几亩地的糜子长得那个好，齐刷刷的是碾子湾村的头一份。摇着摇着摇熟了，收割回来，打下的颗颗粒粒，装得家里的囤囤子满了，篮篮子也满了。老汉匀出几斗好糜子，端到窑院门口的石碾上，推着碌碡把糜子仔细地碾着，碾得细细的，老汉要酿糜子酒了。

碾细糜子绝不是个轻松活，老汉架着碾棍在碾道里推着碌碡转圈圈时，村上过来过去的人，会给老汉助上一臂之力。老汉也不客气，高喉咙大嗓门地就给助力的人下话了。

老汉说：过些日子来喝酒呢！

助力的人说：喝酒？喝啥酒？

老汉说：看不起人是吗？

助力的人说：甭吓人呀，谁胆大敢看不起您老人家？

老汉脸上就乐着了，说：喝我孙娃的酒哇，满月的酒！

助力的人说：喝么，谁又不傻，喝！

碾下的细糜子，老汉一把不剩全都兑了曲，发酵做成了糜子酒。到了老汉孙娃满月的那一日，把酒架火热了，让来给孙娃做满月的人敞开了喝，喝不尽兴，老汉就不让贺喜的人走。那一日，村里人醉了一大片。有多少人呢？我来到碾子湾村，和高服良说起来，他自己也不知道。我为此还问了村里知道这件事的人，大家你说喝醉了，他说喝醉了，就是没人知道醉倒了多少人。

知青窑院的汪秀清、张方海一帮人，那一日也都一个不剩地被高服良请到家里喝酒。刘迎春与高服良合铺，汪秀清、张方海他们躲出去了，都没有来，刘迎春生了小后生，他们还能再躲出去吗？毕竟都是坐着一列火车，从北京来到陕北碾子湾的知青，他们是错对了刘迎春了，心想欠下她还不了的怨和恨了。他们本来还要躲的，但他们躲得了初一，躲不过十五，就都缩着脖子、袖着手来了。

他们来了没有先入席，像碾子湾的村里人一样，揭开刘迎春坐月子的窑洞门帘，来给刘迎春的小后生拴百岁了。

拴百岁是个陕北流行的风俗，就如月婆子的窑洞门帘一样，在长长的一个月里，是要挂一些特殊物品的，比如一缕麻丝、一双鞋底，以及一个铁铧和铁铧窝窝里的一把红枣，都是用来护佑小后生的，期望小后生生得白白胖胖、健健康康，不受神神鬼鬼的缠烦，不受灾灾病病的患害……拴百岁，听这三个字，就该明白，是要让小后生长命的。

拴百岁不用别的，就只用花花绿绿的钱票子。

知青们揭开窑洞门帘，你推我拥地进来，来给刘迎春的小后生拴百岁时，碾子湾村的乡党们差不多都已给小后生拴了百岁。那个时候，大家手头都紧，用一根红线绳拴的百岁，多不过两元钱，少就是一毛钱，交叉缠绕着拴在刘迎春小后生的脖子上，显得蔚为大观，把个奶嘟嘟的小后生几乎拥在一片花花绿绿的钱票子堆里了……知青们来，可不像村里人那么算计，他们把自己身上掏得出来的钱，一个子儿不剩地全掏出来了，整张的是那时最大的拾元钱，还有伍元、贰元、壹元、伍角、贰角、壹角和硬币的伍分、贰分、壹分的，在刘迎春散发着乳香味的炕头上，起了一个大堆……汪秀清在一边拆着她身上穿着的那件红线衣，她拆下线来，交给一起拥在炕头的知青，让大家也像村里人一样，把他们送给小后生的百岁拴起来，拴在小后生的脖子上。

刘迎春不断挡着大家往她小后生脖子上拴百岁的手。

刘迎春说：够个意思就行了。

大家不听刘迎春说话，固执地拴着他们的百岁。

刘迎春就还说：你们……你们以后都不吃不喝不过日子了？

刘迎春已说得急赤白脸，可知青们没人听她的，直到把堆在炕头上的百岁都拴上了红线绳，全都拴在了小后生的脖子上，使小后生快要埋在百岁里了。汪秀清的心里隐含着太多的愧疚，望着刘迎春，最先从她怀里抱过小后生，汪秀清抱起来，把小后生的脸偎在自己的脸上，偎了一阵，就又换了吕一岚、何小萌来抱小后生了，还有屈向阳、张方海、刘大路、郝举旗，轮换着都抱了小后生，而且都如汪秀清一样，把自己的脸偎在小后生的脸上，偎上好一阵子。

汪秀清的红线衣，把下摆拆去了一大截。她穿着短了一截的红线衣，眼里含着泪光，盯着刘迎春的脸，一直盯着。她有一肚子的抱歉要给刘迎春说，但话到嘴边，却说不出来。倒是在她身边的张方海，最后一个抱着小后生，开了腔。

张方海说：给娃起个啥名字呢？

刘迎春没来得及说话，闯进门来的高服良就抢着说了：别都只顾给娃拴百岁，咱还有酒喝哩……快呀，酒席都摆好了，咱们喝酒去！

被高服良推着，知青们听到刘迎春像是梦呓一样的低语。

刘迎春说：扎根。

高服良和知青们都停下脚步，回头来看刘迎春，看她搂着她的小后生，欢喜地亲着小后生的脸，加重了一点语气。

刘迎春说：去吧，都去喝酒去，热腾腾的米酒，大家管饱喝，喝好了。

果然就都喝得很痛快，作为男知青的张方海、屈向阳、刘大路、郝举旗一坐在排在窑院里的酒桌子旁，就端起大碗的糜子酒，也不怕烫了他们的嘴，直接就往喉咙里灌。也许是受了男知青的影响，汪秀清、吕一岚、何小萌几个女知青，也都不管不顾，端起盛着糜子酒的大碗，咕嘟咕嘟地猛喝起来。

刘迎春抱着她的小后生来敬酒了。刘迎春对她的小后生说：扎根，这都是你北京的叔叔阿姨，你给叔叔阿姨敬酒了。

叔叔阿姨没有谁含糊，都把刘迎春小后生的酒喝了。只有张方海喝过酒，还大着舌头问刘迎春。

张方海说：你说扎根？什么扎根？

刘迎春快活地说：我的小后生么，我的小后生叫高扎根。

07

高扎根像棵新栽的泡桐树，见风就长，一岁刚过就能走路了。

跌跌撞撞的他，逮着空儿，就从他家的窑院里蹿出来，蹿进知青的窑院，这里有他的知青叔叔、知青阿姨。小后生高扎根虽然还不懂事，但他小小的心灵已有了体会，他体会得到知青叔叔和阿姨对他都特别亲。他在自家的窑院里，是不敢拾翻的，而到了知青叔叔和阿姨这里，他想怎么拾翻，就能怎么拾翻，好像他不拾翻，知青叔叔和阿姨还不开心似的，还要鼓励他拾翻的。

　　有一只搪瓷的小碗，那是汪秀清阿姨的，小后生高扎根来了，汪秀清阿姨就会把搪瓷碗捧给他。今日的搪瓷碗里有一颗糖豆儿，明日的搪瓷碗里有一块饼干，再一日的搪瓷碗里有一片肉……这些可都是小后生高扎根馋的呢。有了他就抓到手里，自顾自地往他嘴里塞，把搪瓷碗撂在地上，咣当咣当地响……如果没了糖豆儿、没了饼干和肉片，汪秀清有什么就往搪瓷碗里盛什么。譬如他们知青正吃着捞面，汪秀清就往搪瓷碗里盛上几根捞面，端给小后生高扎根吃。但他不像对待糖豆儿、饼干和肉片，总是很爱惜地抓了就往嘴里塞，是捞面的话，他就会连捞面和搪瓷碗一股脑儿地往地上撂，汪秀清给他手里送几回，他就往地上撂几下，给得越殷勤，他撂得越欢实，搪瓷碗落在地上的咣当咣当声，也就越是响亮，好像小后生高扎根很爱听搪瓷碗撂在地上的声音似的……枯燥单调的插队生活，除了繁重的体力劳动，汪秀清、张方海他们一帮北京知青，的确没有多少乐子可找。可他们都很年轻，哪里就甘于寂寞、甘于沉闷？他们是必须找些乐子出来的……雪夜把刘迎春逼出窑门的恶作剧，虽然有刘迎春家庭出身的影响，让汪秀清出头使刘迎春尴尬了一回，说到底，也是为找乐子开心的。这一开心不要紧，把刘迎春逼进了高服良的怀抱，让两人合铺做了夫妻，生下了小后生高扎根，到知青窑院来撂碗，撂得咣当咣当地响，咋说也是个乐子哩。

汪秀清、张方海他们乐意小后生高扎根撂那只搪瓷碗，每撂响一次，他们就要乐一回。

就在汪秀清、张方海他们乐此不疲，和小后生高扎根合谋玩着撂碗的游戏时，他们中的郝举旗首先离开了碾子湾。

解放军驻藏部队到陕北征收新兵，郝举旗用父亲寄给他的两条大前门香烟，先把碾子湾村的干部拿下来，同意推荐他当兵服役，他就又猫在西川镇，跟着部队接兵的人。人家前脚走，他就后脚跟上，人家刚掏出烟，他就划着一根火柴，送到烟头上……人家刚把水杯端起来，他就提起热水瓶等着加水……硬是凭着这份锲而不舍的劲头，打动了来西川镇接兵的人，夸他是个有眼色的，给他发了一身军装和铺盖，就带着他一路西去，上了西藏，当了一个保卫边疆的解放军战士。

高服良把这一天记得太清楚了。

1974年11月11日，碾子湾的村民敲锣打鼓欢送郝举旗参军入伍。村支部书记招呼村上的年轻婆姨，用一块红绫子扎了朵大红花，亲自戴在郝举旗的胸前，还牵来一头驴子，在驴头上也戴了红花，让郝举旗骑上驴子，送他到西川镇，再和当年一起参军的后生，列队到了县上，一起乘车去了西藏。村支部书记遗憾村里没有马，要有一匹马，让郝举旗骑上才威风哩。

村支部书记说：毛主席、党中央在延安的时候，碾子湾村青年后生参军，没有不骑马的。那时候可好，村里的富人家都是养着马的。

郝举旗心里也有遗憾，但他不能流露。他骑在驴背上，都从知青窑院出来了，却又跳下驴背，他看见了为他送行的刘迎春牵着已和她腰齐高的高扎根，站在她家的窑院门前，向他热切地招着手。

在北京的瓦罐胡同，郝举旗与刘迎春的家住得最近，他们从小玩在胡同里，一起上的幼儿园，一起上的小学和中学，又一起到陕北的碾子湾插队。他要走了，说啥都该和刘迎春告别一下的。

从驴背上跳下来，郝举旗走到刘迎春的面前，上下两片嘴唇不停地颤动着，却一句话都说不出来。他弯下腰，把高扎根揽进怀里，霍地站起来，举在头顶摇了摇，就把他戴在胸前的大红花摘下来，给高扎根戴在胸前。

郝举旗问：扎根，大红花好看吗？

高扎根的手抚着大红花，说：好看！

可是好看的大红花只在高扎根的胸前戴了一小会儿，就被刘迎春摘下来，给郝举旗戴在了胸前。

刘迎春说：我就送你到门口吧。

郝举旗点了点头，转身又走到戴了红花的驴子前，跨腿骑上驴背，顺着碾子湾通往西川镇蜿蜒的山路走了……动地喧天的锣鼓声里，一直杂着高服良的唢呐声。刘迎春听得明白，高服良吹的是《山丹丹开花红艳艳》：

> 一道道的那山来哟一道道水，
> 咱们中央噢红军到陕北。
> 一杆杆的那红旗哟一杆杆枪，
> 咱们的队伍势力壮。
> ……
> 山丹丹的那开花哟红艳艳，
> 毛主席领导咱打江山。
> ……

光荣参军的郝举旗这一走，留在碾子湾的知青心思都活了起来，想着办法要走了。再者是，从北京家里传来消息，对一些身体患有疾病的知青或是北京家里特别困难的人家，个人提出申请，政策上也可以办理回城手续。政策上的口子一开，何小萌和屈向阳，凭着北京家里的努力，前前后后又都离开了碾子湾。接下来，王、张、江、姚"四人帮"垮台，党中央拨乱反正，恢复了大学高考制度，坚持自学的张方海和吕一岚，顺利通过考试，也都离开了碾子湾，回到北京的大学深造去了。

喧闹的知青窑院，现在只剩下了汪秀清和刘大路，一个在女知青窑里，一个在男知青窑里，悄没声儿地挨着日子。

汪秀清之所以来碾子湾插队，都是因为张方海，他们在北京读书的时候，既在一个学校，又在一个班级，汪秀清早就心仪着学习出众的张方海。街道办动员适龄青年下乡插队，汪秀清跑到张方海家，问他去哪里插队，张方海说他去陕北，汪秀清二话没说也报了去陕北的名；到了陕北，张方海分到了碾子湾村，汪秀清又跟到了碾子湾村……在汪秀清的心里，只要一天天看着张方海，她就能安静下来，就会感到幸福。

可汪秀清对刘迎春实施了那次恶作剧后，张方海把她彻底晾下来了。

汪秀清是想弥补她的过错的，可她再怎么弥补，都不能暖热张方海凉了的心。

考上大学的张方海，在要离开碾子湾村的时候，汪秀清很想和他说说话，再远远地送他一程。可她没有勇气，孤身躲在知青窑院，一把鼻涕一把泪，把自己哭成了一个水做的人。

张方海虽然考上了大学，却没能如郝举旗参军那样，赢得碾子湾村人给他戴红花、让他骑驴子的欢送。包括村支部书记，大家表现得都很漠然。但要仔细看，可以看见那漠然的神情，其实是难掩大家心里的羡慕和嫉妒的……刘迎春不能否认，她羡慕并嫉妒着张方海。不过刘迎春把她的羡慕和嫉妒全都压制在心里，面子上没有一丝一毫的表现。

村里人可以不送张方海，刘迎春却是一定要送的，便是羡慕和嫉妒，她也要高高兴兴地送。刘迎春送张方海，没有走翻过山梁走出碾子湾的那条曲曲折折的路，而是下了弯弯转转的拐沟滩地……这片滩地，一级一级筑了几层坝，淤了几层地，平展展的，是碾子湾自古以来最肥最厚的地。玉米套着豆子种，绿汪汪的，从荒沟底下往上层层绿着，像泼了麻油一般，都染上绿乌乌的漆色了……在玉米秆的半腰上，无一株不裂出一两个玉米棒子来，粗粗壮壮的玉米棒子尖儿上，正有红艳艳的缨穗，吐露着丰收的信息。

张方海说：我会想着这片滩地的。

的确是会想着的，拐沟的这一级级滩地，张方海投入了太多的想法和感情，当然还有力气和汗水。

有几个冬天和春天，张方海、刘迎春他们北京知青与碾子湾的村民，谁不是在荒沟度过的？张方海忘不了荒沟，刘迎春就会忘了吗？她自然更不会忘记。在张方海考上大学离开碾子湾村的时候，他们到荒沟的滩地里来了。在荒沟里，张方海给刘迎春说话了。

张方海说：你也能考上大学的。

刘迎春觉得她的心惊了一下。待她张嘴准备回答张方海时，却见已经读了村里小学的高扎根，从荒沟的一级土坝上跑了过来。他跑得很急，斜背在肩上的书包，随着他奔跑的步伐，一下一下地拍打着他的屁股。

跳跃着跑来的高扎根，拉住母亲刘迎春的手，望着张方海说：以后我也要考大学的。

张方海笑了，他说：叔叔在大学等着你。

机会不期然地又来了。可以不参军，也可以不参加高考，只要是插队的知青，只要愿意回城，就都可以屁股上拍一把，什么都不沾地回城了。

这是1979年的春天，碾子湾的山丹丹，在春风里又一次开遍了坡坡梁梁和沟沟洼洼。一直想着回北京的汪秀清和刘大路，获得政策允许，兴高采烈地准备着离开碾子湾回北京了。

政策规定，不仅未婚的汪秀清、刘大路能回北京，结婚生子了的刘迎春也能回北京。不过，政策条文写得清楚，能回北京的只能是刘迎春本人，她的儿子高扎根和丈夫高服良是不能跟着她回北京的，他们爷儿俩是碾子湾的户口，就还得像钉子一样牢牢地钉在碾子湾。

刘迎春离不开儿子高扎根和男人高服良。

可是刘迎春的心里，又还牵挂着北京城里的老父和老母。

而且，北京城里的老父和老母，还写了信催她，让她务必回到北京来。老人说他们都是大风里的灯，说不定哪儿吹来一股风，就把他们吹灭了。

大风里的一盏灯！

北京的老父老母信中这么一说，他们倒没谁被风吹灭，却是刘迎春的公公，经不住风风雨雨的传言，在山坡上放羊时，恍恍惚惚地滑了一跤，滑下碾子河谷，摔得一句话都没说，就去了另一个世界。

刘迎春悲伤极了，悲伤地跟着男人高服良，料理着公公的后事，下书请客，入殓出殡……无一事做得不仔细，无一事做得不经心。但她又还悲伤着，并矛盾着，思考着返城回北京的事。对这样一个严肃的问题，刘迎春心里想着，嘴上却保持着一种高度的沉默，她在等高服良开口。如果高服良说了，让她留她就留，让她走她就走。可是高服良像她一样，保持着高度的沉默，直到汪秀清和刘大路收拾了行囊，背在肩上就要离开碾子湾时，高服良才对刘迎春发了话。

高服良说：机会难得，你就先回北京去吧。

08

听到刘迎春也要返城回北京的消息后，汪秀清激动得都流了泪。她把扛在肩上的行囊卸下来，和刘大路等在碾子湾，等着和刘迎春一起回北京。

汪秀清之所以激动，是她总也忘不了那个雪夜的恶作剧，日积月累，变成一份沉重得让她难以承受的大负担。特别是下来了知青全部返城的政策后，汪秀清就更觉得她那一次恶作剧，干脆就是一次不可饶恕的犯罪了。他们可以无牵无挂，说返城，拍一拍屁股就能走，嫁给陕北汉子的刘迎春，还能这么轻松自在地走吗？显然是不能了，她有丈夫，还有孩子，这可都是她的牵挂呀！一个人的心上有了这种灵肉难舍的牵挂，她是走一步都难呢！汪秀清管不了这么多，她要返城回北京，就一定也要动员刘迎春返城回北京。一起来碾子湾插队的知青，走得只剩她和刘大路，她就还动员刘大路也去动员刘迎春……为人厚道的刘大路听话地去了，他劝刘迎春，不像汪秀清说的那么绝对，说了说，说不出个结果来，就回到已很孤寂的知青窑院来，给汪秀清说了。汪秀清翻了翻白眼，就很奋勇地自己出马，去说服刘迎春了。

刘迎春重孝在身，她在家里迎到了前来劝说她的汪秀清。

刘迎春给汪秀清倒了杯热水，问她：都准备好了？

汪秀清说：准备好了。

刘迎春说：啥时候走？我去送你。

汪秀清听得心酸，说：你别管我。说你吧，说你怎么办？

刘迎春说：咋办？凉拌嘛。

汪秀清受不了刘迎春这样的言语，打断她的话，说：你别糊弄我了。你也准备吧，准备好了咱们一起走。汪秀清这么说着，就把自己说得眼泪汪汪的，这一哭反而说得更加坚决了：咱们当初插队陕北就是一次大大的犯傻，现在终于能够返城回北京了，咱不回去，就是又一次大大的犯傻。咱还能犯傻吗？啊？你说……咱绝对不能再犯傻了！咱想想看，怕是过了这一村，就再没这一店了。听我说，你可要下决心了，咱们回到北京去，在父母的脚跟前，父母看着咱们放心，咱们看着父母高兴……至于工作，要我说，就是扛着大扫帚扫大街，也比在碾子湾受苦好啊！

汪秀清眼泪汪汪地说着，把刘迎春说得也眼睛红了。但刘迎春忍着，没让眼泪流出来……说实话，刘迎春是感激着汪秀清的，感激着她的好意，因为汪秀清说的，也正是刘迎春心里想的。刘迎春咋能不想着回到北京去？可她有男人、有儿子，她抬不起脚、走不动步，她怎么走呢？

刘迎春忍着不流泪，也不说话。但汪秀清还是看清了她的心理活动，就更泪流不止地说着刘迎春了，没说几句，还骂起了自己。

汪秀清骂自己说：我就是个畜生！你就不要再计较了。

刘迎春伸手去捂汪秀清的嘴，却怎么都捂不住，只听她不住口地骂自己太糊涂、太浑蛋、太不是人，害得刘迎春嫁了高服良，又生了高扎根，把刘迎春绊扯住，让刘迎春动不了身。汪秀清把自己骂着骂到后来，竟还把持不住，一下子扑到刘迎春的身上，把一身重孝的刘迎春抱住，要刘迎春再不要置她的气了。汪秀清说现在不是置气的时候，刘迎春要顺应政策回了北京，把她汪秀清的皮扒上一层，扒得一身的血她都愿意。

好了，刘迎春要返城回北京了！

汪秀清像突然卸下千斤重担似的，一身轻松、一身快乐，像她初到碾子湾插队时一样，蹦蹦跳跳地到处去跑，把碾子湾的每一道梁、每一条沟都跑遍了，并且跑遍了碾子湾的每一户人家。不知为什么，她跑着跑着，却突然地留恋起碾子湾了，留恋起碾子湾的每一道梁、每一条沟、每一户人家、每一株草木……因为正是山丹丹花开的时节，原来并不是特别恋花的汪秀清，也像刘迎春一样，对盛开在坡梁上、沟洼里的山丹丹，多了许多眷恋，她舍不得采下山丹丹，但她却总要走近了去，用手轻轻地抚摸艳红似火的山丹丹……有几次，汪秀清甚至不能自禁地还要俯下身子，把她被碾子湾的风雨磨砺得有点粗糙的脸颊，贴到山丹丹的花朵上，小心地吻着……这洒落了汪秀清许多汗水，销蚀了汪秀清许多青春的碾子湾啊，汪秀清虽然要离开了，但却会永远记着她，与她共死生。

返城回北京的决心下定了，准备动身却不容易。刘迎春想她多年没回北京，给父母和哥哥姐姐是该带些礼物的。给他们带什么好呢？恐怕只有陕北的土特产了，大红枣、纸皮核桃、小米、南瓜、猪油、羊油……刘迎春在高服良的帮助下，尽可能地收拾着她在碾子湾能够带去北京的东西，虽然没一样特殊的，可要准备齐整，还是让他们夫妇费了不少劲。别的不说了，就说这猪油和羊油吧，如今看来不算什么，甚至现代人还会感到不解，什么不能往北京带，非带这油乎乎的东西？那时候的生活，人的肚子里都缺油水，而计划供给的粮油定量，少得非常可怜，便是口袋里有俩钱，想要额外购买，也找不到买的渠道。没办法，就都在猪羊身上想办法了。刘迎春和高服良商量着，把养在圈里的一头年猪杀了，又杀了两只大肥羊，剔除了猪羊的骨头和瘦肉，把能熬油的部分，丢在锅里都熬了油，在陶瓷盆里凉成几个大油坨，这就与核桃、大红枣、小米南瓜一起打成包，带着回北京了。

离开碾子湾的那天，高服良让儿子高扎根请了假，父子俩一起跟着刘迎春，去送她和汪秀清、刘大路，把他们送到西川镇，坐了汽车，又送到镇川县……刘迎春不说让他们回，父子俩可能会一直跟着送她到延安市，再坐火车去北京的……刘迎春不说，汪秀清和刘大路更不好说。他们买了去延安的汽车票，排着队从汽车站的进站口往进走的时候，高服良和高扎根没有票，被检票员粗暴地挡住了，父子俩才停住了脚步，站在检票口，望着刘迎春、汪秀清、刘大路往汽车站里走……这个日子，在镇川县破败的汽车站，睁眼看见的，差不多都是大包小包背着扛着的返城知青，刘迎春、汪秀清、刘大路卷裹在他们当中，走得看不见了。高服良拉着儿子高扎根的手，转过身子，准备往碾子湾的家里回时，儿子高扎根却像遭了狼咬，从高服良的手里挣脱出来，往汽车站奋勇地冲去，他一边冲，一边大声地哭喊着。

高扎根喊：妈——你撇下我不管了吗？

正是高扎根的这一声哭喊，又把卷裹在人潮中的刘迎春哭喊了过来。她是丢了手里的大包小包跑过来的，她在检票口的里边，儿子高扎根在检票口的外边，中间隔着两个很守职责的检票员，硬是分隔着他们娘儿俩，相互眼泪汪汪地对视着。

刘迎春说：儿子，妈咋能不管你呢？

高扎根说：妈呀，我会想你的，不睡觉地想你呢！

在汽车站长期检票的检票员，没少见过这样的场景，他们提醒刘迎春说：有话就赶紧说，没话了就赶紧上车去，时间不等人，汽车马上就要开了。

肝肠寸断！是谁创造了这个词语？刘迎春不知道，但她和汪秀清、刘大路坐上汽车到延安，在延安坐上火车到北京，一路上就全是这样一个感觉……北京的父母得到消息，在北京的火车站接刘迎春，因为晚点，两个老人坚持等着，渴了喝一碗大碗茶，饥了叫一碗豆腐脑，终于等到了下了火车的刘迎春。他们也不避人，就在火车站的出站口，三个久不见面的亲人，猛地扑抱在一起，当下哭得泣不成声。

然而，所有的爱意和温暖，似乎只在父母跟前还存在着，到了哥哥和姐姐们跟前，一下子便淡了许多……在家里，刘迎春是父母的小女儿，她的前头，有两个哥哥、两个姐姐。小时候，她的哥哥和姐姐，对她是多么宠爱呀！一切都让着她，她在家里就是天，向谁要胳膊，谁不敢给她腿……她中学毕业，没能留在北京，去了陕北插队，哥哥和姐姐，就都觉得是他们的错，谁让他们比小妹刘迎春出生早、上学早，工作也早，把小妹留在后面，让她不得不去插队……哥哥姐姐痛伤着，还找了人，要求辞职去插队，看能不能替了刘迎春，让他们可爱的小妹留在北京。

找的人是管理知青上山下乡的，他笑话他们不懂政策：上山下乡是毛主席的号召，我们是听毛主席的话还是听你的话？

自然只能听毛主席的话了。

哥哥和姐姐没能顶替刘迎春去陕北插队，就都在小妹坐上专列去陕北的那天，前呼后拥着刘迎春，把她送到北京火车站，看着刘迎春上了火车，到火车鸣鸣吼叫着往前走，哥哥姐姐就跟着火车走。火车越走越快，哥哥姐姐也越走越快；火车飞跑起来了，哥哥姐姐也飞跑起来了……哥哥姐姐一边撵着火车跑，一边喊叫着刘迎春，说他们在北京时刻想着刘迎春，让她有事没事都给他们捎个信……最后，哥哥姐姐说：我们在北京等你回来！

刘迎春现在回来了，父母高兴着，哥哥姐姐也高兴着，可这样的高兴持续了没几天，刘迎春就发现，不仅她和哥哥姐姐因为分别，有些话说不到一块儿，即便她和父母，有些话也说不到一块儿了。

父母关心着刘迎春的婚姻，埋怨她感情用事，怎么能和陕北农民结婚呢？而且还生了孩子，现在怎么办呀？刘迎春是必须离婚了，离掉碾子湾的高服良，抛下骨肉血亲高扎根，在北京城重新找人安家……这怎么可能呢？刘迎春不让父母说这些话，父母忍不住还说，刘迎春就和父母大吵了一架。

哥哥姐姐倒没人和刘迎春吵，可亲热了几天，就都冷下脸对待她了。

对此，刘迎春是敏感的。她不要哥哥姐姐的同情，也不要哥哥姐姐的照顾，她自己东跑西跑，办返城手续，找工作……她用的是在碾子湾干农活的力气，跑了一些日子，返城的手续没办下来，而工作，就更没有影儿了，哪怕像汪秀清说的那样，扛把扫帚扫大街，也没空出岗位来……守在家里，一日三餐地吃，起先有刘迎春从碾子湾带回来的陕北土特产和猪油羊油，刘迎春在父母跟前有口吃的，在哥哥姐姐跟前也有口吃的，而且还是大家争着抢着叫她去吃，吃一天、吃两天、吃三天……吃十天都没问题。但要一直吃下去，父母和哥哥姐姐不说啥，不给她脸色看，她自己就受不了了……而关键的问题还是住，这时的哥哥姐姐，早都成了家、生了子，他们没有别的地方住，就都挤在瓦罐胡同的老宅子里，两个哥哥各占一间，两个姐姐又各占一间，把父母都逼得搭了个油毛毡棚子住了。刘迎春返城回来，家中已没了她的房子，她暂时挤在父母的油毛毡棚子里，一直挤着，父母不烦刘迎春，刘迎春都烦上她自己了。偏偏是，父母对着刘迎春，不是叹气，就是逼刘迎春，让她赶快拿主意。

拿什么主意呢？自然还是她的婚姻了。

是个天气很好的星期天呢，分门立户过着日子的哥哥姐姐们，穿戴起来，带着各自的孩子，兴高采烈、大呼小叫地去逛天安门，去逛颐和园……刘迎春听着，心像一只飞翔的鸟儿，扑棱棱飞出她的胸膛，飞过千山万水，飞回到了碾子湾。她和她的男人高服良，牵着儿子高扎根的手，在碾子湾的坡坡梁梁、沟沟洼洼，攥着山丹丹花儿，还有翩翩飞舞的蝴蝶，快乐地、无拘无束地嬉闹着……这样的情景牢牢地摄住了刘迎春的心，她突然生出一个念头，回到碾子湾去，那里有她的男人，有她的儿子，那里是她的家呀！

可爱的北京，和刘迎春生分了。

父母却不知刘迎春心里发生了怎样的变化，还要照着他们的思路，唠唠叨叨地数说刘迎春的婚事。不过，刘迎春没和父母吵，轻描淡写地给父母说，她要回碾子湾了。父母以为他们听错了，就还问了刘迎春一遍，得到刘迎春肯定的回答后，无法忍受地号哭起来。

刘迎春没有迟疑，给父母说了声对不起，这就出门去了火车站。

汪秀清得到消息，风风火火地赶到火车站，把刘迎春堵在火车站的站台上，拽着刘迎春不让她走，她们俩你一句我一句，说得都很激动。汪秀清的观点始终如一，总说刘迎春不肯原谅她。她说：咱人都回来了，咋还能又回去呢？刘迎春说：我不怪你，早都不怪你了，你自己放不下，我能有啥办法呢？刘迎春还说：人心都是肉长的，你不是我，我想高服良和我儿子高扎根呢。汪秀清看她劝不住刘迎春，还想施展拖延伎俩，仰头看天，说：你看么，北京的太阳可是都比碾子湾的红呢！刘迎春就像汪秀清一样仰头看了天，她看了后笑了，说：我怎么没看出来呢？汪秀清还想说什么的，刘迎春挡着不让她说了。

刘迎春最后说：我知道北京好，碾子湾差，但天上的太阳是不分好孬的，不分好孬地照着，照着就有一样的光亮、一样的温暖。

09

回到碾子湾的刘迎春，隔了不长时间，受惠于国家政策，也招干离开了碾子湾。

刘迎春本来有机会到延安市工作的，组织征求她的意见，她犹豫了一下，说她回县上吧。回到了县上，她被安排在县教育局，结果她上班不到半年，就又主动申请回了西川镇，在镇上的教育组当了一名教育专干。

刘迎春不断地舍弃好的工作环境，都是为了离碾子湾村近一些，再近一些。她实在放心不下高服良和她的小后生高扎根。白天端起碗吃饭的时候，会想起他们爷儿俩可也端起了碗……晚上睡觉的时候，也会想起他们爷儿俩可也上了炕……一大一小，是刘迎春牵肠挂肚的亲人啊！她哪里能够安下心来，只把她一个人吃好睡踏实？

在镇上的教育组干了几年，星期天她是必须回到碾子湾的，刮风下雨，都阻挡不住她回碾子湾的脚步。回到家里，把她的男人高服良看几眼，转过身就要把她的小后生高扎根揽进怀里，好好地亲一阵、疼一阵，嘴里呢，不断地还要向男人高服良和小后生高扎根检讨的。是对她的男人呢，就还要说：都是我的错，都是我的错。是对她的小后生呢，却又要说：都是妈的错，都是妈的错。反反复复地检讨着，脚不闲，手也不闲，看见家里都是活，有爷儿俩换下来的衣裳和炕上铺的盖的，她三把两把归拢起来，塞到一个大号的柳条筐，挎在手臂上，下到碾子河边，找一块河边石，把柳条筐浸到水里，一件一件地在河水里洗。洗干净了的衣服晒在河边的草丛上，黑黑白白、花花绿绿，连成一大片。晒着不会立即干，刘迎春就又要转到已经分产到户的责任田里去，帮助高服良干一阵庄稼活。

刘迎春回家是过星期天。星期天就是休息天，她却这么不知疲倦地干，小后生高扎根还不觉得什么，她男人高服良是不落忍的，每每都要挡她的手，让她歇着。他说家里活有他呢。

高服良说：农家活是干不完的，做了这样还有那样，你说谁勤到天上去，能把农家活干完？

刘迎春知道高服良心疼她，听他说也不反驳，只是不停不歇地忙她的活。

高服良拿她没办法，就置气说：我说话你听下了没有？你要还不停不歇，那好，你干你的，我停歇下不干了。

刘迎春被逼无奈，就说：你让我干些活吧，干些活我心里会好受些。

话说到这个分儿上，高服良能怎么样呢？他就只有抢在刘迎春前头干活了。是给拐沟的滩地玉米培土呢，高服良埋着头，把自己的那一垄培了，还要帮刘迎春再培半垄……是在坡梁上给糜子地锄草呢，高服良仍然埋头不起，把自己前头的草锄了，还帮刘迎春再锄一大半……碾子湾的乡党看见了，就会停下脚步，看着他们夫妻干活，说他们夫妻是狗撵兔吗？开展农业生产大竞赛似的！

乡党的取笑，一点都不影响他们的情绪，反倒使高服良干得更卖力。

谁让高服良娶了北京知青做婆姨呢，现在又招了干，是镇上的干部，吃着公家的粮，挣着公家的钱，在他们碾子湾村，谁有这样的福气呀！

突然，刘迎春从西川镇教育专干的位子上退下来，回到碾子湾小学来当老师了。

起因非常简单，碾子湾小学的一名老师突发心脏病，倒在讲台上，西川镇一时没有合适的人选来碾子湾小学接班。刘迎春就又主动申请，从镇子上回到了碾子湾，接替那个猝死的教师，站在碾子湾小学的教室里，拿着粉笔教孩子了。

碾子湾小学是刘迎春当了镇上的教育专干后创立的。在那之前，碾子湾的小后生和小女子都要到邻村去上学，最近的一处，也要翻两架山、涉两道水、走十几里路才能到，太熬人、太不方便了。因此，只有少数小后生小女子才敢跑那样的远路去上学。而且往往是，来来去去一整天，早走不见太阳，晚归不见太阳，也不能得到很好的教育，念到小学毕业，就已很不错了。

刘迎春要改变碾子湾小后生小女子读书难的问题，征得县教育局的同意，又和碾子湾村的干部沟通，把人民公社时期的大队部腾出来，挂上"碾子湾小学"的牌子，这就让村里的小后生小女子可以不出村便有书读了。

原来的大队部，现在的碾子湾小学，就在村子的边上，是几口箍了石头接口的窑洞。刘迎春放弃镇教育专干的工作，自愿回到了碾子湾村，在小学任教的头一天，不仅带来了她所需要的书本和早已准备好的教案本，还把她原来在知青窑，后来又带回家，当作花瓶的那只罐头瓶也带到了学校。

时值陕北春暖，满坡满梁、满沟满洼都盛开着山丹丹花。从家里走出来，在去学校的路上，撺着坡梁上鲜鲜艳艳的山丹丹，刘迎春采了一束，捧在手里，捧到了学校，插在她原来就插山丹丹花的罐头瓶里。因为插放山丹丹花的罐头瓶就在刘迎春备课的窑窗边，上学来的小后生小女子很容易看见，这就吸引着大家，刚进学校，或是课间休息，都要忍不住隔着窗玻璃凝神看上几眼，甚至放学了，走出小学的窑院大门，还要回过头来，深情地再看几眼山丹丹花。

在长长的一个山丹丹花开的季节，刘迎春经常要去坡坡梁梁和沟沟洼洼采一把，采来了插在罐头瓶里……起先只是她一个人采，后来就有她的学生帮着她采了。

在采山丹丹花的坡梁和沟洼里，刘迎春不知是因为兴奋，还是因为别的什么，她总会情不自禁地唱一曲信天游。

现在的刘迎春已经很会唱信天游了，她不仅唱得了信天游，兴趣来了，顺着信天游的曲调，还会自编一段新词唱哩。譬如她教给学校里小后生小女子的那首《刮起风来树林响》：

　　　刮起来嘛风呀树林林响，
　　　谁也挡不住咱信口唱。
　　　马蹄来嘛飞呀羊羔羔跑，
　　　哪达达都没咱山沟沟好。
　　　……

隔着沟洼，隔着梁坡，高服良听见刘迎春唱了信天游，他是一定要高兴地回唱一曲的。而他回唱的信天游也一定是新编的，譬如那首《就爱听你唱那改良调》：

　　　爱听你说嘛爱听你笑，
　　　更爱听你唱那改良调。
　　　你呀嘛唱得人心气气么高，
　　　像呀嘛跨在云头头上么飘。
　　　……

日子裹在信天游里一天天走着，高服良和刘迎春的独苗苗儿子高扎根，都从碾子湾小学毕业去了西川镇的中学。让两口子高兴的是，高扎根是块读书的料，考试总在年级前三名，也不知他的肚子里装了多少问题，眼睛一眨，就会向高服良提出一个问题来，高服良能回答的就告诉他，不能回答了，就推到刘迎春跟前去……渐渐地，他的问题让既是母亲又是老师的刘迎春都没法回答了。像他在西川镇的中学读书后，有一次回家，站在他家窑院的崖塄上，仰望着高远的天空，他看得见飘飘荡荡的白云，看得见翩翩跹跹的飞鸟……但他却不在意白云和飞鸟，凝神遐想。高服良问他，把头背在脊梁上想啥哩？他没理会高服良，依旧仰望着他的高天。高服良没有办法，就还把刘迎春喊了来，让她看她的小后生在崖塄上发的甚神经。刘迎春笑了，她没有如高服良一样地喊她的小后生高扎根，而是一步步爬到崖塄上，和她的小后生高扎根站在一起，一样地仰着头，一样地仰望高远的天空……恰其时也，有一架闪着银色光芒的飞机从他们头顶上飞过，高扎根就问他的母亲刘迎春了。

　　高扎根说：妈妈你说，咱中国人放卫星，都是用火箭往太空打的，人家美国人放卫星，怎么就用的是飞机？航天飞机！

　　没少领教小后生高扎根问题的刘迎春，对这样的问题，自然还是回答不了。但她心里是高兴的，就把长得和她比肩的高扎根揽进怀里，抚摸着他的头发，老实地告诉高扎根，说：你把妈妈考住了。

高扎根说：妈妈，我没想考你。

刘迎春说：是的，我的儿子高扎根没考他妈妈。

高扎根说：妈妈，我只是想我们有一天也要用航天飞机放卫星。

刘迎春说：我儿子说得对！我们也要用航天飞机放卫星。

把这个问题刚讨论出个眉目，小后生高扎根又对他的妈妈说了埋在他心里的一个愿望，他说他要好好读书，读到北京城里去，北京城里有他的外公和外婆，还有他的舅舅和姨妈，他读进了北京城，就把爸爸和妈妈也都接进北京城，一家人团团圆圆，那可是多么好啊！

小后生高扎根的话，把他的妈妈刘迎春当时说得一下子红了眼睛。

过了不长时间，碾子湾村海选村主任，高服良作为大家推选出来的候选人，以很高的得票数当上了村主任。这时候，刘迎春也收到一纸文件，任命她当了碾子湾小学的校长。两口子一个忙村上的事儿，一个忙学校的事儿，全都忙得像陀螺一样，拼命地转着圈子，却突然接到北京打来的一个电话，对方告诉刘迎春，她的爸爸病危，要她迅速赶回北京，迟一步怕连面都见不上了。

刚好快到暑假了，刘迎春没敢迟疑，把学校的事安排了一下，就和高服良，还有高扎根，一家人匆匆忙忙，下了汽车上火车，一刻不停地往北京赶。刘迎春却还是慢了一步，见了爸爸的面，却没能和爸爸说一句话。

10

如果都不说话，郝举旗是认不出刘迎春，刘迎春也认不出郝举旗了。

作为一个出租车司机，虽然一刻不停地在北京的闹市大街上穿梭，郝举旗却总觉得他是孤独的、寂寞的，就总要和坐进出租车的客人说话。在北京火车站外，肩上背着大包、手里提着小包的刘迎春一家，刚坐进郝举旗的出租车，说了他们要去的地方，就听郝举旗操着浓浓的京腔问话了。

郝举旗说：你们是从陕北来的吗？

高服良点点头，刘迎春则笑着说：师傅好眼力，我们是从陕北来的。

简简单单的两句对话，郝举旗和刘迎春都觉得对方很熟悉。郝举旗透过他车上的后视镜，从业已变老的刘迎春脸上，依稀看出了她年轻时的模样。因此，郝举旗把出租车滑进路边的辅道上，刹住车，回头把刘迎春认真地看了又看。

郝举旗说：刘迎春，你是刘迎春！

刘迎春说：郝举旗，你是郝举旗！

从西藏的部队退伍回到北京的郝举旗，先在一家大型国有企业工作，后来企业改制了，他下岗了。从此，他这里干两天、那里干两天，不知干了多少种活儿。到后来，他才与人搭伙买了汽车跑出租，一天到晚，把自己跑得焦头烂额，一点脾气都没有，看见小偷偷人了，看见小姐骚情了，看见……他什么事都看见过了，也遇见过了，他想他这一生，大概对什么事都不会激动了。刘迎春突然出现在他的出租车上，他激动得不行。

郝举旗说：啊呀啊呀，还真是你呀刘迎春！

刘迎春说：一个陕北老太婆么，看把你惊讶的。

郝举旗就笑了。他身边的副驾驶座上坐着高扎根，他就伸手去摸高扎根的头，说：让我猜猜，你就是高扎根吧？你今年多大了？噢，十七岁了吧？就快要考大学了，对吧？

高扎根对郝举旗的话很感兴趣，他点点头，说：你是谁呀？

郝举旗笑得就更欢实了，说：你问你妈，她知道我是谁。

高扎根回头看他妈，刘迎春便给他说：你郝叔叔哩，当年我们一起插的队。

郝举旗说：扎根呀，这你知道我了吧？

高扎根就还点点头，说：不瞒郝叔叔，我是快要参加高考了。你知道我想往哪里考？

郝举旗想都没想就说：北京。

高扎根说：对，北京！

郝举旗说：到时候叔叔来火车站接你。

出租车上，郝举旗、刘迎春、高扎根都有话说，唯独冷落了高服良。他听他们说得差不多了，就催促郝举旗快上路，时间赶得上，看还能不能见刘迎春父亲一面，再说上几句话。

郝举旗听清楚了高服良的话，就立即拧动了出租车的钥匙，脚踩着油门，开到了车如流水的大街。

在殡仪馆举行刘迎春父亲的告别仪式，他们家的亲友都来了。此外，从郝举旗的嘴里知道消息的汪秀清、吕一岚、何小萌、张方海、屈向阳、刘大路一帮插队碾子湾的老知青，相互呼应着也来了。大家站在殡仪馆的告别大厅里，听到悲悲戚戚的哀乐声响起时，都像刘迎春一样，忍不住满眼的泪水，呜呜地哭出了声。

带着自己的男人高服良和儿子高扎根回到北京的家里，刘迎春为她没能和老父亲说上一句话而痛伤着。但这并不是她痛伤的全部理由，她痛伤的还有她的兄长和姐姐们。那一次返城回北京，刘迎春就已领教了哥哥和姐姐们的自私，这一次似乎变本加厉了，都一把年纪了，竟然生分起来，斤斤计较，一言不合，就会吵闹一场。

就在为父亲举办告别仪式的前一天晚上，兄弟姊妹坐在一起商量事，刘迎春的儿子高扎根无意中说了句他考大学，一定要考回北京来的话，一下子惹得大家警惕起来了。刘迎春看得明白，她的哥哥和姐姐，起先还都有矛盾，为着老父亲的丧事相互推诿，听了高扎根一说，矛盾着的兄长和姐姐们，互相交换着眼色，那乱闪的眼色，就是一个再怎么懵懂的人，都看得出其中复杂的内容，他们是排斥高扎根考回北京上大学的。

他们担心，考回北京的高扎根是有理由和他们分家产的。

刘迎春本来想说一句话的，说句让她的哥哥和姐姐放心的话。但看着他们飞来飞去的眼色，她就什么话都没说，只是凄苦地笑了笑，拉起她的儿子高扎根，去了她母亲的房子。

这太伤人心了。

刘迎春带着这样的伤痛，从殡仪馆里一出来，就接受了她的知青朋友的邀请，跟着他们一起走了。

他们去的是汪秀清办起的"红延安"饭店。

插队在碾子湾的时候，起初因为大家年轻，把刘迎春作为小资本家可教育好的子女，歧视她，罚她给大家做饭。出了雪夜恶作剧之后，刘迎春嫁给了关心她、爱护她的高服良，颇为自责的汪秀清，便自觉接过刘迎春的班，来为知青们做饭了。心直口快的汪秀清，还别说，真是一个料理家务的好手，她给大家做饭，是一定要做得可口、做得好吃的。没多长时间，极富陕北风味的一些日常吃喝，汪秀清就都能对付过去了，而且还不是一般的对付，是想着法子往好里做的那种对付。为了不使大家失望，汪秀清还到碾子湾的农户家里去，谁做得好，就向谁学习请教，并加进一些北京人喜欢的口味，这使她练成了非常好的厨艺。

返城潮中，汪秀清进的是一家街道工厂。也是街道工厂的产品太落后，市场份额小，汪秀清挣不到几个钱。在碾子湾吃了几年陕北饭，汪秀清的胃肠里，就像养了几只陕北馋虫，经常地想着要吃一顿陕北饭。汪秀清就琢磨着，要办一家陕北风味的饭馆，不仅能够满足自己的食欲，而且能比街道工厂多挣两个钱。

说干就干，汪秀清去工商局办理了营业执照，去防疫站办理了卫生许可证……总而言之，她把开办饭店的一应手续都办齐后，就请人写了"红延安"的牌匾，在她租下来的门面房前挂起来，扯旗放炮地开了张。

开张只几天，"红延安"就火起来了。

汪秀清发现，到她的"红延安"吃饭的人，差不多都是在陕北插过队的知青，他们在"红延安"吃喝上一顿，再来时，可能还会带来他们的父母以及兄弟姐妹……北京城有多少从陕北返城的知青？汪秀清看到过一份官方资料，上面写得清清楚楚，有二万七千多人！啊呀呀，他们每人每年来"红延安"吃喝一次，她的"红延安"都招架不了。为此，"红延安"只开办了半年的光景，汪秀清就又马不停蹄地东城跑、西城走、南城转、北城寻，又找了几处门面房，照着原样装修一番，燃放几挂炮，就都敞敞亮亮地营业了。

窗子上贴着窗花，窗台上搁着南瓜，墙壁上挂着谷穗大蒜，墙角上立着车轮笨犁……刘迎春一进汪秀清的"红延安"，就一下子喜欢上了这里。

扎根陕北碾子湾的刘迎春，在这一刻，把她在北京家里累积下来的伤痛，忽然抛得没了踪影。她在心里暗忖，几十年的碾子湾生活，让她彻底地沾染上了陕北的色彩，只有在独具陕北特色的地方，她的心情才会放松下来。

刘迎春由衷地夸赞汪秀清了，说：你行啊！

汪秀清一边向服务员报着菜名，一边插空接刘迎春的话，说：什么行不行，让大家想起陕北插队的日子，来我这里体会一下。

刘迎春说：怎么，都还怀念插队的日子？

闻其言，不管是汪秀清，还是吕一岚、何小萌、张方海、屈向阳、刘大路和郝举旗他们，七嘴八舌，都说忘不了呢，在碾子湾，苦则苦矣，但那是一段青春经历，啥时候想起来，都要毫无理由地悸动一番。

菜上得很快，有洋芋擦擦，有荞面碗饦，有羊肉冻冻，有风沙鸡脯……呼啦啦摆了一大桌。汪秀清征求大家的意见，喝北京的二锅头，还是喝陕北的糜子酒，大家也不客气，喊叫：糜子酒！

在火上热得滚烫滚烫的糜子酒，在大家的喧嚷声里，迅速端上了桌。

也不用谁提议，大家端起热腾腾的糜子酒，手齐刷刷伸向刘迎春，哐哐当当地一阵乱碰，这就张着嘴喝开了。

别说糜子酒的度数低，喝多了也是要醉人的。

最先大了舌头的是汪秀清，她端起盛着糜子酒的酱色陶瓷酒缸，走到刘迎春的身边，来敬酒了。她们俩相对而立，呆呆地你看看我、我看看你，不一会儿，汪秀清的眼里就蓄满了水，她没有说话，和刘迎春碰了一下陶瓷酒缸，就埋头大喝起来，她喝着呢，竟还发出哽咽声。

刘迎春听出了汪秀清的哽咽，知道她还为曾经的恶作剧自责着、难受着。

所有的人都给刘迎春敬酒了，一边的高服良心里不忍，就站起来替她喝酒了。高服良一点都不含糊，谁敬多少，他就从刘迎春手里接过来喝多少。

看着高服良替刘迎春喝酒，敬酒的人对高服良也是要有表示的。汪秀清当时就砸了高服良一拳头，那一拳不能说轻，也不能说重，其所包含的意思，高服良是懂得一些的。还有张方海、屈向阳、吕一岚、何小萌他们，像汪秀清一样，或是给高服良一拳，或是拍一拍高服良的肩膀，这使高服良感到一种别样的亲切。

刘迎春在一边看着高服良，脸上保持着一种淡淡的笑意。

这是长期生活在一起的好夫妻，所能表现的最为真切的状态了。

大家就这么开开心心地喝着酒，很自然地还要问一下各自的情况。刘迎春就说了，说她现在当着碾子湾小学的校长，她真想有条件时，给学校盖一座新楼，一座玻璃窗子玻璃门的教学楼，让她的学生从窑洞里搬出来，坐在窗明桌子亮的教学楼里读书，那可多好啊！窑洞里的光线太暗了，对学生的学习和健康都不好。

刘迎春的话像是一滴水落进了热油锅，大家谈论得就更热烈了。议论声音最响的是汪秀清，她说刘迎春说得对，怎么能让学生们在窑洞里上课呢？她问了这样一个问题后，很干脆地拍了一下巴掌，大声地宣布了她的一个决定。

汪秀清说："红延安"挣的钱干啥呀？啊？就该回报"红延安"！我出资为咱碾子湾建一所希望小学！

掌声在汪秀清的话还没落音的时候，就已热烈地响起来了。大家都说汪秀清做得对，把钱花在地方上了。大家还说，汪秀清带头，他们也不能袖手旁观，有多的就多出一点，没多的就少出一点。碾子湾希望小学的事，就这样确定了下来。

高服良有他的小九九，在大家热议碾子湾希望小学的建设问题时，他坐到张方海身边，给他讲碾子湾拐沟的现实情况。高服良说当初的力气真没白费，拐沟真成了碾子湾世世代代的幸福沟了。高服良还说，他想把碾子湾类似拐沟的几条沟都照拐沟的样子治理出来。

在北京农业大学任教的张方海，对高服良说的话非常感兴趣。他的心里，一直都藏着碾子湾拐沟那个地方，那是他在碾子湾插队时倡导治理的。那时候，他想的还不是很多，而现在做了农大的教授，他研究的方向，就是山区农地的保障性建设，拐沟的成就，是他研究课题的一个重要成果。于是，他想都没想，就很干脆地告诉高服良，他要回碾子湾。

张方海说：小流域治理，好么！我去碾子湾，一定要把那里建设成一个小流域治理的典范！

高服良高兴了，说：你说的当真？

张方海说：自然当真。

高服良后来给我说，他在北京喝大了。高服良说他是能喝些酒的，特别是他们陕北的糜子酒，七碗八碗也没问题，就像喝凉水一样。但在北京和碾子湾插队的知青那一场喝，把他彻底喝醉了。

当然，还有汪秀清、张方海几个人，差不多都喝醉了。

11

转过年，高扎根参加高考，果然考进了北京城。

开天辟地头一遭，碾子湾出了一个大学生，全村人都觉得脸上有光，见了面，都会情不自禁地议论几句，说是高扎根出息呢，给咱碾子湾争了光，有他带这个头，咱们碾子湾不知要出多少大学生哩。议论不管说到哪里、怎么说的，说到最后，九九归一，都要说到刘迎春身上来，村里现在多把刘迎春叫刘老师，还有尊敬地叫她刘校长的。大家说的话，虽然千篇一律，却都表现得非常诚恳，说是刘老师把村上的小后生小女子带出来了，还说刘校长把心掏出来，都给了咱村上的小后生小女子了。

高扎根考上了北京城里的大学，众乡亲是比自家的后生女子考上了还高兴。

乡亲们庆祝的方式，就是要请高扎根吃饭。请了高扎根，自然地要带上他的老子高服良、他的母亲刘迎春，请他们一家三口人吃饭，可真是比请自家的亲戚朋友都要隆重呢。这样的一份乡党情，高扎根能不去吗？他的老子能不去吗？父子俩谁家来请就都高高兴兴地答应去，到时候也会毫不含糊地去。于是碾子湾好多天，总能听到这家那家的杀羊声，总能闻到这家那家熬煮羊汤的扑鼻香。

乡亲们请他们吃饭，高扎根和他老子是好请的，却遗憾总是请不动刘迎春。

刘迎春给乡亲们说：别破费了。

乡亲们不同意她的观点，说：羊是自己养的，酒是自己酿的，你说能有甚破费？

刘迎春还是不动身，说：我近来也不知怎么了，老是觉得不舒服。

乡亲们都不是聋子、不是瞎子，他们听得懂刘迎春对他们请吃饭的感激，也看得见刘迎春身体的消瘦，大家也就不太坚持了，只请走高扎根和他老子高服良，大吃羊肉，大喝羊汤、糜子酒……高扎根和他老子高服良，许多日子打的嗝，都是浓浓的羊膻味和甜甜的糜子酒味。

刘迎春说她身体不舒服，说的可不是客气话，她是真的不舒服。这一点，高服良也察觉到了，他还给他的小后生高扎根说：你注意了没有？你妈她食欲不咋好，人消瘦了，都瘦得快要失形了。

高服良察觉到刘迎春的身体出了问题，对她说：饭吃得少，人总在瘦，咱可要注意咱自己呢！刘迎春不让高服良乱说，说她自己的身体自己知道，让高服良把心放踏实，她没啥大不了的。

在碾子湾村吃着"转转请"，眨眼就到了高扎根去北京上大学的日子了。

那一天，乡亲们把锣鼓家什都扛出来，一早儿就敲敲打打地热闹起来了。鼓槌上、锣槌上的红绸旧了，有人就从家里拿出新的来，把旧的红绸换下来，挥舞起来就很好看，飘飘荡荡的，把一个碾子湾，前前后后、上上下下就都舞动敲打得红红火火、热热闹闹……年龄大的顶着一头白发来了，年龄小的踮着脚来了，不老不小的推推挤挤地来了，大家都是一脸的喜气，聚在刘迎春家的窑院前，等着她和她的大学生后生高扎根出来，走向西川镇，坐上汽车去延安，从延安坐火车到北京去。

在家里商量好了，高扎根去北京上大学，刘迎春是要去送的，她要把高扎根交给她的知青朋友，让他们在北京为她的后生多操些心。自然，她还要看望八十多岁的母亲。兄长和姐姐她没想指望谁，几十年的分离，把亲亲热热的兄弟姐妹情弄得淡了，刘迎春心里是难受的，但还不是特别难受，毕竟都有了自己的娃，为人父母的，谁不是把心都操在自己的娃身上？

换了一身新衣的刘迎春和她的大学生后生高扎根，从自家的窑院出来了。高服良是跟在娘儿俩身后的，隔着娘儿俩的肩膀，他抬手对热闹着的乡亲们招着手。好像他的一招手就是一种指挥敲锣打鼓的命令，锣槌、鼓槌舞动得就更欢实了，碾子湾的山、碾子湾的水，都在锣鼓的响动声里，跟着晃动了起来。

刘迎春和她的大学生后生高扎根刚一走进人群，大家立即拥上前来，争先恐后地给他们手里塞着红包……碾子湾谁家娶新媳妇，谁家给小后生小女子做满月，大家都是要送红包的。高扎根去上大学，村里人也来送红包，这是刘迎春没想到的。她知道红包里的钱不会很多，她也不会弹嫌红包里的钱少，可她还是想拒绝大家的好意，却把谁都推不开，就只有一路推着，又一路收了下来。

刘迎春晓得，如果推得太坚决，那可就是弹嫌人了。

呼啦啦走着，终于走出了碾子湾，但敲打得喧天动地的锣鼓，还跟着没有停下来。这时候，高服良出来拦大家了。

高服良站在乡亲们的前头，举着手让大家静下来，说：谢谢乡亲们！可咱送后生上大学，不能都送到北京去吧？

有这一句话，大家这才停了脚步，停了敲锣打鼓，看着刘迎春一家往西川镇方向走。

在镇子上，刚好赶上一趟要去延安的班车，刘迎春和高扎根坐了上去，在汽车哼啊哼啊启动时，手扳在车窗上的高服良，还不忘给刘迎春叮嘱了一句话。

高服良说：你可不敢把你自己忘了，到北京的大医院给你看看。

叮嘱的声音还在耳边，可刘迎春还是把她自己给忘了，尽管她觉得自己身上不舒服，可她回家和老母亲说了会儿话，就被她的知青伙伴们找了去。

去的地方还是汪秀清的"红延安"饭店，汪秀清、吕一岚、何小萌、张方海、屈向阳、刘大路、郝举旗一个不少地都聚在那里，都说：就等着你送儿子来北京读大学哩。

大家说：咱们一块儿去了碾子湾村八个人，就你一个人还真扎根在那里了。我们都回了北京，想起你，心里可都不是滋味。现在好了，你还把你的根扎在碾子湾，有你儿子回到北京，你放心吧，我们会像对待亲儿子一样对待扎根的。

刘迎春听得心里发热，就对跟着她的高扎根说：还不谢谢叔叔和阿姨！

高扎根应声就说：谢谢叔叔，谢谢阿姨！

做东的汪秀清把大家带到一个雅间里，这是她早就做好准备的，一张大圆桌上，七七八八上满了菜，又全是陕北的风味。大家互相寒暄着，就又是一场吃吃喝喝。

不过，这一场吃喝有两个非常实在的事要宣布。

张方海首先告诉刘迎春，他在碾子湾进行的小流域治理项目，已经通过了学院专家组的审议，拨出了一笔专款，可以在碾子湾具体实施了。

刘迎春听得高兴，端起她手边的糜子酒，就和张方海碰了一下。

刘迎春说：我代表碾子湾的乡党敬你了！

张方海说：该敬的是你，没你我是记不起申请那个项目的。

说完话，俩人又都喝了口有点甜又有点酸的糜子酒。

热烫烫的糜子酒在刘迎春的胃肠里温暖着，她又问张方海：那你……你说你几时动身去碾子湾？

张方海说：我准备好了，随时都能动身。

对碾子湾来说，这是一个天大的好事呢。刘迎春真是高兴啊，她又一次端起手边的糜子酒，还要再敬张方海。汪秀清插进来了，她让刘迎春不要只敬张方海的酒，还有他们大家呢。她说：你不知道，大家都出水了，给你刘迎春校长建一所希望小学。

刘迎春听得发蒙，重复着汪秀清的话，说：希望小学？

汪秀清说：上次咱不是说过了嘛，给你在碾子湾建所希望小学。现在给你说吧，我们筹下二十万的款了，只是不知够建一所希望小学不？

刘迎春腾地站起来，说：够了够了！

汪秀清说：够了咱就干一杯吧。

刘迎春说：干！

大家站起来，碰着糜子酒的陶瓷罐，咣咣咣响了一阵，仰着脖子全都倒进了嘴里。刘迎春也作势往嘴里倒，却怎么都倒不进去……多么喜人的事啊，刘迎春太想把这罐糜子酒全都倒进嘴里了。她强硬地逼迫自己，倒呀，倒呀，但却依旧倒不进去，不仅没倒进嘴里多少，却还把原来倒进嘴里的糜子酒吐了出来，喀喀喀咳嗽个不停，把她的脸都咳红了。

都是一起插队的伙伴，刘迎春的身体比较弱，这一点大家是知道的，就都关切地看着她，问她是怎么了。

好不容易停下艰难的喀喀声，刘迎春说：喝急了，我把酒喝急了。

12

敲锣打鼓，像高服良给我介绍的那样，在为他的儿子高扎根去北京上大学热热闹闹敲打了一场后不久，碾子湾的乡亲们又把新换了红绸布的鼓槌和锣槌舞动起来，闹闹热热地又打了一回。

这一次，乡亲们敲锣打鼓是迎接北京知青汪秀清、吕一岚、何小萌、张方海、屈向阳、刘大路和郝举旗他们回碾子湾的。

他们一伙像是当年插队碾子湾一样，一个不少地回来了。

几十年过去了，乡亲们记得他们初来碾子湾插队时，那是多么年轻呀！一个个朝气蓬勃、意气风发，每一个人的胸口处都戴着毛主席像章，每一个人手里都捧着毛主席语录……这一切似乎就在昨天，大家想想，还能记得这些知青娃娃说的话：我们是从毛主席身边来的，我们听从毛主席的教导，自愿插队碾子湾，自愿接受贫下中农的再教育，炼硬一身筋骨，炼好一颗红心，为我们伟大的祖国贡献力量！

现在，他们都不年轻了。

他们重回碾子湾，心中一定有着太多的感慨吧，也不知道他们是怎样回想当年的。他们没人说，也没有人问，但从他们不再年轻的脸上，可以看出依然洋溢着青春时的热情、青春时的激动……是不是可以说，他们对于当年插队碾子湾，可能是有一些不满的，但到最后，又是非常怀念的……高服良说他当时就是这么想的，而时间又不允许他多想，他也就不想了。他在这之前，早已准备好了一切，杀了好几只羊羔，酿了好几瓮糜子酒，在乡亲们热辣辣的问候和惊天动地的锣鼓声里，高服良迎着他们走上去，和他们握手拥抱，高声喊着：回来了，回来了……这就招呼着他们，要到他家的窑院里，让大家洗一把脸，好好地吃一顿羊肉、喝一场糜子酒的。可是汪秀清、张方海他们却没有顺他的意，他们直接问刘迎春。

是汪秀清问的：迎春啊，你们学校在队部那里吗？

刘迎春应着声：是的呢，是在队部那里呢。

汪秀清就说：那咱先到学校那里去。

高服良插话说：咱先吃饭么，可别回家了还饿着肚子。

汪秀清说：肚子空了吃起来才香哩。

队部是个熟地方，在碾子湾插队时，汪秀清、张方海他们没少往那里跑。现在这里改作了碾子湾小学，他们不用人领，也知道路怎么走，便不听高服良的安排，向着队部的地方熟门熟路地走去。

高服良奈何不了汪秀清、张方海他们，给刘迎春使眼色，争取她的支持。而刘迎春却也裹在他们中间，在碾子湾乡亲们的簇拥下，先去了学校。

捐资修建希望小学，高服良早在两天前便请了石匠，弄了一块方石，在上面刻了"奠基"两个字，并把捐资的汪秀清、吕一岚、何小萌、张方海、屈向阳、刘大路、郝举旗的名字，也方方正正地刻在了上面。

把碾子湾希望小学的奠基石刻好后，高服良还着人在已经做了学校的队部院子，寻来水准仪找平，拉着皮尺丈量，把修建一座崭新教学楼的基础位置也画出了白灰线。那块奠基石，自然就立在基础位置的正中央，单等从北京来的汪秀清、张方海他们来培土奠基了。

大家闹闹哄哄地拥进了学校的院子，跟来的锣鼓手，锣鼓敲打得就更响了。

站在希望小学的奠基石前，汪秀清伸出手摸了摸，她还让吕一岚、何小萌、张方海、屈向阳、刘大路、郝举旗都把手放在奠基石上，取出照相机，给了高服良，让他给他们照了相。紧接着，高服良还征求了汪秀清、张方海他们一伙的意见，然后清了清嗓子，仰了仰头，抬手让锣鼓家什停下来，高声大嗓地宣布了。

高服良说：碾子湾希望小学是由汪秀清、张方海这些曾经插队碾子湾的老知青出资捐建的。

高服良的话才出口，众乡亲的锣鼓又敲打起来了，同时还伴随着热烈的鼓掌声和叫好声。

高服良再一次招手让锣鼓停下来。他说：咱们请回村的老知青给咱们说几句话，好不好？

众乡亲就起了哄，喊：好！好！好！

老知青就汪秀清推张方海，张方海推其他人……大家推来推去，郝举旗说话了：咱们就不多说啥了，咱们唱个信天游好吗？

好倒是好，但唱什么呢？

郝举旗就说：咱唱《延安窑洞住上了北京娃》。

这个提议立即得到了其他几个人的赞同。同时，他们又都瞄向了高服良，那意思太明确了，就是要高服良吹唢呐给他们伴奏哩。

这有什么难的呢？高服良看懂了汪秀清、张方海他们的意思，伸手从锣鼓家什的人伙里接过来一杆黄铜唢呐，嗡在嘴里，试了试音调，这就呜哇呜哇地吹起来了。

高服良吹了一个过门，老知青们就很熟练地跟着唱了起来：

> 山丹丹花开哟赛得过朝霞红，
> 延安窑洞住上了咱北京的娃。
> 满天的朝霞哟满坡坡落，
> 北京的知青娃在咱延河畔安下了家。
> ……

几十年没唱这曲信天游了，老知青们以为忘了呢，可在碾子湾希望小学的奠基现场，汪秀清、张方海他们一字不落地都唱了出来。在碾子湾，他们当年没少唱这曲新编的信天游。初唱时，他们颇多感触、颇多冲动。唱到后来，就一点感触都没有了，更别说冲动。但他们却还要唱，唱着唱着，似乎就包含了许多悲苦和凄凉。如今，重新回到碾子湾，再唱这曲信天游，不知为什么，竟然唱出了一种别样的况味，把他们一伙老知青唱得一个一个都眼泪汪汪的，唱到最后几个词，都还哽咽起来，差点儿唱不下去了。

刘迎春没有流眼泪花。尽管她也混在老知青伙里，和大家一起唱了这曲已经深入骨髓的信天游，但她和他们却有不一样的心情。

在信天游和唢呐声低下来时，刘迎春从老知青中走出来了。

刘迎春手里举着一沓钱，有一百元的，有五十元的，还有二十元和十元的，一大沓的现票子，刘迎春举着说话了。

刘迎春说：这是众乡亲给高扎根上大学的钱，我拿回来了，一并捐献给碾子湾希望小学！

说了这些话，刘迎春又突然咳嗽起来，咳得非常剧烈！

高服良扶住了刘迎春，汪秀清、张方海也都围上来，关切地看着刘迎春……吕一岚随身带着瓶装水，赶忙掏出来，拧开盖子给刘迎春喝。头几口没怎么喝进去，喝着喝着顺溜了一些，也慢慢压住了她的咳嗽。

在碾子湾修建一所希望小学，是刘迎春深怀心中的一个梦想，眼看就要实现了，她比谁都高兴呢。

汪秀清不放心刘迎春，问她：你没事吧？

刘迎春说：我没事。

张方海几个老知青同样不放心刘迎春，关切地问：你感觉怎么样？

刘迎春说：我感觉好着哩！

汪秀清、张方海他们就更疑惑了，说：那你……

刘迎春说：我是高兴哩！太高兴哩！

碾子湾希望小学的奠基仪式就这么轰轰烈烈地结束了。奠基仪式的结束，也就意味着要开始动工了，不到天黑，村委会出面，组织起一支希望小学建设工程队。

与希望小学建设工程队同时成立的，还有一支碾子湾小流域治理前期调研专业队。这是张方海建议成立的，他这次来碾子湾，带了两个他的研究生。他们还让碾子湾再选出两个熟悉地形的人，与他们密切合作，一条沟一条沟地走，一道梁一道梁地翻，先把碾子湾的沟沟梁梁、坡坡洼洼的水土草木，全都搞清楚了，做出科学的方案来，然后再具体实施。

对碾子湾小流域治理工程，张方海充满了希望。而碾子湾的乡亲们，因为他还是知青时，就谋划搞出的拐沟水保工程，让村里人享受到了许多好处，自然对他这次搞的规模更大的小流域治理，充满了更大的期待。

汪秀清有她开在北京城里的饭店，郝举旗有他要开的出租车，还有吕一岚、何小萌、屈向阳、刘大路，也都有他们各自要忙的事情。大家在碾子湾吃住了两天，把他们过去下过的沟都下了一遍，把他们过去翻过的梁也都翻了一遍，然后就都肩背着小米、红枣等几样碾子湾乡亲送给他们的礼物，依依不舍地回北京去了。

刘迎春送他们到村口时，说：希望小学落成开学的日子，你们再到碾子湾来呀！

13

晚期……肺癌！

我到碾子湾村采访高服良、刘迎春，却不期然地听说了刘迎春的病情，已被医生做了最后的确诊。听到这个结果，我先眼前一黑，感觉这太残酷了。对此，高服良不服气，我也不服气。我就建议高服良到西安去，在那里的大医院再确诊一下。高服良听从了我的建议，并动员了刘迎春，去了西安的大医院。结果与之前的检查一样，医生很肯定地告诉高服良：你爱人得的是肺癌，已到晚期了。

像是一声晴天炸雷，高服良听得头大了。他说：医生，你再检查检查吧！

医生是个头发花白的老专家，他整天待在医院里，脸上显出一片苍白。他说：人命关天的事哩，我敢弄错吗？

高服良没脾气了，说：那咱治吧。

白发医生说：现在的医学水平，对晚期肺癌还没有特别的办法。听我说，你要有所准备了。

这是什么话呢？高服良压低了声音说：我要做啥准备？

白发医生看着他说：你没听明白？

高服良说：我是不明白。

白发医生说：你慢慢就明白了。

其实，高服良是听明白了，他只是不愿意相信罢了。他的刘迎春……他的好婆姨……她怎么就得了晚期……肺癌……高服良站在白发医生的面前，摇了一下头，又摇了一下头，他甚至攥紧拳头，在自己的前胸上砸了一拳，又砸了一拳……他觉得他的心痛了，很痛很痛呢！高服良心想，如果他能替代刘迎春，他是愿意的，愿意他自己得肺癌。

汪秀清、张方海他们碾子湾的老知青，对他们插过队的碾子湾可真是有情啊。他们回来了，捐资修建了希望小学。刘迎春自觉这是她的神圣职责，她是碾子湾小学的校长，她不能辜负老知青们的一片赤忱，她必须把希望小学的教学楼高质量地建设好。

汪秀清他们来了又走了，刘迎春从家里搬来一床铺盖，吃住就在学校了。工程用的一块砖、一袋水泥、一根钢筋……刘迎春恨不得都要过一遍手。她不会吸烟，也排斥吸烟，却掏出自己的工资，买来了香烟给施工的师傅们散，嘱咐他们用心把希望小学建设好。

刘迎春把心放在了碾子湾希望小学的建设上，高服良也没闲着，留在碾子湾的张方海带着他的研究生进行小流域治理资源调查，高服良自觉做了他的帮手。

小流域治理资源调查是个细致活。张方海首先下到他当年提议筑坝淤地的荒沟，对那里的现实情况进行了调查。那时一个朴素的想法，到如今却成了碾子湾乡亲的一个聚宝盆。一级一级的土坝，拦水淤积起来的滩地，还在逐年增高。其所增高的部分，都是坡坡梁梁上的表皮土，在夏秋多雨的季节冲刷而下，肥沃了滩地。但这有个问题，滩地逐年淤积，淤积得与土坝一般高时该怎么办？那会冲毁土坝，造成坝毁地失的严重局面。

问题已经燃眉了，唯一的办法就是恢复坡坡梁梁上的植被，固土蓄水，减缓滩地高度的增加。

这个问题的解决，不仅可以保证荒沟的滩地安全，还给更大规模的碾子湾小流域治理提供了可供借鉴的经验。

张方海总结他的调查结果，给了高服良建议。

张方海的建议有两条：第一是改羊群上山放养为垒墙圈养；第二是遍植适宜碾子湾生态环境生长的草木。他的这两条建议，说起来容易，做起来就难了。不要说一个碾子湾，全陕北的地面上，自古至今，哪家的羊不是撵到坡坡梁梁上放养？这成了大家的一个习惯，说不放养，大家就能不去放养吗？还有适宜碾子湾生态环境生长的草木，也是要进一步调查的。

这两个建议，可都是难题呢。

高服良愁上了。他的眉头拧得紧紧的，不知道他这个村支书该怎么接纳这两个建议，解决这两个难题。

张方海给他说：你不想荒沟的滩地又毁了吧？

高服良说：当然不想毁了。

张方海又说：你不想碾子湾的沟沟洼洼都治理得如荒沟一样好？

高服良说：当然想了。

张方海就很开心地笑了起来。他给高服良说：咱们可是有了一样的目标了。你要相信我，只要这么做了，碾子湾的未来就会大变样，就会是黄土高原上一颗小流域治理的明珠，咱们碾子湾人的生活水平也就会大大提高。

这一段对话，是张方海和高服良在荒沟里说的。正是秋玉米快要成熟的季节，一级一级的滩地上，都是玉米棵子在山风的吹拂下，摇曳发出的飒飒声……风声里也不知是谁，也不知在哪里唱着一曲信天游：

> 发一回山水呀嘛冲一层泥，
> 看一回哥哥呀嘛脱一层皮。
> 我和我的哥哥呀嘛有说不完的话，
> 咱二人死死活活呀嘛常在一搭。
> ……

这是一曲信天游《看哥哥》呢。此时传进高服良的耳朵，却别有一番滋味。他看着为了碾子湾乡亲过上好光景的张方海，手捂在胸脯上说话了。

高服良说：我听你的，你说咋办就咋办！

张方海也把手捂在胸脯上，说：咱们一言为定！

就在这个时候，高服良和张方海都听到了希望小学建设工地上的嘶喊声。

高服良没有多想，抛下张方海，就从拐沟往希望小学的建筑工地跑去了。高服良没有多想，仅凭一种说不出的预感，他已敏锐地感到，他亲爱的刘迎春出问题了！

在碾子湾小学里，刘迎春像她往常一样，眼睛盯着已经半人高的教学楼，心里别提多快活了……快活的她，发现参加施工的人都很卖力，汗渍渍的一张张脸，灰扑扑的她走近了他们，喊着让他们歇一歇，可大家却都没有歇下来，依然脚不停、手不闲地施工，刘迎春就把她拿在手里的烟，抽出来给大家送，遇到双手都占着的施工人员，刘迎春就还把烟抽出来，打火点着了，再送到对方的嘴中。

问题就出在了这个时候。

刘迎春不晓得她这么给施工人员递了几根烟，到她又把一根烟噙在嘴里点着火时，一阵剧烈的咳嗽，从她的肺部深处爆发出来了……她拼命地咳着，直把她咳得弯下了腰，蹲在了地上，她还在不停地咳嗽着，最后竟把自己咳嗽得趴在了地上。

希望小学的施工人员惊呼着围上来了，还有在学校上课的老师和学生，也都惊呼着围上来了。

大家七嘴八舌，有人喊：校长，刘校长！

有人喊：老师，刘老师！

从拐沟一路飞奔而来的高服良，从围着的人群外挤进去，把刘迎春半扶起来，拥在自己的怀里，也在一声声地喊：迎春，迎春……

高服良像是一只啼血的杜鹃鸟，不停地呼喊着刘迎春，从刘迎春倒下去的碾子湾小学，一直呼喊到县医院……

14

给我再吹一曲《延安窑洞住上了北京娃》吧。

从昏迷中醒来的刘迎春，对守在身边的高服良，十分虚弱地说着……

刘迎春关心着她的碾子湾希望小学，她是大睁着眼睛，看着汪秀清、张方海他们一帮老知青捐资建设的碾子湾希望小学封了顶，装上了玻璃的门窗，粉刷了雪白的墙壁，她的学生端着桌子板凳，从昏暗的窑洞搬进亮堂的楼房教室后，脸上挂着欣悦的笑容昏迷过去的。

时日又到了山丹丹花开的季节，远处、近处，目光所及的地方，都有山丹丹在开放……我来迟了一步，没有赶上送刘迎春。但我听人说，在送埋刘迎春的那一天，留守在延安的北京知青，差不多都到碾子湾来了，而北京的汪秀清、张方海他们，因为给碾子湾希望小学落成剪彩，刚好也在碾子湾。他们和碾子湾的父老乡亲，以及碾子湾希望小学的老师和学生，全都在送埋的长队里，大家的手上，不约而同地采了一束束山丹丹，跟到刘迎春的坟头上，一束挨着一束，把一个坟头插遍了，就又相连着插下去……我虽然来迟了，也像大家一样，采了一束山丹丹，插在了刘迎春的坟头前。我看见，刘迎春的坟堆淹没在一片花红似火的山丹丹里了，山丹丹从刘迎春的坟堆前渲染开来，像是四方流动的光焰，染红了无边无际的黄土高原……高服良知道我来了，提了他的黄铜唢呐，撵到刘迎春的坟前来，举着他的黄铜唢呐，又来吹奏他的《延安窑洞住上了北京娃》……原来豪迈的、奔放的曲调，这时候，被高服良吹奏得悲悲戚戚，吹得黄铜唢呐的碗儿上，都已流出一道道血丝来，仿佛坡坡梁梁、沟沟洼洼里盛开的山丹丹一样！

附记：

北京市地方志编纂委员会编辑的《劳动志》记载，从1969年开始，先后有4批共27211名北京知青，响应毛主席的号召，从北京来到陕北，插队落户在1600多个生产大队，接受贫下中农的再教育，从事繁重的农业生产劳动。

《延安日报》2001年8月22日报道，1979年初，北京知青大返城，2万余名知青从他们插队落户的村庄，或是参军入伍，或是参加高考，或是返城回家，离开了陕北农村。但仍有200多名插队落户的北京知青，选择留在了陕北。

2008年12月31日夜草于西安后村

2009年5月2日改于西安后村